T0389406

La gran serpiente

Pierre Lemaitre (París, 1951) estudió Psicología, creó una empresa de formación pedagógica e impartió clases de literatura. Autor tardío, en 2006 ganó el Premio a la Primera Novela Policiaca en el festival de Cognac con *Irène*, primera entrega de una serie protagonizada por el comandante Camille Verhoeven que incluye *Alex* (2011, CWA Dagger 2013, entre muchos galardones), *Rosy & John* (2011) y *Camille* (2012, CWA Dagger 2015, entre otros honores). Su carrera literaria dio un vuelco con la aparición de *Nos vemos allá arriba* (Premio Goncourt 2013, entre una retahíla de distinciones, y llevada al cine con éxito), primer volumen de su aclamada trilogía sobre el periodo de entreguerras titulada Los Hijos del Desastre, que sigue con *Los colores del incendio* (2018), estrenada en cines en 2022, y *El espejo de nuestras penas* (2020). Completan su obra, traducida a más de cuarenta idiomas, las novelas *Vestido de novia* (2014), *Tres días y una vida* (2016), *Recursos inhumanos* (2017), *La gran serpiente* (2022) y *El ancho mundo* (2023), así como el ensayo *Diccionario apasionado de la novela negra* (2022).

PIERRE LEMAITRE

La gran serpiente

Traducción de
José Antonio Soriano Marco

DEBOLS!LLO

Papel certificado por el Forest Stewardship Council®

Título original: *Le serpent majuscule*

Primera edición en Debolsillo: enero de 2024
Segunda reimpresión: junio de 2024

Cita de *Un mundo feliz* de Aldous Huxley:
traducción de Ramón Hernández, Barcelona, Debolsillo, 2014
Diseño de la cubierta: Penguin Random House Grupo Editorial / Claudia Sánchez
Imagen de la cubierta: plainpicture / Oliver Tamagnini

Printed in Spain – Impreso en España

ISBN: 978-84-663-7481-1
Depósito legal: B-17.845-2023

Impreso en Liberdúplex
Sant Llorenç d'Hortons (Barcelona)

P 3 7 4 8 1 1

Para mis sobrinas
Lara, Katia, Vanessa y Violette,
con cariño

A Pascaline

Prólogo

No es raro que los lectores me pregunten si algún día «volveré a la novela negra». Por lo general, respondo que es poco probable, para no admitir que estoy seguro de que no. Lo que me apena un poco es haberme ido sin avisar. Sin despedirme de nadie, algo impropio de mí.

Ello se debe a que salí de la novela negra sin querer. *Nos vemos allá arriba* no es otra cosa que una novela policíaca de ambiente histórico que se me fue de las manos, pero que me llevó a embarcarme en un proyecto literario sobre el siglo XX que sigue entusiasmándome y que me ha distanciado de la novela negra.

Esta cuestión (el haber abandonado el género sin decirle adiós) aún me pesa, sobre todo porque, tras finalizar la trilogía «Los hijos del desastre», completé un *Diccionario apasionado de la novela negra* (publicado por Salamandra) que, en cierto modo, vino a reavivar esa tristeza.

Entonces pensé en una novela escrita en 1985 que nunca llegué a enviar a ninguna editorial. Poco después de acabarla, empezó un período difícil de mi vida, y cuando éste terminó, ya nada era como antes. Esa novela estaba muy lejos de mí. Se quedó en un cajón, del que ya no salió.

La redacción del *Diccionario apasionado* me pareció una buena ocasión para releerla.

Me llevé unas cuantas sorpresas, de las buenas. Es una novela bastante crepuscular, y me sorprendió comprobar que muchos temas, escenarios y tipos de personajes que desarrollaría más tarde ya estaban presentes en ella.

La acción pasa en 1985, en los felices tiempos de las cabinas telefónicas y los mapas de carreteras, cuando el autor no tenía motivos para temer que su historia resultara poco creíble debido al teléfono móvil, el GPS, las redes sociales, las cámaras de vigilancia, el reconocimiento de voz, el ADN, los ficheros digitales centralizados y demás.

Tengo fama de ser bastante malvado con mis personajes, y me temo que esa acusación se ve justificada ya en esta primera novela. El lector no siempre soporta que a un personaje con el que se había encariñado le ocurra algo malo. Sin embargo, ¿no es lo que pasa en la vida real? El amigo muerto por un infarto en tan sólo unos minutos, el compañero fulminado por un ictus, el familiar víctima de un accidente de tráfico... Nada de eso es justo. ¿Por qué debería el novelista tener más miramientos que la propia vida? Pero lo que le aceptamos a la vida no siempre estamos dispuestos a perdonárselo a un escritor. Porque él podría haber optado por una alternativa... y no lo hizo.

En mi opinión, si hay un género en el que esa crítica no está justificada, es en la novela negra. Porque a la postre se trata de libros en los que es bastante previsible encontrar crímenes y sangre, y quienes tengan el estómago delicado pueden elegir otras lecturas. Pero, en fin, algunos lectores consideran que la crueldad de la historia debería respetar ciertos límites. Mi convicción es que el lector espera que haya sangre y muertes, es decir, injusticia, y que, con sus reacciones, lo único que hace es medir sus propias reticencias a enfrentarse a eso.

He aquí, pues, mi primera novela.

Como siempre en estos casos, el lector intransigente la juzgará con severidad; con indulgencia el amistoso. Cuando la releí, le encontré algunos defectos y, al considerar la posibilidad de publicarla, se me planteó la cuestión de hasta dónde corregirla.

En 1946, en el prólogo a la reedición de *Un mundo feliz*, Aldous Huxley escribía: «Arrepentirse de los errores literarios cometidos hace veinte años, intentar enmendar una obra fallida para darle la perfección que no logró en su primera ejecución, perder los años de la madurez en el intento de corregir los pecados artísticos cometidos y legados por esta persona ajena que fue uno mismo en la juventud, todo ello, sin duda, es vano y fútil.» Para corregir sus fallos, añade, habría tenido que reescribir el libro. Yo podría decir lo mismo.

Me pareció más leal entregar mi novela a los lectores prácticamente como fue escrita. He corregido algunos pasajes que dificultaban la comprensión. En cuanto a lo demás, las modificaciones que he hecho son cosméticas en su mayoría y nunca estructurales.

La novela negra suele ser circular: un bucle narrativo que se cierra sobre sí mismo.

Desde ese punto de vista, me pareció bastante lógico que mi última novela negra publicada fuera precisamente... la primera que escribí.

P. L.

LA GRAN SERPIENTE

La vecina
Creo que es alcohólica.
¿Has visto cómo le tiembla el labio?

El vecino
Se estremece. Debe de estar poseída por el Mal.
Tendrá serpientes en la cabeza.

GÉRALD AUBERT,
El desacuerdo

1985

5 de mayo

El índice de Mathilde tamborilea en el volante.

En la autopista, los coches llevan media hora avanzando a trompicones, y aún faltan diez kilómetros hasta el túnel de Saint-Cloud. La circulación se detiene por completo durante unos minutos y, de pronto, por arte de magia, el horizonte se despeja y el Renault 25, pegado al guardarraíl en el carril izquierdo, vuelve a rodar a sesenta, setenta, ochenta por hora, hasta que se para de nuevo bruscamente. El efecto acordeón. Mathilde se daría de bofetadas. Y mira que ha tomado precauciones: ha salido con mucha antelación, ha circulado por la nacional todo el tiempo posible y sólo se ha decidido a coger la autopista cuando la radio ha asegurado que no había atascos.

—¡Y todo para acabar metida en esta mierda!

Mathilde es bastante bien hablada, no suele mostrarse vulgar. Únicamente lo hace cuando está sola, así se desahoga.

—Tendría que haberlo dejado para otro día...

De hecho, la sorprende su propio atolondramiento. Nunca ha sido tan poco previsora. Arriesgarse a llegar tarde un día como éste... Golpea el volante con el puño: está furiosa consigo misma.

Mathilde conduce muy cerca del volante porque tiene los brazos cortos. Tiene sesenta y tres años, y es bajita, ancha y gruesa. Viendo su cara, se adivina que ha sido guapa. Incluso muy guapa. En algunas fotos de la época de la guerra, es una chica con un encanto increíble; una silueta esbelta, una cara risueña enmarcada por una melena rubia y una sensualidad desbordante. Hoy todo es doble, claro: la barbilla, el pecho, el trasero... Pero continúa teniendo los ojos azules, los labios finos y una cierta armonía en el rostro, vestigio de su antigua belleza. Pese a que con los años todo el cuerpo se ha aflojado un poco, Mathilde está muy atenta a lo demás, es decir, a los detalles: ropa elegante y cara, visita semanal a la peluquería, maquillaje profesional y, sobre todo, sobre todo, una manicura perfecta. Puede soportar ver cómo se multiplican las arrugas y se mantienen los kilos, pero no soportaría unas manos descuidadas.

Debido a su peso (esta mañana la báscula marcaba setenta y ocho kilos), aguanta mal el calor. El atasco de la autopista es un calvario. Nota cómo el sudor resbala entre sus pechos, debe de tener el culo empapado, aguarda con impaciencia los momentos en que la circulación se reanuda para disfrutar de la leve brisa que le acaricia el rostro a través de la ventanilla abierta. El regreso a París está siendo pesado, pero el fin de semana en casa de su hija, en Normandía, no lo ha sido menos. Han estado jugando interminables partidas de rummy. El imbécil de su yerno quiso ver el Gran Premio de Fórmula 1 en la tele y, para colmo, en el menú del sábado había puerros a la vinagreta, que a Mathilde le repitieron durante toda la noche.

—Debería haberme ido ayer por la tarde.

Mira el reloj del salpicadero y suelta otra maldición.

En el asiento trasero, *Ludo* levanta la cabeza.

Es un dálmata de un año con una mirada estúpida, pero cariñoso. De cuando en cuando abre un ojo, mira el grueso cuello de su dueña y suelta un suspiro. Nunca está del todo tranquilo con ella, porque Mathilde tiene cambios de humor, y más últimamente. Al principio todo iba bien, pero ahora... En fin, no es extraño que se lleve un puntapié en las costillas, y no siempre sabe por qué. Pero es un perro sociable, de los que se encariñan con su ama y ya no cambian de opinión, ni siquiera los días malos. Tan sólo desconfía un poco, sobre todo cuando la nota nerviosa. Como ahora. Al verla golpear el volante, vuelve a tumbarse prudentemente y se hace el muerto.

Por enésima vez desde que ha cogido la autopista, Mathilde recorre para sí el trayecto hasta la avenida Foch. En línea recta, llegaría en menos de quince minutos, pero queda el dichoso túnel de Saint-Cloud. De pronto se enfada con el mundo entero, y sobre todo con su hija, que no tiene la culpa de nada, aunque Mathilde no se detiene en ese tipo de consideraciones. Cada vez que va a verla se queda anonadada ante el espectáculo de esa casa de campo que apesta a burguesía corta de miras y que es como una caricatura de sí misma. Su yerno vuelve de jugar al tenis sonriendo de oreja a oreja, con una toalla echada al desgaire sobre el cuello, como en un anuncio de la tele. Cuando su hija se ocupa del jardín, parece María Antonieta en el Pequeño Trianón. Para Mathilde, es una confirmación permanente: su hija no es que se diga una lumbrera, o no se habría casado con semejante gilipollas. Y encima, norteamericano. Pero sobre todo gilipollas. Norteamericano, vaya. Por suerte, no tienen hijos; lo cierto es que Mathilde confía en que su hija sea estéril. O si no ella, al menos él. Da igual cuál de los dos, porque los hijos que tendrían... Unos críos repelentes, eso seguro. A Mathilde le gustan los perros, pero odia a los niños. Y más aún a las niñas.

«Soy injusta», se dice, aunque en el fondo no lo piensa.

Es por la congestión. Los días que trabaja, casi siempre le ocurre lo mismo: nervios, impaciencia y demás, así que, si a todo eso se le añade el tráfico del fin de semana... ¿Y si lo dejara para el siguiente domingo? Porque, por más vueltas que le da, para ese trabajo no ve otra posibilidad que un domingo. Una semana de retraso, eso nunca le ha pasado...

Y, de buenas a primeras, sin saber cómo ni por qué, la fila de coches se pone en marcha de nuevo.

Inexplicablemente, el Renault 25 devora el túnel de Saint-Cloud y, en unos segundos, entra en el bulevar periférico. Al ver que la circulación sigue siendo densa pero continúa avanzando, Mathilde siente que sus miembros se relajan. Detrás de ella, *Ludo* suelta un largo suspiro de alivio. Acelera y cambia de carril para adelantar a uno que va a paso de tortuga, aunque reduce enseguida al recordar que en ese tramo abundan los radares. Nada de estupideces. Se sitúa prudentemente en el carril central, detrás de un Peugeot que suelta enormes bocanadas de humo blanco y, a la altura de Porte Dauphine, sonríe al descubrir el hocico camuflado del radar, que de repente lanza un destello hacia el carril izquierdo, que Mathilde acaba de abandonar.

Porte Maillot, avenida de la Grande-Armée...

Antes de llegar a la rotonda de l'Étoile, Mathilde tuerce a la derecha y desciende por la avenida Foch. Vuelve a estar tranquila. Son las nueve y media de la noche. Llega con cierta antelación. Justo lo que necesitaba. Qué calor ha pasado, ni ella misma puede creérselo. Quizá la suerte forme parte del talento, quién sabe. Toma el carril lateral, se detiene en un paso de cebra y apaga el motor, pero deja encendidas las luces de posición.

Viéndose ya en casa, *Ludo* se pone de pie en el asiento trasero y empieza a gimotear. Mathilde lo mira por el retrovisor:

—¡No!

Lo ha dicho en un tono seco e inapelable, sin alzar la voz. El perro vuelve a tumbarse de inmediato, le dirige una mirada contrita y cierra los ojos. Hasta su suspiro es comedido.

Acto seguido, Mathilde se pone las gafas, que lleva colgadas del cuello con una cadenilla, y rebusca en la guantera. Saca un papel y se dispone a consultarlo una vez más, pero en ese preciso instante un coche arranca unas decenas de metros más allá. Mathilde va con toda la calma del mundo a ocupar su sitio, vuelve a apagar el motor, se pone las gafas de nuevo, apoya la nuca en el reposacabezas y cierra los ojos. Es un verdadero milagro estar al fin allí, a tiempo, pero se dice a sí misma que la próxima vez tendrá más cuidado.

La avenida Foch es de lo más tranquila, debe de ser agradable vivir allí.

Baja el cristal de la ventanilla. Ahora que el coche está parado, empieza a notar que el ambiente está un poco cargado: el olor del dálmata, el de su sudor... Está deseando darse una ducha... Por el retrovisor exterior ve a un hombre que pasea con su perro por el carril lateral. Mathilde suelta un gran suspiro. En la avenida, los coches se deslizan a toda velocidad. No hay mucho tráfico a esa hora. Domingo. Los grandes plátanos se estremecen apenas. La noche será húmeda.

Aunque *Ludo* está calmado en su sitio, Mathilde se da la vuelta hacia él, lo señala con el índice y le dice:

—Tumbado y quietecito, ¿de acuerdo?

El animal agacha la cabeza.

Abre la puerta, se agarra a la carrocería con las dos manos y sale del coche con cierta dificultad. Debería adelgazar. La falda se le ha subido un poco y se le ha quedado plegada sobre el enorme trasero. Se la estira con un gesto que ya se ha convertido en una costumbre. Rodea el coche, abre la puerta del acompañante, saca un impermeable fino y se lo pone. Sobre su cabeza, una ráfaga de aire caliente sacude perezosamente los grandes árboles. A su izquierda, el hombre se acerca con su perro, un teckel que olfatea las ruedas tirando de la correa. A Mathilde le gustan los teckels, tienen buen carácter. El hombre le sonríe. Así es como a veces se traba relación con los desconocidos. Tienen perro, hablan de perros contigo, simpatizáis... Además, el tipo no está mal, cincuenta o cincuenta y pocos. Mathilde le devuelve la sonrisa y saca la mano derecha del bolsillo. El hombre se detiene en seco al ver la pistola Desert Eagle, prolongada por el silenciador. El labio superior de Mathilde se levanta insensiblemente. Durante una fracción de segundo, el cañón apunta a la frente, pero de pronto desciende, y Mathilde le dispara una bala en sus partes. El hombre abre los ojos como platos, atónito: la información aún no ha llegado al cerebro. Se dobla por la cintura, hace una mueca y se desploma sin hacer ruido. Mathilde rodea el cuerpo con pasos pesados. Una mancha oscura se extiende entre las piernas del tipo y avanza despacio por la acera. El hombre se ha quedado con los ojos abiertos, y también con la boca abierta, en una expresión de asombro y de dolor fulminante. Ella se inclina y lo mira fijamente. No está muerto. En el rostro de Mathilde se puede leer una curiosa mezcla de sorpresa y satisfacción. Parece una niña gorda que acaba de descubrir, maravillada, un insecto raro. Mira sin parpadear la boca, donde la sangre asciende a borbotones. El olor es nauseabundo. Mathilde parece querer decir algo; sus labios tiemblan por la excitación y el nerviosismo, y su ojo izquierdo es presa de una contracción espasmódica. Acerca el cañón del arma, lo apoya en mitad de la frente y suelta una especie de estertor. Los ojos del hombre están a punto de salirse de sus órbitas. Mathilde cambia repentinamente de opinión y le dispara en la garganta. Al producirse el impacto, da la sensación de que la cabeza se separa del cuello. Ella retrocede, asqueada. La secuencia no ha durado más de treinta segundos. En ese momento ve al teckel petrificado al final de la correa, tenso, asustado. Alza hacia ella una mirada alelada y recibe él también una bala en la cabeza. La mitad del perro desaparece al instante tras el impacto; lo que queda es un simple amasijo de carne.

Mathilde se da la vuelta y observa la avenida. Todo sigue igual de tranquilo. Los coches continúan deslizándose, imperturbables. La acera está vacía, como todas las aceras de los barrios acomodados una vez anochece. Vuelve a subir al coche, deja el arma en el asiento del acompañante, hace girar la llave del contacto y arranca como si nada.

Abandona el carril lateral y se reincorpora con prudencia a la avenida, en dirección al bulevar periférico.

Despertado por el movimiento, *Ludo* se levanta y apoya la cabeza en el hombro de Mathilde.

Ella aparta una mano del volante para acariciar el hocico del dálmata.

—Buen chico... —le dice con voz cariñosa.

Son las diez menos veinte.

Cuando Vassiliev termina de trabajar, son las diez menos cuarto. El despacho huele un poco a sudor. La única ventaja de las tardes de guardia en la Policía Judicial es que le permiten ir poniéndose al día con los informes que le debe al comisario Occhipinti, que no deja de reclamarlos, aunque nunca los lee. «Hazme un resumen, muchacho», dice mientras engulle puñados de cacahuetes. Sólo de pensar en ese olor...

Apenas ha comido, y ahora sueña con abrirse una lata... ¿Una lata de qué?, se pregunta. Mentalmente, abre el armario de la cocina. Guisantes, judías verdes, atún en aceite de oliva... Ya veremos. Vassiliev no es ni un sibarita ni un glotón. De hecho, lo confiesa con toda tranquilidad: «No me gusta comer.» Cuando dice eso, todo el mundo pone el grito en el cielo: ¡es increíble!, ¿a quién no le gusta comer? Todos se quedan atónitos, como si lo suyo fuera una aberración o una conducta antisocial. Antipatriótica. Vassiliev, impertérrito, sigue alimentándose doce meses al año de ternera con gelatina, mermelada de grosellas y bebidas azucaradas. Su estómago aguanta. Esa alimentación habría convertido a cualquiera en un obeso. Él no ha engordado ni un solo gramo en diez años. La ventaja es que no tiene que fregar cacharros. En su cocina no hay ningún utensilio, sólo el cubo de la basura y unos cubiertos de acero inoxidable.

Pero, sea cual sea su contenido, la lata de conserva retrocede en la lista de sus prioridades, porque antes de pasar por su casa tiene que ir a Neuilly a ver al señor De la Hosseray.

—Ha preguntado por usted varias veces —ha dicho la cuidadora—. Se llevaría una gran decepción si no viene a verlo.

Tiene un fuerte acento camboyano. Se llama Tevy, es una mujer menuda, de unos treinta años, un poco rellenita, y aunque mide una cabeza menos que él, eso no parece importarle demasiado. Se ocupa del señor desde hace un mes. Es mucho más servicial y amable que la anterior, que era un cardo borriquero... Una buena chica, sí, aunque Vassiliev nunca ha tenido ocasión de hablar con ella de verdad. No quiere que parezca que..., en fin.

—Cuando toca guardia de tarde —se ha disculpado—, nunca sabes a qué hora acabarás.

—Sí, a nosotras nos ocurre lo mismo —le ha respondido Tevy.

En su voz no había reproche alguno, pero Vassiliev necesita poco para sentirse culpable. Tevy trabaja con otra cuidadora, aunque es ella quien hace el turno más largo. Vassiliev nunca ha entendido muy bien su horario, pero casi siempre es ella quien le coge el teléfono y quien está allí cuando va a casa del señor De la Hosseray.

—Vuelva a llamar cuando acabe —ha añadido ella con dulzura—. Le diré si aún merece la pena que venga.

Traducción: le dirá si el señor está levantado y no muy cansado. Duerme mucho, y sus momentos de vigilia son imprevisibles.

Como a las diez menos cinco llega a relevarlo su compañero Maillet, ya no tiene excusa alguna: a Neuilly. Es demasiado cobarde para escaquearse de la visita, y demasiado honrado para inventarse un pretexto.

Sin entusiasmo, se pone la chaqueta, apaga la luz y sale al pasillo con paso cansino tras una jornada totalmente insulsa.

Vassiliev. René Vassiliev.

Suena ruso, pero es que es ruso. Es el apellido de su padre, un hombre alto y ancho de espeso bigote cuya mirada, eternamente fija, preside el comedor desde un marco oval colocado sobre el aparador. Su padre se llamaba Igor. Sedujo a su madre el 8 de noviembre de 1949 y murió tres años después, el mismo día, demostrando de ese modo que era un hombre ordenado y puntual. Durante esos tres años condujo su taxi por todas las calles de París, le hizo un pequeño Vassiliev a mamá y, luego, en una noche de borrachera, cayó al Sena con unos compañeros rusos blancos que, como él, apenas sabían nadar. Lo sacaron del agua a duras penas. Murió de una pulmonía fulminante.

Por eso René se llama Vassiliev.

Y Vassiliev se llama René porque su madre quiso rendir homenaje a su propio padre, así que el inspector lleva el nombre y el apellido de dos hombres a los que no conoció.

De su padre heredó la elevada estatura (un metro noventa y tres) y de su madre, la delgadez (setenta y nueve kilos). Del uno, la frente alta, el pecho ancho, el paso pesado, los ojos azules y la prominente mandíbula. De la otra, cierta tendencia a la apatía, una paciencia inagotable y una honradez a prueba de bomba. Por lo demás, físicamente resulta un poco extraño: es alto, desgarbado y huesudo, pero parece vacío, sin duda por la falta de musculatura.

A los veinte años empezó a caérsele el pelo. Esa deserción acabó cinco años después, y lo hizo tan pérfidamente como había empezado: dejándole un espacio redondo y pelado en el centro del cráneo, último estigma de la guerra que su madre había librado durante ese tiempo a base de ungüentos, huevos con vinagre y productos milagrosos. Una lucha sin cuartel que Vassiliev soportó con calma, y de la que su madre estaba segura de haber salido victoriosa. Hoy es un hombre de treinta y cinco años tranquilo y obstinado. Desde la muerte de su madre, vive solo en el piso que compartía con ella y que ha remodelado un poco, aunque no demasiado. Lo único que puede decirse de la exigua familia que le queda es que tiene mal aliento. Aparte de un jersey azul marino y una marmita de estaño destinada a contener vodka, su padre no le dejó más recuerdo que la presencia del señor De la Hosseray, a quien, mucho antes de conocer a mamá, Igor había llevado en su taxi todos los días, mañana, mediodía y tarde, casi como si fuera su chófer personal. Al morir el padre, el señor De la Hosseray, conmovido, decidió asignarle una cantidad al pequeño René, cuya madre estaba necesitada. En recuerdo de su taxista favorito, el amable benefactor también pagó los estudios de René hasta su licenciatura en Derecho y su ingreso en la Academia Nacional de Policía. No parece que el señor De la Hosseray tenga hijos (es algo que queda por confirmar...) ni familia (de tenerla, no puede ser más discreta: Vassiliev nunca ha visto a nadie con él). Sus bienes pasarán a manos del Estado, al que sirvió con convicción durante cuarenta y tres años, en especial como prefecto del departamento de... (¿Indre-et-Loire? ¿Cher? ¿Loiret?, René nunca consigue acordarse), antes de volver al ministerio y ascender a Igor Vassiliev al rango de conductor de élite, o, más bien, de conductor de la élite.

En su día, René llegó a preguntarse si no habría habido algo entre su madre y el señor De la Hosseray, porque, en fin, ¡no se le asigna una renta al hijo de un taxista! De niño solía imaginar que era el hijo ilegítimo de su benefactor. Sin embargo, le bastaba recordar los días en que iba a visitarlo con mamá, y el modo tímido, asustado, pero de una dignidad casi exagerada, orgullosa, que tenía su madre de saludar al señor, para comprender que de eso, nada. Y es una lástima, porque, en ese caso, el peso de la deuda, si es que la hay, recae en exclusiva sobre René, que no puede compartirlo ni siquiera con su madre.

El señor De la Hosseray es rico, y probablemente más que eso, pero le apesta el aliento. Un aliento que René recibía en plena cara durante dos horas al mes, el día en que mamá lo llevaba a Neuilly con el fin de darle las gracias a su amable benefactor. Hoy, él tiene ochenta y siete años, y en el calvario semanal de René su mal aliento ya es lo de menos. Lo que ahora aflige al inspector Vassiliev es ver cómo el hombre va envejeciendo y perdiendo el gusto por todo.

Vassiliev pasa por el despacho de Maillet. Nada que destacar. De buena gana se entretendría un poco más, pero ya no queda otra que salir hacia Neuilly, así que, puesto que hay que hacerlo, cuanto antes mejor.

Lo detiene el timbre del teléfono.

Maillet es todo oídos. Ambos tienen los ojos clavados en el reloj de la pared, que marca las 21.58 h. Asesinato en plena avenida Foch. El compañero que llama está jadeando, no se sabe si por la carrera hasta el teléfono o por la impresión.

—¡Maurice Quentin! —exclama.

Señalando el reloj, Maillet suelta un grito de júbilo. ¡Las 21.59 h! Vassiliev está de servicio hasta las diez en punto, ¡le toca a él! René cierra los ojos. Maurice Quentin... No hace falta ser un habitual de la Bolsa para reconocer ese nombre. Obras públicas, cementeras, petróleo... Vassiliev no lo sabe con exactitud. Un gran empresario francés. En las revistas de economía lo llaman «el presidente Quentin». No recuerda su cara. Maillet ya ha marcado el número del comisario.

Incluso por teléfono, Occhipinti da siempre la impresión de estar masticando algo. Probablemente es así, sólo deja de zampar para dormir y hablar con los jefazos.

—Maurice Quentin... ¡Maldita sea!

El comisario es un hombre agotador.

Llega a la avenida Foch apenas dos minutos después que su inspector, y ya pone nervioso a todo el mundo con su angustia, su excitación y su forma de masticar en todas direcciones y dar órdenes sin ton ni son, que Vassiliev rectifica con calma a sus espaldas.

Occhipinti mide un metro sesenta y tres, pero, como le parece poco, lleva alzas. Es un hombre para quien la humanidad se divide en gente a la que admira y gente a la que detesta. Rinde un culto absoluto a Talleyrand, y siempre intenta citar sus aforismos, sacados de recopilaciones de citas, de libros de André Castelot o de números del *Reader's Digest*. Se pasa el día engullendo puñados de cacahuetes, pistachos o anacardos, no hay quien lo aguante. Aparte de eso, es un verdadero imbécil. Uno de esos funcionarios mezquinos e hipócritas que se lo deben todo a su estupidez y nada a su talento.

Vassiliev y él no se tienen en muy alta estima.

Desde que trabajan juntos, Occhipinti está empeñado en lograr que Vassiliev doble la cerviz, ya que lo encuentra demasiado alto. El inspector nunca ha pretendido hacerle sombra, pero su superior, que es un hombre de ideas fijas, se las ha arreglado desde el principio para endosarle todos los marrones. Como cualquier individuo que guarda rencores tenaces, Occhipinti tiene una intuición infalible para lo que puede desagradar al prójimo, y le da a Vassiliev lo que más le horroriza. Así que René se ha chupado una cantidad increíble de violaciones seguidas de asesinato (o viceversa) y ha acabado convirtiéndose en un auténtico especialista, lo que permite al comisario endilgarle todos los casos con la excusa de que es el más competente en la materia. Él lo soporta con estoicismo, aunque, viéndolo, cualquiera diría que lleva el peso del mundo sobre la espalda. «Por eso la tiene encorvada», asegura Occhipinti.

En la avenida Foch, el único momento de tregua entre los dos hombres se produce cuando se plantan delante del cuerpo. De lo que queda de él. Han visto otros, pero ambos están impresionados.

—Es impactante... —masculla el comisario.

—Una Magnum del 44, diría yo —añade Vassiliev.

Ese tipo de calibre es capaz de parar a un elefante en plena carrera. Los destrozos provocados en la pelvis y la garganta complican enormemente la tarea de la Científica, que acaba de llegar.

Vassiliev no lo ve claro.

Todo apunta a un crimen pasional: no se le vuelan a alguien los huevos porque sí. Otro tanto puede decirse de la bala en la garganta: no es algo que se vea todos los días. Ni lo del teckel. Dispararle a bocajarro a un perro... Hay un encarnizamiento evidente, una rabia destructiva que apunta a una venganza, a un ataque de furia... Pero el lugar, el momento, el uso de silenciador (nadie ha oído nada, una vecina que paseaba al perro ha encontrado el cadáver por casualidad) indican más bien un asesinato premeditado, frío, calculado, casi profesional.

Los de la Científica hacen fotos. No se sabe cómo se han enterado, pero los reporteros llegan a su vez con artilugios de todo tipo, flashes... También han llegado los de la televisión, con un cámara y una periodista con aire decidido. El comisario se zampa un puñado de pistachos, sin duda a causa de los nervios.

—Encárguese usted —dice Occhipinti, que sólo se pone delante de las cámaras cuando le conviene—. Pero mucho cuidado, ¿eh? Nada de gilipolleces.

Vassiliev envía a sus hombres a recoger los primeros testimonios, si es que los hay, aunque no es lo más probable.

Luego llega el juez, y él intenta escabullirse. El juez lo llama, Vassiliev vuelve.

No lo conoce. El magistrado da órdenes. Es un hombre joven que mira con aprensión a los curiosos y a los periodistas apretujados tras la barrera, custodiada por dos uniformados.

—¡Cuanta menos información facilite, mejor! —le dice a Vassiliev.

En eso, todos están de acuerdo. Y no será difícil, porque, aparte de la identidad del muerto, no hay mucho que decir.

De la familia tendrán que ocuparse el juez y el comisario. A Vassiliev le corresponden la hemoglobina y la Científica, y por supuesto el equipo que se encarga de la investigación *in situ* y de recoger testimonios, si los hay.

Con fatalismo, René se acerca a la periodista, que lleva un buen rato haciendo aspavientos en su dirección.

Todas las tareas, incluso las desagradables, tienen un final.

Los equipos vuelven, con las manos más bien vacías; los de la Científica recogen los bártulos y se llevan el cuerpo; los focos se apagan y la avenida se sume en la oscuridad; la noche de mayo vuelve a campar por sus respetos. Es tarde, las once y media. Vassiliev se ha librado del marrón de Neuilly, algo es algo. Para mayor tranquilidad, marca el número de la cuidadora: le prometerá que irá mañana.

—Puede pasarse ahora —dice la chica—. El señor está despierto, se alegrará de verlo.

Desde luego, hay días que parece que no van a acabar nunca.

Como en su día dirigió una red de la Resistencia en el sudoeste de Francia, a Henri Latournelle lo siguen llamando «comandante» cuando está presente y «el comandante» cuando no está. Es un hombre de setenta años, con esa vejez seca, un poco árida, que suele ser propia de los egoístas y de los neuróticos, pero también de quienes se han enfrentado a numerosas pruebas y han salido reforzados de ellas. Lleva fulares de seda sobre camisas abiertas. El pelo, muy blanco, y el aspecto de mayor del ejército de las Indias, añadidos al apelativo de comandante, dan al conjunto de su persona algo vagamente decadente, como ocurre con esos nobles arruinados que miran el céntimo en hoteles de lujo, a quienes los miembros del personal llaman «señor conde», pero dándose codazos. No obstante, con sus facciones de ángulos duros, nadie encuentra risible la máscara de firmeza que envuelve el rostro de Latournelle. El comandante vive solo en la casa familiar, cerca de Toulouse, y, pese a las apariencias, no monta a caballo ni juega al golf, nunca bebe y habla poco. Muchos hombres tienen un problema con la edad. O la niegan y resultan patéticos, o la reivindican y son ridículos. Naturalmente, Henri Latournelle pertenece a la segunda categoría, pero con una moderación que lo hace parecer menos grotesco que la mayoría y sólo un poco anticuado.

Sentado en el sillón de su salón, Henri espera el telediario de medianoche mientras sostiene una foto en blanco y negro de gran formato que muestra a un individuo de unos cincuenta años, cuyo rostro sale en pantalla en cuanto aparecen los titulares del último informativo del día. Es exactamente esa foto.

Acto seguido, unos focos horadan la oscuridad con su cegadora luz y revelan una acera de la avenida Foch. Los periodistas han llegado poco después de que lo haya hecho la policía. Los cámaras han tenido tiempo de instalarse y ametrallan a los técnicos de balística, que, raudos como camareros, toman medidas y fotografían el cuerpo del difunto. Así que el telespectador tardío tiene ocasión de ver un puñado de imágenes que siempre causan sensación: el cadáver, como si la muerte lo hubiera arrojado al suelo de cualquier manera; luego su retirada, precedida por la tela plastificada que tienden sobre él con una especie de pudor; la camilla con ruedas, empujada hasta la ambulancia, y, por fin, el golpe seco de la puerta trasera al cerrarse, último acto, telón. En ese momento, los objetivos, con la típica delicadeza que siempre muestra la prensa, se centran con complacencia en la mancha de sangre que llega hasta la calzada.

Las luces de los coches patrulla tiñen de azul la fachada y las primeras ventanas del inmueble. La periodista de la tele resume la poca información que le han facilitado sobre el asesinato, del que tan sólo se puede decir esto: Maurice Quentin, propietario de un consorcio internacional y hombre influyente, acaba de morir asesinado delante de su domicilio parisino. Acto seguido, un individuo alto y desgarbado, inspector de la Policía Judicial, farfulla un par de frases incomprensibles. Henri espera. Está inquieto.

Ante un crimen así, uno puede imaginar todo tipo de razones y suponer que, por desgracia, debe de haber decenas de personas que deseaban la muerte de un hombre tan admirable, pero por ahora todo lo que se puede decir cabe en una frase: Maurice Quentin estaba dando un paseo vespertino con su perro, cuando alguien lo ha abatido. La forma en que se ha cometido el crimen, casi tan indignante como el propio acto, llama la atención. No hace falta esperar a las conclusiones de la autopsia para ver que Quentin ha recibido varios disparos, uno de ellos en el bajo vientre y el otro en plena garganta (este último casi le ha separado la cabeza del tronco). Si añadimos a eso que el perro ha sido la segunda víctima tras recibir una buena dosis de plomo en el hocico, cabe pensar que en lo ocurrido había algo personal. En tal caso, el asesinato roza el ensañamiento. No existe el crimen limpio, pero algunos huelen a odio más que otros.

El comandante suelta un suspiro y cierra los ojos. «Mierda...», se dice. Y no es algo que diga a menudo.

Mathilde acaba de comerse unas sardinas. No debería hacerlo, por supuesto, pero es el premio que se concede tras culminar con éxito un trabajo (y ella siempre los resuelve con éxito). Rebaña el aceite con pan mientras ve la televisión. Encuentra que el hombre tenía mejor aspecto en persona que en la foto del telediario. Hasta que ha aparecido ella, claro. Lamenta que no hayan hablado más del teckel, parece que los perros no les interesan demasiado...

Se levanta con esfuerzo y, mientras la cámara enfoca la mancha de sangre de la calzada, recoge la mesa.

Después de salir de la avenida Foch, ha pasado por el puente Sully, su preferido. Se conoce todos los puentes de París, no hay uno desde el que no haya arrojado una pistola o un revólver durante las últimas tres décadas. Incluso tras los trabajos en provincias, aunque eso nunca se lo ha dicho a Henri. Es como una manía. Mathilde niega con la cabeza, sonriendo. Es una mujer que se enternece fácilmente con sus excentricidades, como si las mimara. Pues sí, después de los trabajos en provincias, contraviniendo el reglamento que ordena deshacerse lo antes posible del arma que le han entregado, siempre se la ha traído a París. Para arrojarla al Sena. ¡Porque da buena suerte! ¡Y no voy a renunciar a mi ritual por una estúpida regla dictada por cualquier cabeza hueca, qué demonios! Y lo mismo con las peticiones de material. Mathilde se niega a trabajar con calibres pequeños, que, en su opinión, sólo sirven para los dramas burgueses y las peleas por adulterio. Y no fue fácil obtener calibres decentes: tuvo que discutir con el Departamento de Suministros, porque, por lo visto, el director de recursos humanos se mostraba reacio. ¡O eso o nada!, dijo ella. Y como es un buen elemento, el director cedió. Luego se alegró, claro. Con Mathilde, nunca una bala más alta que otra, trabajos limpios y sin problemas. Esta noche ha sido una excepción. Un capricho. Habría podido hacerlo desde más lejos, causar menos destrozos... Y disparar una sola vez, por supuesto. No sé qué me ha dado, la verdad... Eso es lo que dirá si le preguntan. De todas formas, qué más da, lo importante es que el fulano ha muerto, ¿no? Pensándolo bien, incluso es mejor. ¡La policía se lanzará sobre una pista falsa, eso aleja las sospechas, protege al cliente! Sí, eso es lo que dirá! ¿Y lo del perro? Ella tiene explicaciones de sobra sobre eso: ¿se imaginan la tristeza del pobre animal, obligado a vivir sin su querido dueño? Si le hubieran preguntado, estoy segura de que habría preferido desaparecer él también antes que quedarse solo y abatido. Sobre todo en una familia que no lo ha elegido, en la que nadie lo quiere y que no verá el momento de entregárselo a la Sociedad Protectora de Animales. Exacto, eso es lo que dirá.

Pues eso, esta noche ha sido en el puente Sully.

Ha encontrado aparcamiento en la rue Poulletier, se ha puesto el impermeable fino y, como suele hacer, ha ido a pasear por el puente, se ha acodado en el pretil y ha lanzado la Desert Eagle al agua.

De pronto la invade la duda.

¿La ha lanzado, o ha creído hacerlo?

Bueno, qué más da, ya va siendo hora de irse a la cama.

—¡*Ludo*!

El dálmata se incorpora perezosamente, se estira y la sigue hasta la puerta, que Mathilde mantiene abierta. Avanza, levanta el hocico.

Qué tranquilidad, se dice Mathilde, qué maravilla... A la derecha, el seto de ciprés la separa del jardín del señor Lepoitevin, un gilipollas, en su opinión. Con los vecinos, eso suele ser lo habitual. No sabe por qué, pero siempre da con algún gilipollas, y el señor Lepoitevin no es la excepción. Lepoitevin. Si es que hasta el apellido...

En el bolsillo, su mano juguetea sin pensarlo con un papel que acaba sacando. Es su letra. Los datos del blanco de la avenida Foch. Si hubiera seguido las normas, no habría puesto nada por escrito. Cuando sigue a alguien para preparar la misión encomendada, debe almacenarlo todo en la cabeza: ésa es la regla. Escribir algo, sea lo que sea, está prohibido por orden del director de recursos humanos. Bueno, con las reglas siempre me tomo pequeñas libertades, se dice Mathilde, nada grave. Ojos que no ven, corazón que no siente. Hace una bola con el papel, busca un sitio al que tirarlo... No, ya lo hará después. El jardín dormita. Le encanta esa casa, le encanta ese jardín... Lamenta un poco vivir sola en ella desde hace tanto tiempo, pero así es la vida. Ese tipo de ideas acaban llevándola siempre, o casi siempre, a Henri. El comandante. Venga, no es momento de autocompadecerse.

—¡*Ludo*!

El perro vuelve, Mathilde cierra detrás de él y, sin detenerse, coge la Desert Eagle provista de silenciador que ha dejado en la mesa al llegar. Abre un cajón de la cocina, pero dentro ya hay una Luger 9 mm Parabellum. Mejor la meto en una caja de zapatos, se dice. Apaga las luces y sube a su dormitorio. Abre el armario. ¡Qué caos, Señor! En otros tiempos sabía tener las cosas ordenadas, aunque lo que es ahora... Es como la cocina: antes todo estaba limpio, reluciente, ni una sola mancha a la vista. Ahora se ha relajado, lo sabe muy bien. Pasar la aspiradora, aún, pero para lo demás no tiene ni ánimos ni energía. Lo que más detesta son las manchas. De grasa, de café... Los churretes. Con eso sí que no puede, y limpiar los cristales se ha convertido en un calvario. ¡Como que ya no los limpia! Si no se pone las pilas, este antro se va a convertir en... Prefiere no pensar en eso. Es demasiado desagradable.

En la primera caja hay una Wildey Magnum; en la segunda, una LAR Grizzly Parabellum; en la siguiente, un par de zapatos beis, que ya no se pondrá porque ahora se le hinchan los pies; el calzado así, con cordones, me hace un daño de mil demonios, se dice. Los tira a la papelera, pero si quiere que la Desert Eagle quepa en la caja tendrá que quitarle el silenciador. Está claro que en esa casa hay demasiadas armas, no necesita todo eso. Es como el dinero en metálico: en su día metió un grueso fajo de billetes en una bolsa, en el armario, porque en aquel entonces le pareció necesario, si bien nunca lo ha sido. Podrían robárselo, debería meterlo todo en el banco.

Mientras se cepilla los dientes, vuelve a verse en el puente Sully.

¡Ay, si no prefiriera el campo, cómo le gustaría vivir en ese barrio! Y podría hacerlo sin ningún reparo, con todo lo que guarda en su cuenta en Lausana. ¿O es en Ginebra? Nunca se acuerda exactamente. Sí, en Lausana. Bueno, da igual. En ese momento vuelve a pensar en el papel que ha guardado en el bolsillo. Ya se deshará de él mañana. No, una cosa es tomarse ciertas libertades con las normas, y otra correr riesgos inútiles, ella no es así. Se obliga a bajar de nuevo. *Ludo* está ovillado en su cesta. ¿En qué prenda ha dejado el dichoso papelucho? Rebusca en el abrigo, pero no lo encuentra. ¡Lo tendrá en la bata! Está arriba, así que vuelve a subir. ¡Qué pesadez! Ahí está. ¡Y también el papel! Baja de nuevo, se acerca a la chimenea, coge la caja de cerillas y lo quema.

Ya estoy en paz.

Subé otra vez. Se acuesta.

Todas las noches lee tres líneas y se duerme.

La lectura no es lo mío.

Tevy abre la puerta antes de que Vassiliev llame.

—Se alegrará de verlo.

Está la mar de contenta, cualquiera diría que viene a visitarla a ella. Él le pide disculpas por llegar tan tarde, y la chica se limita a sonreír de nuevo. Esa sonrisa es todo un lenguaje.

Habitualmente, al final del día, el apartamento del señor De la Hosseray está sumido en una penumbra un poco opresiva. Desde la puerta de entrada sólo se ve un largo pasillo flanqueado por habitaciones oscuras y, al final del todo, la luz del dormitorio del señor. Vassiliev tiene la sensación de que la vida se ha reducido a esa habitación, cuya lámpara, que vista de lejos emite un leve parpadeo, parece estar pidiendo que la apaguen. Después hay que recorrer ese pasillo: un calvario.

Esa noche, sin embargo, todo es distinto.

Tevy ha encendido la luz de casi todas las habitaciones. El resultado no es más alegre, pero sí más habitable. René sigue a la cuidadora por el pasillo. Se oyen voces en la habitación del fondo.

Tevy se detiene y se vuelve hacia René.

—Le he instalado el televisor en el dormitorio. Para él, ir al salón a veces resulta toda una odisea...

Lo ha dicho en un tono confidencial, como si bromeara.

La habitación ha cambiado. La televisión está frente a los pies de la cama, sobre el velador hay un ramito de flores, y los libros y las revistas del señor están cuidadosamente alineados en las estanterías, lo mismo que los periódicos, bien doblados a la derecha de la cama. Los medicamentos (un verdadero arsenal farmacéutico) ya no están amontonados sobre la mesa redonda, sino ocultos tras el biombo japonés, traído del saloncito. Hasta el señor parece cambiado. Para empezar está despierto, lo que no es frecuente a esas horas. Permanece sentado, con la espalda apoyada en una pila de almohadones y las manos sobre la sábana, y sonríe al ver entrar a Vassiliev. Tiene mejor cara y está bien peinado.

—¡Ah, René, por fin has llegado!

En su voz no hay reproche, sólo alivio.

Cuando Vassiliev le acerca la frente para que el anciano la bese, otra sorpresa: no nota el fétido aliento de costumbre. Huele... No huele a nada, es un progreso enorme.

El televisor está encendido, el señor señala la silla que tiene al lado, y Vassiliev se sienta en ella tras buscar con la mirada dónde dejar el abrigo. Tevy se lo coge y se lo lleva.

—No vienes a verme muy a menudo...

La conversación con el señor no tarda en discurrir por los caminos trillados de siempre. De principio a fin de año, las mismas frases jalonan sus encuentros. Habrá un «No tienes muy buena cara», seguido por un «No me preguntes por mi salud, no acabaríamos nunca», un «¿Qué hay de nuevo en la policía de la República?» y, por fin, un «No quiero entretenerte, mi pequeño René, has sido muy amable al venir a verme, la compañía de un viejo no es...», etcétera, etcétera.

—No tienes muy buena cara, mi pequeño René.

Ah, sí, también está eso, siempre lo ha llamado «mi pequeño René», incluso cuando, a los dieciséis años, su protegido alcanzó el metro ochenta y ocho.

—¿Cómo se encuentra?

En los últimos tiempos, el señor se queja menos. Desde la llegada de la nueva cuidadora, tiene más vitalidad. Parece más viejo pero menos enfermo.

Tevy acaba de entrar, y trae con ella una bandeja con vasos y tazas. Le ofrece una manzanilla, un agua mineral o «algo más... ¿reconstituyente?». Cuando dice determinadas palabras, parece dudar, y las pronuncia entre signos de interrogación. Vassiliev declina con un gesto de la mano.

—Es casi medianoche —dice el señor—. ¡La hora del crimen!

Es una broma que ya resulta repetitiva, pero al menos esta vez es oportuna, porque el telediario de medianoche se anuncia con sus escandalosos titulares.

Maurice Quentin encabeza las noticias.

René está sentado a la derecha del señor. Tevy, en una silla a su izquierda. Los tres juntos forman una escena costumbrista.

Tevy mira a René cuando el rostro del inspector aparece en la pantalla, tan apurado como cuando le ha abierto la puerta. La chica sonríe. René se vuelve hacia el señor. Se ha dormido.

—He hecho fideos. Asiáticos.

René se disponía a marcharse cuando la cuidadora le ha propuesto recalentarlos.

—No sé si le gustan...

No es un buen momento para explayarse sobre su relación con la comida.

—Ya lo creo...

Así que cenan en la mesa redonda del gran salón. Es una especie de pícnic improvisado.

Ella está sorprendida, como orgullosa de haber visto su rostro en la pantalla.

—¡Se encarga de una gran investigación!

Vassiliev sonríe. El adjetivo le recuerda a su madre, para quien había música y gran música, cocina y gran cocina, escritores y grandes escritores.

Ahora es a él a quien lo mandan a la mesa de los mayores.

—Sí, bueno...

Le gustaría mostrarse como es en realidad, modesto. Pero ella se lo ha puesto demasiado fácil para lucirse, para presumir.

La cuidadora es mucho más bonita de lo que creía. Sus risueños ojos subrayan una boca carnosa, sensual. Es un poco regordeta, o más bien... Vassiliev busca la palabra. «Acogedora» es la primera que le viene a la mente.

Tiene una manera curiosa, muy irónica, de contar su periplo desde Camboya: el barco con su familia; los campos de refugiados; los títulos académicos no reconocidos; los estudios que quiere retomar.

—Y el francés que aprendí no tenía mucho que ver con el de aquí.

Hablan bastante bajo, sin saber muy bien por qué, como si estuvieran en una iglesia, para no despertar al señor. Él trata de comer como se debe, lo que no siempre es fácil.

—Lo encuentro muy... en forma —dice René.

Es más un cumplido que un diagnóstico. Tevy no lo capta, o finge no darle importancia.

—Sí, últimamente está bien. Fue él quien quiso salir. Aún camina bastante bien, ¿sabe? Vamos al parque, y cuando el tiempo acompaña, estamos allí casi dos horas. ¡Ah, sí, no se lo he dicho! También hemos ido al cine.

Vassiliev se queda de una pieza.

—¿Y cómo? ¿En autobús, en metro?

—¡No, no! Eso se le haría muy pesado. Lo llevé en coche. Mi Ami 6 no está mucho más en forma que el señor, debe de tener más o menos los mismos años, pero la suspensión sigue siendo bastante buena, y para él eso es lo más importante. Fuimos a ver... ¡Uy, perdón!

Se ríe tapándose la boca con la mano.

—¿Sí?

—*Pollo al vinagre...*

Los dos se echan a reír.

—Pues le gustó mucho. Me dijo que hacía diez años que no iba al cine. ¿Es verdad?

—No sé si es verdad, pero es muy posible.

—Bueno, se durmió antes del final, pero fue un buen día, creo. Y anteayer fuimos a...

Realmente, esa cuidadora es de lo más charlatana.

Luego, cuando lo acompaña a la puerta, dice:

—Mi nombre, Tevy, significa «la que escucha». Nadie lo diría, ¿verdad?

6 de mayo

Por teléfono, la voz de la señora viuda de Quentin no es especialmente agradable. Pronunciación esmerada, tono condescendiente, vocabulario escogido... No es una conversación telefónica, es el escaparate cultural de la señora.

El vestíbulo del inmueble se parece a esa voz, fría y educada. La moqueta empieza en la enorme puerta de entrada. El colmo de la pulcritud: allí no huele a lejía, como en un edificio burgués. Desde la portería, Vassiliev ve la monumental escalinata, jalonada de varillas de cobre, y el ascensor, cuya cabina de madera tallada debe de estar clasificada como monumento histórico. En el cristal de la portería aparece un hombre, que mira al visitante sin decir nada. En el edificio reina una atmósfera solemne. ¿Es lo habitual, o se debe a que es el domicilio de un muerto? A Vassiliev le da tiempo a entrever en la portería un aparador Enrique II, una mesa cubierta con un mantel, unas flores y, algo más lejos, a un niño de corta edad, que deja de jugar con su gato cuando se abre la puerta. Vassiliev evita el ascensor y toma la escalera.

La doncella le abre y, antes de franquearle el paso —tal vez por el frecuente mimetismo de los sirvientes, que suelen acabar pareciéndose a sus señores—, sostiene la puerta entreabierta durante unos largos segundos. Es una mujer menuda, una cincuentona seca de mirada recelosa. Vassiliev ha anunciado su visita, pero de todos modos le tiende la placa de policía, que la criada examina antes de dejarlo entrar de mala gana y pedirle que «espere allí».

Un apartamento lujoso. Se nota la diferencia entre la riqueza y el gran confort. El decorador no ha impuesto su gusto, porque allí el decorador es el tiempo, la cultura de los moradores, los muebles de la familia, los regalos principescos, los suvenires de los viajes... En las paredes, nada de reproducciones protegidas con cristal, sino obras originales. Vassiliev se acerca a una acuarela y reconoce el puerto de Honfleur. La firma no le dice nada, pero el tema le trae muchos recuerdos, y lo turba ver, en el estilo del cuadro, la apacible atmósfera de la cuenca portuaria, curiosamente desmentida por la amenaza que transmite la negrura de las casas techadas con tejas planas. La voz de la viuda lo saca de su ensimismamiento.

Se trata de una cuarentona atractiva que lo ha tenido todo desde la infancia, en especial, respeto. Maquillaje sobrio, paso firme, la actitud un tanto atareada de la gente educada que te escucha, pero que tiene cosas más importantes que hacer. Con un gesto mecánico, Vassiliev se alisa la arrugada solapa de la chaqueta y carraspea: son, en versión masculina, los gestos de su madre cuando aparecía el señor De la Hosseray.

La viuda examina al inspector, que le saca una cabeza, pero tiene la espalda encorvada y lleva un traje de confección que ha conocido tiempos mejores. Le tiende la mano («Buenos días, inspector», no señor Vassiliev) y lo precede hasta el salón, que debe de medir, calcula René, tres veces más que todo su piso. La señora se instala en un sofá y le señala una butaca, en la que Vassiliev se sienta cautelosamente posando las nalgas en el extremo.

La viuda se inclina, abre un pequeño cofre, saca un cigarrillo, lo enciende con un encendedor de sobremesa y se da cuenta de que no le ha ofrecido uno a la visita. Sin decir palabra, le señala el cofrecillo. Vassiliev esboza un educado gesto de rechazo. Se siente como un representante de valores mobiliarios.

La señora de Quentin parece una viuda de toda la vida, más que una viuda reciente.

—¿En qué puedo ayudarlo, inspector...?

—Vassiliev.

—Sí, disculpe, lo había olvidado.

—En primer lugar, permítame expresarle mi más...

—Por favor, eso no es necesario.

La viuda expulsa el humo por la nariz y esboza una sonrisa de complacencia, que desaparece un segundo después.

—Su marido...

—Mi esposo.

Vassiliev no acaba de ver la diferencia.

—Nuestro vínculo era administrativo, pero sobre todo jurídico y fiscal. Maurice era mi esposo. Un marido es otra cosa. Él poseía las obras públicas; mi padre, las cementeras. Y tres hijas. De hecho, para mi padre eran cosas parecidas. La mayor se casó con las obras públicas, y la segunda, con la navegación fluvial y los depósitos portuarios para transportar y almacenar los materiales de construcción. La menor se casó con el crédito inmobiliario, para financiar las obras públicas.

Vassiliev no conoce demasiado bien a las mujeres, pero ha tratado con unas cuantas, y, por mucho que rebusca en su memoria, no encuentra a ninguna que se parezca ni de lejos a esa señora que acaba de enviudar.

—Supongo que le gustaría saber más sobre la vida de mi esposo... Y probablemente, también sobre la mía...

—No querría que...

—Pretendo ahorrarle tiempo. No tardará en descubrir que mi esposo tenía amantes. En cuanto a los míos, tres a fecha de hoy. Puedo proporcionarle una lista para evitar que pierda un tiempo precioso. Un tiempo que pagan los contribuyentes.

—Percibo en usted cierta... amargura en relación con el señor Quentin, ¿me equivoco?

La viuda aplasta el cigarrillo en el cenicero y enciende otro. Vassiliev continúa:

—Y la forma en que lo mataron hace pensar en algo bastante... pasional, ¿sabe?

—Sí, lo sé de sobra. Usted baraja un posible móvil conyugal, y sin duda acabará preguntándome por mi... coartada. Así es como lo llaman ustedes, ¿verdad?

—Nos limitamos a hablar de oportunidad.

—Pues bien, a la hora en que asesinaron a mi esposo delante de nuestra casa, yo estaba en un club libertino de carácter fetichista, La Tour de Nesle, con numerosos amigos. Una velada maravillosa, por cierto, me gustaría disfrutar de veladas así más a menudo. Muchos hombres y muy pocas mujeres. Terminamos muy tarde. Sin duda, podrá confirmar mi estancia en ese establecimiento con todos los detalles necesarios. Soy muy conocida allí, podría decirse que es mi segunda casa.

Vassiliev saca la libreta, sin dejarse impresionar por la provocación de la viuda.

—Bueno, para evitar gastos a los contribuyentes, como usted dice, le estaría muy agradecido si pudiera proporcionarnos la lista de sus amigos antes de que vayamos a buscar la confirmación a ese establecimiento.

La viuda hace un simple gesto con la cabeza, bastante difícil de interpretar.

—No sé nada sobre el modo habitual de matar a la gente, señor inspector, ni siquiera sé por qué considera particularmente pasional la manera en que asesinaron a mi esposo, pero si me permite...

Una pausa. La viuda duda, o quizá finge dudar.

—Por supuesto —la anima Vassiliev—, cualquier cosa que pueda resultarnos útil será bien recibida.

—Muy pronto se encontrará ante una apretada madeja de relaciones, de negocios vagamente fraudulentos, de beneficios de lo más sospechosos, todo ello organizado con la más absoluta ortodoxia contable. En muy poco tiempo, los nombres de las personas que sentían hacia mi marido un odio lo bastante profundo como para matarlo cubrirán las paredes de su despacho. Y apuesto a que entonces interpretará de una forma muy distinta el modo en que murió, y encontrará en él más rabia que pasión.

—Comprendo.

La viuda abre las manos: ¿es todo?

Vassiliev responde con una leve mueca: pues sí.

Ella se toma la molestia de acompañarlo al pasillo y, a continuación, hasta la puerta de entrada. Es una cortesía inesperada y tardía que pretende limar las asperezas de un recibimiento que, según le parece a ella, no se ha desarrollado como debería.

—En cuanto a sus amigos de La Tour de Nesle... —dice Vassiliev—. ¿Podría tener la lista esta noche?

El comandante coge el abrigo y la gorra a cuadros y saca el coche del garaje. Hace un buen día, pero él está taciturno. Ha dormido mal, es decir, menos aún que de costumbre. Recorre una veintena de kilómetros, entra en un pueblo que responde al enigmático nombre de Montastruc y se detiene cerca de una cabina telefónica, a dos pasos de la plaza del ayuntamiento. Marca un número, deja que el teléfono suene dos veces, cuelga y vuelve a irse.

En ese lugar, la departamental bordea el vallecito del Girou, un riachuelo que se enorgullece de figurar como río en los mapas de la región. Los boscosos alrededores hacen alternar zonas de resplandeciente claridad con frescos trechos de sombra casi crepuscular. La carretera no parece frecuentada más que por un puñado de habituales. Ese recorrido es uno de sus preferidos, y las pocas veces que tiene ocasión de hacerlo lamenta haberlo reservado para las circunstancias excepcionales. Como ésta...

Toma el desvío hacia Belcastel, se detiene cerca de una cabina telefónica situada a la entrada del pueblo, consulta su reloj y se aleja unos pasos. El timbre del teléfono lo hace volver atrás. Comprueba con una pizca de irritación que el horario no se ha respetado con absoluta escrupulosidad. Tres minutos de adelanto no es la hora exacta. Pero no está en situación de hacerlo notar.

—¿Sí?

—¿El señor Bourgeois?

—Sí.

—Temía haberme equivocado...

—No, no, es el número correcto.

Ahí está. El protocolo se ha cumplido a la perfección. La primera andanada no se hace esperar:

—¿Qué ha pasado con ese trabajo?

—Las cosas no siempre ocurren como estaba previsto.

—No ha sido limpio. Y nosotros queremos trabajos limpios. No me gusta tener que recordárselo.

El comandante no responde. De lejos, desde el otro extremo de la plaza, le llega la música, una conocida canción que despierta algún eco en su interior. La ahuyenta con un movimiento de la cabeza.

—Usted es el responsable de los trabajos que se le encargan —prosigue la voz—. Y conoce las condiciones del contrato. En caso de incumplimiento, soy yo quien zanja la cuestión.

A lo largo de su vida, el comandante se ha enfrentado a todo tipo de situaciones difíciles y ha constatado que, cuanto más tensas eran, más tranquilo estaba él. Su mente analiza cada detalle, registra cada una de las minúsculas alteraciones que hacen evolucionar el contexto y mantiene la calma en todo momento. Henri es un hombre de sangre fría.

—¿Quiere que zanje la cuestión? —pregunta la voz.

—No, yo respondo por el proveedor.

Esta mañana temprano ha llamado a Mathilde. Otra infracción del protocolo. Desde luego, en los últimos tiempos todo parece tambalearse en la ordenada vida del comandante.

«¡No, no, claro que no me despiertas! ¡Por favor, Henri...!»

Está contenta de oírlo. Y también sorprendida.

«¿Algún problema?»

La pregunta lo saca de sus casillas.

«¿A ti qué te parece?»

Tono seco, cortante. Mathilde deja pasar unos segundos.

«Sí, bueno, pero no irás a hacer un drama de eso, ¿verdad?»

Ha adoptado un tono desenfadado. De acuerdo, se dice, he hecho una gilipollez, ¿y qué?

«No creo que sea para tanto, Henri.»

Mathilde busca en su memoria, pero no se le ocurre nada. Lo mejor es dejarle la iniciativa.

«¡Exijo un trabajo limpio!», exclama el comandante, que se da cuenta de que repite mecánicamente las palabras de su superior.

¿Limpio? ¿Y eso qué significa? Por un breve instante, los dos parecen hacerse la misma pregunta.

Mathilde se pregunta si es que ha cometido algún error.

«Ha sido una pequeña pifia, Henri, nada más», se aventura a decir. «No volverá a ocurrir.»

El comandante presta atención a la voz, intenta captar el menor matiz. Mathilde está sinceramente arrepentida. ¿Le concede el beneficio de la duda?

«Pero ¿por qué lo has hecho?», le pregunta al fin.

Mathilde sonríe, el leve cansancio que percibe en la voz de Henri significa que renuncia a sermonearla. ¡Uf!

«Hay días así, Henri, nos pasa a todos.» Y aprovecha el breve silencio para añadir: «No me llamas nunca... ¡Sí, ya sé, ya sé, el protocolo! Pero, en fin, no me llamas nunca, y para una vez que lo haces, todo son reproches... No puedes negarlo...»

¿Qué se puede responder a eso? No debería haber llamado. Ahora es él quien, de pronto, se siente cansado, y cuelga sin añadir nada más.

—Bien —dice la voz de su superior en el teléfono—. No me gustaría tener que volver a llamarlo por algo así.

—Lo entiendo perfectamente —responde el comandante.

En el camino de regreso, siente que la carretera que bordea el Girou está mucho más tranquila que él.

Por su parte, Mathilde ha bajado las escaleras, le ha abierto al perro y se ha hecho un café. La llamada la ha entristecido. ¿Qué puede tener Henri que reprocharle? A lo mejor es por la Desert Eagle... Se preguntará si se ha deshecho de ella, como dictan las reglas.

Mathilde sonríe. Sabes perfectamente, Henri, que de camino a casa siempre paso por uno de los puentes del Sena. ¿A santo de qué iba a actuar ahora de un modo distinto?

La investigación está en todas las portadas. Como sólo han reivindicado el crimen algunos grupúsculos totalmente desconocidos para la policía, las pesquisas se orientan hacia las relaciones de la víctima. Después de darle la vuelta a la vida de Maurice Quentin como si fuera un calcetín, el pronóstico de su viuda resulta ser bastante acertado: la madeja de sus negocios y de sus relaciones es de una complejidad mareante, y la cantidad de operaciones en las que tenía intereses o en las había participado, literalmente incalculable.

El comisario Occhipinti, convencido inicialmente de que por fin tiene un caso que lo pondrá en la órbita del ministerio (objetivo en el que se cifran sus sueños de grandeza), no tarda en verse desplazado por todo tipo de expertos que nunca son capaces de explicarse claramente y que lo sumergen en un sinfín de investigaciones fiscales, fiduciarias, bursátiles e industriales que acaban de manera indefectible en el ámbito político.

El asesinato se cometió en mayo. Cuando se acercan las vacaciones, el comisario Occhipinti ya sólo desea quitarse de encima el asunto, que cada vez huele peor.

En cuanto a Vassiliev, acabó siendo apartado del caso al final de la primera semana, dedicada a interrogatorios tan extenuantes como inútiles de un sinfín de colaboradores, secretarios, asistentes, consejeros y adjuntos del presidente Quentin. Los funcionarios que lo mandan al banquillo no se andan con rodeos: no da la talla. Él no se queja de nada.

Los servicios más secretos de la República agitan sus redes y llegan a la misma conclusión que la policía, es decir, que se trata de un contrato, de un encargo profesional, y que probablemente nadie llegará al fondo del asunto. No tardará en quedar archivado al lado de otros expedientes similares, como el de los ministros que se suicidaron en condiciones rocambolescas o el de los prefectos asesinados en plena calle en ciudades controladas por las mafias locales. En ese tipo de asuntos, más frecuentes de lo que se cree, a menudo hay que esperar mucho tiempo antes de descubrir, por casualidad, un indicio cualquiera que permita remontarse hasta el ejecutor del contrato, lo que no resulta muy útil, porque con frecuencia la pista se detiene ahí y el contratante sigue durmiendo como un bendito. La atención del gran público, tan bien adiestrada como siempre, acepta tanto la ignorancia como la sorpresa. Otras urgencias la reclaman. ¿Platini cambia de club? ¿Conseguirá Estefanía casarse con su gran amor?

Para la prensa, sin embargo, el asunto sigue siendo incómodo. Por un lado, se inclina a exprimirlo (un gran empresario asesinado es como un crimen de lesa majestad: no lo soltarías nunca); por el otro, no hay nada que contar. Ese tipo de contingencias nunca ha detenido a los buenos periodistas, pero, de todos modos, cuesta mantener encendidas unas brasas que están deseando apagarse. El titular «La verdad sobre el caso Quentin» se repite varias veces, pero sin gran convicción. El personaje que, en vida, no era precisamente fácil se muestra aún menos accesible *post mortem*.

Vassiliev, encantado de estar fuera del partido, sigue leyendo todas las noticias sobre Maurice Quentin. Al fin y al cabo, ha visto el cadáver de ese hombre tirado en la calle, y, pese a los años de práctica, esas cosas siguen afectándolo: es un hombre sensible.

Así que está muy lejos de imaginar que ese misterio volverá a llamar a su puerta muy pronto, y que traerá consigo un cúmulo de consecuencias trágicas.

5 de septiembre

La chica está muy nerviosa. Ríe demasiado fuerte, con demasiada frecuencia. También está muy delgada. Constance. Tiene treinta años. En su actitud hay algo extrañamente viril, como les suele ocurrir a las mujeres que han estado en la cárcel. La empleada de la institución la ve pelearse con la puerta del maletero del coche, que cierra mal. Por su parte, Nathan presencia la escena sin inmutarse, sin compartir las risas y los aspavientos de Constance. Se muestra distante, casi frío, ha pasado por un montón de instituciones como aquélla, está de vuelta de todo. Constance acaba de comprar la silla para niños, y no sabe cómo instalarla.

—Déjeme ayudarla —le ofrece la empleada.

—¡No, ya lo hago yo!

Es una respuesta apresurada, brusca, casi grosera.

La empleada hace un gesto: muy bien, adelante...

Y no es nada fácil. Inclinada sobre el asiento trasero, Constance tira de la correa de plástico, busca el punto de anclaje, murmura algo, prueba en el sentido contrario, vuelve a probar. Es una estupidez, sí, pero se dice que, si no sabe hacer eso, es porque es una mala madre. Es lo que ya siente por un montón de cosas más, por casi todo en realidad, porque no ha tenido tiempo de aprender. Es paradójico, llevaba casi cinco años aguardando este momento, y no ha podido hacer nada para prepararse. Hay que reconocer que han pasado cosas. Mientras ella se esfuerza en encajar el fondo de la silla en los anclajes del asiento trasero, Nathan sólo ve sus nalgas, que se marcan en el pantalón estampado, mientras la oye maldecir entre dientes. Justo entonces, Constance se vuelve para pedir disculpas a la empleada con un vistazo, y aprovecha para sonreír al niño, que espera detrás de ella con los brazos colgando y una figurita de Goldorak recién comprada balanceándose en la mano derecha y con la que no sabe qué hacer. No responde a la sonrisa, mira a su madre con una distancia que parece indiferencia. O rencor, Constance no lo sabe con exactitud, pero desde luego no es una mirada amistosa. Vuelve a la tarea, dolida por la frialdad del niño. Es normal, aún no se conocen.

Le quitaron a Nathan cuando apenas tenía seis meses: Constance había golpeado a la inspectora de Servicios Sociales que venía a verificar sus condiciones de vida. Nueve días de baja. Como no tenía padre conocido y ella ya había entrado y salido de la cárcel varias veces, las autoridades se lo llevaron de inmediato. Constance no tenía forma de verlo, se presentó ante el juez, suplicó, pero su expediente era demasiado grueso, se había puesto una camisa de manga larga para que no se le vieran las venas azules de los brazos, pero no engañó a nadie. Nathan fue a parar a una primera institución y, poco después, a una familia de acogida, pero ella no tenía derecho a verlo, ni siquiera sabía dónde se encontraba. Durante más de seis meses asedió a la administración para recuperar a su hijo. Tenía cuidado con todo, rellenaba los formularios y respondía a los interrogatorios, iba a las citas, se sometía a los análisis de sangre y orina... Tenía que hacer verdaderos malabarismos, porque en realidad no había conseguido desengancharse. En esa época vivía con Samos, nunca supo cómo se llamaba en realidad. Luego vino el atraco a la farmacia de la rue Louvenne, le cayeron cinco años. Curiosamente, eso es lo que le dio fuerzas. La presencia de Nathan empezó a sobrevolar su cabeza como una nube bienhechora. Logró desengancharse gracias a él, consiguió resistir a las incitaciones, a menudo violentas, de las internas que traficaban en el trullo. Desde luego no era su rollo, pero aceptó acostarse con Mona, la mandamás de la trena, y gracias a ello disfrutó de una paz relativa. De forma esporádica recibía noticias de Nathan, y algunas veces incluso una foto, todo la hacía llorar. La corpulenta Mona se apiadó de ella, hizo creer que seguían juntas, pero ya no volvió a exigirle nada. Se hicieron bastante amigas, en la medida en que eso es posible en un lugar como aquél. Libertad condicional al cabo de tres años. Seis meses de prueba, sin ninguna posibilidad de recuperar a Nathan. Constance volvió a Seine-et-Marne, tuvo que cambiar de alojamiento dos veces, conoció a uno o dos fulanos y aun así no recayó. El único objetivo de su vida: demostrar que merecía que le devolvieran a su hijo. Al final, encontró un piso al alcance de sus posibilidades con una habitación para el pequeño. Constance no tiene ningún título, así que trabajó en supermercados o limpiando, pero rechazó los trabajos en negro; quería nóminas, facturas, recibos, poder probarlo todo, nada ilegal, absolutamente nada. Una tarea muy difícil cuando estás en lo más bajo del escalafón. Los inspectores visitaron el piso, y ella les enseñó la habitación recién pintada, con la camita y todo, el armario, la ropa, hasta los juguetes. Tuvo que empezar otra vez con los análisis de sangre y las muestras de orina, hizo todo lo que le exigían, como una buena chica.

Y tuvo un golpe de suerte con la agencia Hatzer, de trabajo eventual. La señora Philippon, conmovida por la situación y por la voluntad de la chica, le echó una mano. Todas las clientas estaban muy satisfechas, y es que Constance ponía en el trabajo toda su rabia, todo su empeño en recuperar a Nathan, su única obsesión.

Valió la pena.

El juez dictó su veredicto.

Constance puede recuperar a Nathan.

Estará sometida a constantes inspecciones, tendrá que responder a encuestas, rellenar nuevos formularios, soportar las visitas sorpresa, pero puede llevárselo. Y tenerlo con ella.

La joven ex presidiaria llevó un ramo de flores a la agencia, un ramito no muy caro, pero el detalle hizo llorar a la señora Philippon, que le había comprado un juego a Nathan, ella tiene un nieto casi de la misma edad.

Constance sigue intentando instalar la sillita bajo la doble mirada de la empleada y del niño. La ha comprado de segunda mano, esas cosas son muy caras. Se pregunta con preocupación si no la habrán engañado, si no le habrán vendido una silla incompleta, igual le falta algo... Y ante la idea de que, sin la silla del demonio, no podrá irse con Nathan, se le revuelve el estómago y le entra el pánico.

—¿De verdad no quiere que...? —se atreve a insistir la mujer.

Constance se aparta, a punto de echarse a llorar, y la buena mujer coloca la sillita con gran facilidad.

—Mire, tiene que pasar la correa por debajo y... Fíjese, ponga la mano aquí, no, un poco más allá, eso es. Ahora notará que hay una pestaña, ¿la nota? Encájela empujándola un poco, y oirá un clic. Pruebe usted.

Constance prueba y funciona. Vuelve a ser una buena madre.

Le hace una mueca de complicidad a Nathan, que no mueve una sola pestaña. No conoce a esa chica, y ha visto a tantas, a tanta gente de todo tipo, que no va a ponerse a sonreír por nada. Necesita un motivo.

Cuando Constance ha metido la maleta, el pequeño ha visto un paquete envuelto en papel de regalo en el portaequipajes. Está seguro de que es para él y se pregunta cuándo se decidirá a dárselo. Nada más llegar le ha dado el Goldorak. Él no ha dicho nada, pero esos robots nunca le han interesado, no ve el momento de deshacerse de él. Si esa tal Constance ha tenido tanta intuición con el paquete del maletero, esto promete...

Lo colocan en la sillita, y él las deja hacer. Constance no sabe qué decir.

—Gracias por...

La empleada está sonriendo.

—¡No olvide ponerle el cinturón! —dice.

¡Ostras!

Constance vuelve a meterse en el habitáculo, coge el cinturón y, al pasárselo por delante a Nathan, de pronto se ve a sí misma inclinada sobre él: nunca han estado tan cerca el uno del otro. Sólo dura un instante, pero tanto ella como el niño comprenden que es un momento clave, aunque ninguno de los dos sabe qué hacer. Constance ve la cara de Nathan en primer plano, sus ojos, marrones y grises, su boquita, el nacimiento del pelo castaño, tan fino, en lo alto de la frente... Es tan guapo que Constance se asusta. Nathan percibe su olor, es un aroma que no conoce, típicamente femenino y un poco dulzón; un olor que le gusta mucho, aunque no lo demuestra.

La primera parte del viaje ha sido dura. Casi trescientos kilómetros en coche hasta Melun.

—Pararemos para comernos una pizza, ¿quieres?

Nathan preferiría un McDonald's.

Ella le explica cómo van a vivir, todo lo que van a hacer ahora que vuelven a estar juntos para siempre. Pero el niño sólo abre la boca para criticar: los caramelos que le ha comprado, los tebeos que ha elegido... Hacia medianoche, cuando ya se acercan a París, Constance tiene los nervios de punta. Y se da cuenta de que ha olvidado darle el regalo, se lo ha dejado en el maletero.

Durante buena parte del viaje, Nathan no ha pensado en otra cosa.

Cuando llegan a casa, está profundamente dormido.

A Constance le hacía mucha ilusión entrar con él en el piso por primera vez, se lo imaginaba descubriendo su habitación, los muebles, los juguetes, pero Nathan duerme en sus brazos, totalmente rendido. Debería despertarlo, llevarlo al lavabo y decirle que se cepille los dientes. Si no lo obligo a hacerlo, seré una mala madre. Pero en su lugar lo desnuda y lo desliza entre las sábanas sin que él se dé cuenta siquiera. ¡Qué pesadilla de viaje! A cualquier otro no le habría aguantado ni la décima parte. Ha habido momentos de tensión, que si pizza, que si hamburguesa... Constance se siente culpable. A un niño hay que merecérselo... Es lo que le decía el juez cuando ella pedía que se lo devolvieran.

Es tarde. Mañana tendrán todo el día para estar juntos; lo ha organizado todo: el cine, el pícnic... Pero ahora tiene dudas, nada le parece adecuado.

Descorcha una botella de burdeos. Está agotada.

• • •

Ahora Vassiliev va dos veces por semana a Neuilly. El señor De la Hosseray sigue diciéndole «No vienes a verme muy a menudo...», y Tevy se tapa la boca para no reír. René, por su parte, se disculpa con torpeza. Es verano, algunos días la temperatura es muy alta, y Tevy ha tenido que echar mano de todo su ingenio para que corra el aire, para que el señor, que de todas formas no se queja de nada, esté más fresco.

—Vamos mucho al parque —le dice ella—. Al señor le gusta mucho leer las noticias allí.

Hacía siglos que Vassiliev no veía tantos periódicos en esa casa. Antes tenía el despacho lleno, luego perdió el interés, y ahora parece haberlo recuperado.

Si echa la vista atrás, Vassiliev no puede menos que sorprenderse de la huella que la joven cuidadora ha dejado en la casa. Todo revela su presencia: los cojines nuevos, la organización de la habitación del señor, las nuevas lámparas («En el salón apenas se veía, ¿verdad?»). Y los amuletos. Son muy discretos, aunque Tevy lo admite riendo: es tremendamente supersticiosa. Se rodea de todo tipo de fetiches, no puede evitarlo. Así que las cajas de betel con forma de pájaro, las copas doradas para ofrendas, las cabezas de apsaras danzantes y las reproducciones en cerámica de la cabeza del Avalokiteśvara del templo de Plaosan han acabado fagocitando los bronces del siglo XIX, los ceniceros de alabastro y los grabados un tanto atrevidos del señor. Sus creencias divierten a René y distraen al señor De la Hosseray. Por ejemplo: a Tevy el apartamento no le gusta demasiado.

Y no es que sea incómodo, pero la escalera tiene un número impar de peldaños, «y eso hace que los fantasmas entren en la casa». Ella misma se ríe, lo que no le impide creerlo. La otra noche —René ya no recuerda cómo empezó la conversación, pero está convencido de que no fue él quien sacó el tema—, Tevy afirmó que un hombre no debía acostarse nunca con una mujer que llevara el pubis afeitado, «¡puede estar seguro de que tendrá graves problemas!». René se sonrojó, ella no.

Cuando se menciona el caso de Maurice Quentin, Tevy dice que seguramente no estaría muerto si se hubiera hecho tatuajes sagrados en el cuerpo.

—No sé yo si un tatuaje es una protección muy eficaz contra una Magnum 44... —se atrevió a objetar Vassiliev.

—¡Usted no entiende de esas cosas, René!

Él le preguntó si no se le había ocurrido protegerse a sí misma con un tatuaje sagrado, y esta vez fue ella quien se puso roja. René no sabía dónde meterse... Desde entonces no deja de darle vueltas a la existencia de un tatuaje sagrado en alguna parte del cuerpo de Tevy. No puede evitar suponer que lo lleva en algún sitio íntimo, y eso lo perturba bastante.

Se llaman por sus nombres de pila, pero se tratan de usted.

Han hablado de Maurice Quentin, no porque haya ninguna novedad sobre el caso, sino porque el señor De la Hosseray lo conoció en otros tiempos:

—Fue en el Jockey Club, durante una cena, ya no recuerdo con qué motivo... Un tipo curioso. Se pasó un buen rato hablándonos de un safari en el que ni siquiera había participado...

Las visitas de Vassiliev obedecen a un ritual que le debe al señor De la Hosseray, pero ahora también lo hace por Tevy. Los dos valoran mucho la regularidad, la costumbre, el ceremonial. Charlan mientras beben algo, comen fideos o crema de verduras, y después se instalan alrededor de la gran mesa del salón y juegan al enano amarillo. Tevy gana muy a menudo. René supone que hace trampas. Nunca trata de comprobarlo, pero le gusta que las haga. Sin que se note demasiado, la deja ganar. Ella se pone contenta, porque la victoria confirma sus creencias y supersticiones.

Esa tarde, el señor ha vuelto a mencionar el caso Quentin.

—Hace mucho que ya no lo llevo —ha respondido René.

—Otro asunto enterrado —concluye el señor.

—Enterrado —repite Tevy.

Toma nota mentalmente de las expresiones que son nuevas para ella, y repetirlas le ayuda a memorizarlas. Luego intenta usarlas, aunque no siempre lo hace con acierto. René la corrige como disculpándose, pero Tevy nunca se ofende.

Tras la partida de enano amarillo, cuando el señor se duerme, se quedan los dos charlando en el salón. Hay días en los que René se va bastante tarde.

—Con el señor De la Hosseray, conoce al cien por cien de mi familia —dice René—, pero usted nunca me cuenta nada de la suya...

—No es muy interesante. —Y como él se queda esperando la continuación, la chica añade—: Quiero decir que es bastante típica... Es una familia. Ya sea camboyana o francesa, siempre es más o menos lo mismo, ¿no?

Está claro que no tiene ganas de hablar del asunto; de hecho, cambia de tema, y vuelve a hablar del señor y de la partida de cartas de esa tarde.

Eso le recuerda a Vassiliev que quería proponerle algo.

—He pensado... —empieza a decir—. Quizá una de estas tardes podríamos hacer una foto, ¿no?

—¿Una foto?

—Sí, para tener un recuerdo de estos momentos con el señor. Para cuando... Bueno, usted ya me entiende.

—¡Oh, no! —exclama la chica.

Parece tan indignada que Vassiliev se pregunta con preocupación si ha dicho algo ofensivo.

—No se pueden hacer fotos de tres, trae mala suerte. ¡Si lo hiciéramos, uno de los tres moriría!

Los dos piensan en lo mismo, la edad del señor, y les entra la risa. La tarde ha estado muy bien. Todas son muy agradables, por no hablar de que, dos veces por semana, René come algo distinto a las conservas y los congelados.

Cuando Tevy lo acompaña a la puerta, Vassiliev se lanza:

—Oiga, Tevy..., ¿cree que el señor... chochea?

Y como Tevy frunce el ceño ante la nueva palabra, él se lleva el dedo índice a la sien.

Esa tarde, en dos ocasiones, cuando René ha vuelto a mencionar a Maurice Quentin y como si acabara de acordarse en ese momento, el señor ha dicho: «¿Sabéis que una vez coincidí con él? En una cena en el Jockey Club. Estuvo un buen rato hablándonos de un safari en el que ni siquiera había participado...»

Tevy también se ha percatado. No le dice a René que ha advertido otros signos en el señor, y se limita a reír tapándose la boca con la mano, como siempre.

—Sí, a veces *chochea* un poco...

Al despedirse, Vassiliev se inclina hacia ella y se dan un beso en la mejilla.

Desde el pasado mes de mayo, cuando se produjo el desastre del asunto Quentin, Henri Latournelle está preocupado por Mathilde. Por supuesto, no ha vuelto a llamarla y no tiene noticias suyas, como ocurre a menudo, pero, sin saber por qué, en esta ocasión no está tranquilo. Que no tengan ningún contacto es lo habitual, forma parte de las normas; el contacto es la excepción a la regla. Lo que lo inquieta es no saber. ¿Le pasa algo? ¿Quién se ocupará de los trabajos más delicados? Evidentemente, no se trata sólo de eso; se trata también de la propia Mathilde.

No se atreve a reconocerlo abiertamente, pero todo esto le resulta dificilísimo. ¿Hasta qué punto llegó a amarla? Esa pregunta duplica su tristeza. La amó con todas sus fuerzas. Pero siempre a distancia.

1941. Mathilde tiene diecinueve años, es preciosa. Nada que ver con el tonel mofletudo en el que se ha convertido.

Ha entrado en la Resistencia a través de Coudray, un camarada que ha caído muy pronto. Henri, que acaba de organizar la red Imogène, le encarga pequeñas misiones: llevar maletas, averiguar direcciones, transmitir mensajes... La pone a prueba.

En 1941, disfrazada de enfermera, tiene una participación destacada en la evasión de tres camaradas detenidos por la Gestapo de Toulouse. Su sangre fría es impresionante, no le asusta nada.

Y llega ese día de 1942 en el que la red se ve desmantelada, en gran parte debido a una de esas casualidades desafortunadas que no son culpa de nadie, pero que diezman los efectivos. Henri recuerda ese día febril, en el que los supervivientes tienen que movilizarse para frenar la brutal penetración de los servicios de información alemanes. Hay que actuar deprisa, muy deprisa, recoger documentos, avisar a otros camaradas, asegurar fugas, organizar transportes de armas, informar a las distintas redes, garantizar la impermeabilidad por todos los lados... Ese día, Mathilde obra un milagro. Totalmente desbordado, Henri le encarga comprobar si un depósito de armas está o no bajo la vigilancia de la Gestapo. No logrará reconstruir con exactitud lo sucedido hasta más tarde, cuando haya pasado la tormenta. Mathilde localiza *in situ* la discreta vigilancia establecida en las proximidades del depósito. El peligro es doble: el decomiso de todo el alijo y el arresto de quien intente protegerlo. Sólo hay un coche. Los servicios alemanes se organizan deprisa, pero los refuerzos necesarios para tender una trampa aún no han llegado. De manera que Mathilde llama a Roger, un buen tipo, el fortachón de turno, que llega tan rápido como puede con su camión de fruta y verduras vacío. Con su ayuda, Mathilde consigue cargar todas las armas en menos de veinte minutos. «La chavala no decía una palabra, ¡ni mu!», contaba Roger, admirado. Se fueron hacia la calle principal. Cuando iban a enfilarla, a Roger le entraron dudas, el coche de vigilancia seguía allí. «Ella estaba como si nada.» De hecho, no ocurrió nada. «¡Me entró un canguelo!» El coche no se mueve. Media hora después, los refuerzos alemanes llegan y encuentran a los dos agentes encargados de la vigilancia en los asientos delanteros del coche, degollados.

A Henri, la iniciativa no le gustó nada. De hecho, las represalias no se hacen esperar, aunque no le queda otra que reconocer que las armas se han salvado. Siempre ha tenido dificultades con esa contabilidad de la guerra, pero, sea como sea, después de ese episodio mira a Mathilde de otra manera. Sin embargo, ella es la misma, tranquila, poco habladora, guapa... Y cómo la desea... Flirteos constantes, dedos que se rozan. Aun así, nunca llega a pasar nada. A él le gustaría saber más de su vida, pero Mathilde le cuenta muy poco. Henri no consigue conciliar la imagen de esa chica grácil como una flor con el degüello de dos hombres en un coche. No deja de darle vueltas, pero no quiere hablarlo con ella, le asustan las respuestas. Sin duda se subió a la parte trasera, mató al primero de una cuchillada en la garganta, y luego degolló al otro... O tal vez lo hizo con dos cuchillos, uno en cada mano... ¿Utilizó sus encantos para abordarlos?

Después, ya era demasiado tarde, intervinieron otras cosas, el asunto Gerhardt... Un chico guapo, ario de pura cepa, seguro de sí mismo, fanático a más no poder. «Dejadme a mí...» Ya estaba en un estado lamentable, y los camaradas que se habían ocupado de interrogarlo habían tirado la toalla. «Dejadme a mí...» La voz de Mathilde era firme. Ni la menor sombra de duda. Henri fue débil, aceptó, su única condición fue que un hombre armado se quedara con ella. El elegido fue Gilles, aún se acuerda de su nombre. Los otros se marcharon y dejaron allí a Gerhardt y a Mathilde, frente a frente. «¿Puedes pasar por casa de mis padres? No quiero que se preocupen...»

Henri fue a casa del doctor Gachet, pero con quien habló fue con su mujer. Los tranquilizó, confiaban en él.

Durmió mal. A la mañana siguiente, Henri fue el primero en llegar. Al amanecer, preocupado. El camarada de guardia dormitaba en el heno, en la entrada del camino. El coche lo despertó.

—Ha muerto —le dijo a Henri.

Parecía atontado; el cansancio, sin duda.

—¿Dónde está Mathilde?

Sin decir palabra, Gilles señaló el granero a lo lejos. Henri echó a correr hacia allí, abrió la puerta de golpe, Mathilde se despertó...

—Me has asustado... —dijo incorporándose.

Se alisaba la falda como si acabara de levantarse de la mesa. Le tendió un papel, él reconoció su letra, vio que tenía las uñas negras... En aquella granja no había agua, el pozo llevaba mucho tiempo seco.

—Está todo aquí —añadió Mathilde.

Dos nombres, una fecha, un lugar, una decena de palabras. Henri se dirigió al fondo del granero, iluminado por una bombilla desnuda que colgaba de un cable sujeto a una de las vigas. Cerca de la mesa, el suelo está pegajoso, la tierra batida ha absorbido mucha sangre. De hecho, el militar tendido en el suelo está lívido, vacío como un pescado. Henri vomita. Todos los dedos de las manos y de los pies estaban amontonados en el fondo de un cubo que seguramente se usaba para ordeñar a las vacas cuando la granja aún existía. Junto con los ojos, las orejas, los testículos y bastantes otras cosas que fue incapaz de identificar.

—Estoy molida, ¿puedes pedirle a Gilles que me lleve?

Está allí, delante de él, sonríe, ¿espera quizá que la felicite? No, no es eso lo que quiere. Recoge sus cosas, se vuelve, mira fijamente a Henri... Y es esa mirada, esa expresión, lo que se le quedará grabado, lo que se interpondrá cada vez que esté a punto de producirse algo entre ellos. No es la cara de una mujer cansada, sino la de una mujer... satisfecha.

Henri se reúne con Gilles en el exterior.

—He tenido que salir de allí... —se justifica Gilles—. No podía seguir oyéndolo, ¿comprendes?

—¿Nos vamos? —pregunta Mathilde.

Gilles baja los ojos y se dirige a la parte posterior del granero, donde está escondido su coche. Mathilde le da un beso en la mejilla a Henri y se aleja. Su contoneo al caminar tentaría a un santo.

A partir de ese día, nada volvió a ser igual en el grupo.

Mathilde era... Henri busca la palabra. No basta con una para describir a Mathilde, la Mathilde de la guerra. El episodio de los dos agentes de la Gestapo degollados había impresionado bastante a los camaradas, pero la noche de Mathilde en compañía de aquel suboficial los dejó conmocionados. Desde entonces, algunos evitaban trabajar con ella, y otros, en cambio, la tomaron como modelo. Era un fantasma y un ejemplo, una musa y un talismán, era una diosa y el diablo. Pero lo que más sorprendió a Henri fue que, a partir de ese momento, muchos hombres empezaran a desearla. ¿Cedió ella a sus intentos de seducción? Ninguno se jactó de ello.

Nadie sabía quién era Mathilde. No hubo otro Gerhardt, pero, cuando había que acabar con soldados o con colaboracionistas, ella siempre estaba allí. Era como un derecho. Y tenía una clara predilección por las armas blancas. «Más discreto, más silencioso.» Donde había sangre, allí estaba Mathilde.

Y después...

1947. Mathilde se casa con el doctor Perrin. Una ceremonia preciosa. Luego, Henri le pierde la pista. En 1951, Mathilde le notifica el nacimiento de Françoise. Quedan en verse en Limoges, donde ella enseña francés, pero finalmente no puede ser: cosas de la vida. En 1955 coinciden con motivo de la entrega de las medallas por parte del ministro.

Vuelven a verse cinco años después, en el funeral del doctor Perrin. Hay muchísima gente, Henri está perdido entre la multitud, pero Mathilde lo ve de lejos, va a su encuentro y le aprieta el brazo como a un viejo camarada. Como digna viuda, está irresistible. Tiene treinta y ocho años, calcula Henri. Nunca ha estado tan guapa, tan atractiva, el negro le sienta de maravilla. Durante unas semanas, Henri se pregunta si va a declararse o no. ¿Habrá alguien en su vida? Diez veces descuelga el teléfono para llamarla o coge la pluma para escribirle, pero siempre se echa atrás. En el fondo, Mathilde lo asusta.

En esa época, él viaja bastante. Busca y ficha a especialistas, a los que él mismo llama «la escoria», antiguos combatientes, legionarios que han colgado el uniforme y se han pasado al crimen remunerado, y para él es muy difícil, porque encontrar a un buen profesional resulta poco menos que imposible, siempre hay algún pero. Hay poca gente eficaz en quien se pueda confiar de verdad.

La idea se le ocurre en 1961. No sabe cómo, aunque es una obviedad. Una genialidad. ¿Qué mejor colaboradora que aquella viuda acomodada con un indiscutible pasado en la Resistencia? Se lo propone: a ella se le saltan las lágrimas. Primer trabajo, perfecto. El director de recursos humanos está muy contento. A partir de entonces, ya casi no se ven. Precaución básica. Compartimentación. Mathilde lo comprende.

Hablan de vez en cuando, desde cabinas. Los trabajos se suceden, tres al año, cuatro, rara vez más. Algunos, en el extranjero.

A veces Mathilde se lleva con ella a Françoise, su hija. La deja en la piscina del hotel, va a pegarle un tiro en la cabeza a una mujer que está inclinada buscando las llaves del coche, y regresa tan campante con bolsas de la compra y con regalos para llevar a París.

En los últimos veinte años se han visto en tres ocasiones. Henri siempre atribuye esos encuentros al azar, como si el azar tuviera cabida en su vida. Coinciden en París en 1962 y en 1963, es un período complicado, hay que establecer protocolos nuevos. «Empezamos de cero», dice el director de recursos humanos. Sus representantes quieren ver a todos los proveedores, revisan los expedientes de todo el mundo... Hay gente a la que Henri no volverá a ver jamás, Mathilde, en cambio, pasa sin problemas. Se reencuentran en 1970. Ella es una cincuentona espectacular, continúa teniendo esa figura grácil y esos andares tan suyos, la cintura se contonea ligeramente del lado de la pierna que se extiende, hay algo líquido en esa forma de moverse. Cenan en el Bristol. Mathilde está radiante. Para Henri es un misterio insondable. Dos días antes estaba en Fráncfort, misión urgente, ni un segundo que perder, la tarifa triplicada, el cliente estaba desesperado... De acuerdo, mandaremos a alguien, y quien se encarga es Mathilde. Entró en una habitación de hotel donde había tres personas —un hombre y dos mujeres—, tres balas en tres segundos, menos de cuatro minutos después está fuera, y el arma y el guante que la sostenía descansan en la papelera de recepción.

—¡Pues cogiendo el ascensor! —responde a Henri, que le ha preguntado cómo pudo salir de allí sin problemas—. ¡No iba a bajar los cuatro pisos con tacones de aguja, ¿no?! —añade, riendo de buena gana.

Está irresistible. Para Henri, es el gran día. Nunca ha tenido una sensación tan clara de que al fin va a pasar algo, de que van a decirse... Sin embargo, nada de nada. Cuando ella se subió al taxi para volver a casa, Henri se dijo tierra trágame. De eso hace quince años.

Y cuanto más envejece ella, más perfecta demuestra ser su tapadera.

Gruesa y lenta, con la vista no tan buena como antes, sudando en cuanto llega el calor, conduciendo a cincuenta centímetros del parabrisas, parece cualquier cosa menos lo que realmente es.

Libre de toda sospecha.

Hasta hace poco.

Como un tentetieso, la mente de Henri vuelve al caso Quentin: ¿fue un mero desliz? Es lo que sostuvo ella con argumentos bastante tontos. ¿O es un problema más... estructural? Ese temor lo retiene. Dentro de unos días habrá un nuevo trabajo. En París. Y por primera vez, Henri no sabe si encargárselo a ella.

• • •

Mathilde está pensativa. A veces, cuando el tiempo lo permite, saca una mecedora al exterior y se sienta ante la puerta de su casa, en la terraza cubierta. Como una vieja, se dice. Mira los árboles del jardín y el camino rectilíneo que lleva a la verja de entrada. Puede estarse así horas, absorta en sus pensamientos mientras cae la tarde. Cómo me aburro... Tiene una razón más para quedarse allí sin hacer nada: a mediodía se ha sentido indispuesta. Durante todo el camino de vuelta a París, unos tics incontenibles han sacudido su abotargado rostro, y sus facciones han pasado de la irritación a la melancolía y, luego, sin transición, de la tristeza más abrumadora a una mueca burlona, mientras volvía a pensar en Henri, su querido Henri, en el trabajo que él le encargaría pronto (qué pesado es esperar así, sin hacer nada) y en el abandono de la casa, que no se decide a ordenar. Está hecha un desastre, debería moverme un poco, pero bueno... Ha pedido una chica a la agencia de Melun. La buena señora, una gilipollas, le ha hecho describir el trabajo.

—Pues las tareas domésticas, no sé si me explico.

Eso no era suficiente, necesitaba que le diera detalles.

—¿No las ha hecho usted nunca? —ha preguntado Mathilde—. Bueno, pues es lo mismo que en su casa, pero en la mía.

Puede que fuera esa conversación lo que le ha revuelto el cuerpo. Al salir de la agencia estaba de los nervios. La mujer le ha anotado la dirección de una chica que no vivía lejos y que buscaba trabajo.

—¿Sabe hacer las tareas del hogar?

—Todo el mundo sabe hacerlas.

—Puede —respondió Mathilde—, pero hay quien sabe y no quiere hacerlas. Yo, por ejemplo. Y no me apetece dar con alguien como yo.

La mujer ha suspirado.

—Es una joven soltera que necesita empleo, fuerte y muy trabajadora...

Se llama Constance no sé qué. Ya no recuerda en qué han quedado, si es ella quien tiene que llamar a la chica o si la chica...

Aún estaba irritada cuando se detuvo en el aparcamiento del súper, y allí es donde, de repente, le entró un cansancio enorme. Las piernas se negaban a sostenerla y, de pronto, sintió una punzada en el pecho.

El malestar la cogió por sorpresa al bajar del coche. Miró a la gente, los carritos llenos que recorrían el aparcamiento, aunque las imágenes que recibía le llegaban deformadas. Tuvo que apoyarse en el coche y esperar unos segundos a que se le pasara. Entonces el dolor en el pecho dio paso a la tristeza, y Mathilde se dijo que haría la compra en otro momento, más tarde, que era mejor volver a casa. El interior del coche la tranquilizó, allí se sentía un poco como en casa. Salió del aparcamiento y volvió a tomar la carretera en dirección a La Coustelle. Es el nombre que su marido quiso ponerle a la propiedad, el mismo de otra casa en la que había pasado parte de su infancia. En aquellos tiempos, a ella no le gustaba el nombre. Además, encontraba irritante esa necesidad de agarrarse constantemente a recuerdos del pasado, pero acabó cediendo, porque, en el fondo, era una cuestión menor. Sólo que ahora es casi la única que pronuncia ese nombre, que sigue sin gustarle. El doctor Perrin se lo dejó en herencia. Tampoco su hija lo usa mucho. La casa no le encanta, aunque, de todas formas, a Françoise no hay nada que le guste mucho... Y su marido es aún peor; a ése, todo lo que no sea estadounidense...

Ahora, al final del día, Mathilde está sentada en su mecedora, en el porche. Tumbado a sus pies, *Ludo* ronca como un descosido.

Cuenta con los dedos. Cuatro meses sin noticias de Henri, no le ha encargado nada. Bueno, junio, julio y agosto siempre son más flojos. Después de todo, es una actividad bastante estacional... No, no es eso. Mathilde menea la cabeza a derecha e izquierda. No, la verdad es que los trabajos siempre se acumulan. No haces nada durante tres meses, y luego te encargan dos casi seguidos. Así que tendría que ser ahora, en septiembre, qué menos... Henri está enfadado, eso es lo que pasa. ¿Se molestó siquiera en fingir que no lo estaba? Mathilde no se acuerda muy bien del motivo de su enfado, ya ha pasado tiempo, sólo recuerda que su voz era un poco chillona por teléfono. Para empezar, ¿por qué no vino a visitarla? La alegraría tanto volver a ver a su querido Henri... Son tantos los buenos recuerdos que comparten... Henri fue lo contrario de su marido. A su marido nunca lo deseó, lo hacían porque hay que hacerlo, pero vaya, aparte de que él era bastante torpe, entre ellos no había química, no pegaban. Se entendían muy bien, su muerte la apenó mucho, como si hubiera fallecido un camarada de juventud. A Henri, en cambio, lo deseaba ardientemente. Cuando él le apretaba la mano, sentía su contacto en todo el cuerpo. Ella nunca se lo dijo. Era hija de médico, de familia burguesa, a un hombre no se le hacen ese tipo de confidencias. Y él, debido a su posición, claro... Era quien mandaba, era el jefe, ¡el comandante! No iba a tirarse a todas las camaradas de la red entre bomba y bomba...

Y luego, después de la guerra, la vida siguió su curso.

¡De todas formas, Henri debería comprender que se muere de aburrimiento y darle un poco de trabajo!

¡Un desagradecido, eso es lo que eres, Henri!

—¿Señora Perrin?

¡No estoy pidiéndote la luna, sólo algo que hacer! ¡Ser útil! Claro, tú viajas, das órdenes, estás activo... ¡Podrías preocuparte de los demás, y sobre todo de tu vieja camarada Mathilde! ¡Que no está tan oxidada como piensas! ¡Que aún podría sorprenderte!

—¡Señora Perrin!

Mathilde levanta la cabeza.

El señor Lepoitevin, el idiota del vecino. Su casa sólo está a unos cuarenta metros, a la derecha. No pueden verse debido a los setos que los separan, así que de vez en cuando viene a hacerle una visita de cortesía con la excusa de traerle unas verduras de su huerto, que a ella no le sirven de nada, que recibe con amabilidad y que tira a la basura en cuanto puede. ¿Qué quiere que haga con dos kilos de calabacines, el muy imbécil?

Reconoce su silueta en la verja: es un hombre cargado de espaldas, achaparrado, de los que sudan, a Mathilde se le revuelve el estómago cuando ve sus manos húmedas. Le hace señas de que entre. Lepoitevin empuja la verja, cuya cerradura no funciona desde hace dos lustros, habría que repararla, pero tiene tantas cosas en las que pensar... *Ludo* se despierta, percibe una presencia y se levanta, nervioso ante la perspectiva de ir al encuentro de la visita. Es un buenazo, no tiene madera de perro guardián.

—¡*Ludo*! —exclama Mathilde con voz seca.

Si se lo permite, echará a correr hacia Lepoitevin y le lamerá las manos, ¡sólo faltaba eso! *Ludo* vuelve a tumbarse prudentemente.

Mathilde ve avanzar a su vecino con la cesta de mimbre en la mano. ¡Qué peste de hombre!

—Espero no molestarla...

—Estaba descansando. Qué tarde tan agradable, ¿verdad?

—Sí. Y sin una pizca de viento. Son lechugas. —Lepoitevin deja la cesta en el suelo de la terraza.

Sí, claro, ya veo que no son remolachas, carcamal...

—Qué amable es usted... —dice con una sonrisa.

Es un hombre con bigote castaño, cincuenta años, quizá, tranquilo como un jubilado retirado antes de tiempo. No sabe gran cosa de él, ni quiere saberla.

Intercambian un par de frases sobre el tiempo.

Mathilde tiene ganas de hablar, aunque no con Lepoitevin, es deprimente. La buena temperatura, los placeres de la campiña, lo bonito que es tener un perro... La otra tarde él se explayó a gusto sobre un pastor alemán que tuvo durante trece años. Entró en detalles sobre su parálisis, su incontinencia... Cuando llegó al capítulo en el que lo llevó al veterinario para que le pusiera la inyección, se le saltaron las lágrimas. Si es para tener ese tipo de conversaciones con ella, que se quede en su casa.

Mathilde aguanta un largo cuarto de hora de sandeces. Luego empieza a refrescar, y el señor Lepoitevin decide que ha llegado el momento de irse.

—¿Le importa si no lo acompaño hasta la puerta?

Lepoitevin adora ese tipo de situaciones. Le permiten sonreír y dárselas de hombre caballeroso que comprende esas cosas.

—¡Por supuesto que no, señora Perrin, en absoluto! —Y suelta una sonora carcajada—. ¡Como si no conociera el camino!

Luego desaparece tras la verja con un último gesto de despedida, al que Mathilde no responde.

No soporto a este individuo... Mathilde no tiene nada contra él, pero a veces tanta obsequiosidad esconde algo, un mal fondo... A partir de ahora voy a desconfiar de él, decide.

—Bueno, vamos para adentro.

El perro no se hace rogar. De pronto, Mathilde siente un escalofrío. Ha estado demasiado tiempo fuera por culpa del memo de Lepoitevin. Ese tipo quiere matarla, si no, no se explica.

Antes de subir, busca las gafas. Puede que no sea una gran lectora, pero no consigue conciliar el sueño si no lee cuatro líneas en la cama. Las encuentra en el cajón de la cómoda. Junto a un papel, que despliega. Le entra una alegría que le acelera el corazón.

—¡Oh, Henri, gracias, eres un encanto! Ay... Así que después de todo te acuerdas de la vieja Mathilde, ¿eh?

Lee. Es su letra, pero no recuerda haberlo escrito, y, como tiene prohibido apuntar cosas, descarta esa posibilidad. Está tan emocionada que va a sentarse al sillón. Una vez allí, enciende la lamparita del velador y relee: «Constance Manier, bulevar Garibaldi, 12.» Es en Messin, un pueblo cercano a Melun, casi en el extrarradio. Por eso le encarga Henri ese trabajo, porque le pilla cerca, no quiere hacer venir a alguien de lejos, por los gastos, seguramente.

Oh, qué contenta está...

—*Ludo*, ven aquí.

El perro se acerca muy despacio, ella le acaricia la cabeza, y el animal se relaja y la posa en sus rodillas.

—Buen chico... Vamos a trabajar, jovencito. Henri nos ha encargado un trabajo. Hacía tiempo, ¿eh?

Se siente aliviada. Esta vez quiere que Henri quede contento, que no la llame luego para soltarle comentarios raros que no hay quien entienda.

—¿Eh, *Ludo*? Esta vez vamos a hacer un buen trabajo.

6 de septiembre

La despiertan ruidos de combate. De disparos. De armas. Salta fuera de la cama con el corazón a mil y abre la puerta de golpe. Nathan está delante de la tele. Los protagonistas se hacen trizas con metralletas. No puede contenerse:

—¿Qué es esta...?

Reprime la palabra, pero no el gesto. Coge el mando a distancia, se hace el silencio, Nathan la mira. Constance siempre duerme con bragas y una camiseta corta. Eso es indecente. Corre a la habitación y se pone un jersey largo. Es peor, es demasiado sexy, pero no va a cambiarse dos veces. Vuelve y se queda así, de pie, mirándolo fijamente.

—¡Para poner la tele hay que pedir permiso!

—¿A quién?

—A mí.

—Me aburría...

—Vale, pero podías haber esperado un poco, hasta que me levantara...

—¿Y a qué hora te levantas?

Constance duda. Mira el reloj. Dios mío, son las diez y media, ¿no ha oído el despertador, o qué? En la sala reina un silencio cargado de reproches.

—Te he comprado algo para desayunar...

Constance entra en la cocina, la caja de cereales está en la mesa. Nathan ha desayunado, ha fregado los cacharros, los ha secado, los ha puesto en su sitio... Constance no sabe qué decir. El niño le mira las piernas. Tiene que hacer algo.

—¿Te has lavado? Ven, que te explico.

Lo lleva a la ducha, le muestra dónde están el jabón, las toallas, sonríe ampliamente, ha recuperado el entusiasmo, pero la verdad es que el chico la ha impresionado.

—Todo irá bien —dice él para tranquilizarla.

Constance sale del baño y cierra la puerta, respira hondo... Y ve la lluvia azotando los cristales. Pensaba llevarlo al zoo y de pícnic, qué ilusa...

Ese barrio de la periferia es una especie de descampado en el que crecen bloques de viviendas. Las zonas de césped parecen neumáticos desinflados. De día hay muchos coches aparcados. La gente tiene coche, pero no trabajo, de forma que los reparan para entretenerse. Si a eso le añadimos el ir y venir de los camellos, en la calle siempre hay un montón de gente que no tiene nada mejor que hacer que ver quién llega, quién se va y quién aparca. Para Mathilde, la vigilancia es complicada. Sobre todo con su Renault 25 nuevo, que atrae las miradas. Se ha conformado con pasar de largo como si se hubiera perdido. Se ha fijado en los alrededores. El único puesto de observación discreto es una calle que hace esquina con el bulevar Garibaldi, donde vive el objetivo.

Llueve desde primera hora de la mañana, hay poca gente en la calle y todo está tranquilo. Sólo tiene que poner el aire acondicionado de vez en cuando, por el vaho.

Algo la inquieta. No es su primer trabajo que digamos, pero nunca ha tenido que vérselas con un blanco como éste. La tal Constance es una chica de unos treinta años, delgada, enjuta, con pinta de lesbiana. Aunque tiene un mocoso, así que la cosa no cuadra.

Vive en un piso de protección oficial en ese barrio de parados, lleno de tiendas cerradas con las persianas metálicas cubiertas de pegatinas de arriba abajo y de supermercados que ofrecen descuentos... No es en absoluto el tipo de objetivo al que suele enfrentarse. Por otra parte, se dice, todo el mundo tiene derecho a morir, así que, ¿por qué no ella? Pero Mathilde nunca ha podido evitar preguntarse, mientras seguía a un blanco y buscaba el momento, el ángulo, el sitio, etcétera, por qué motivo la habían contratado para eliminarlo. En el caso de Constance, debe de ser por un asunto de drogas, de tráfico, o tal vez de sexo.

Sea como sea, para cargársela van a gastarse más dinero del que parece tener esa chica para vivir durante al menos seis meses. Alguna razón habrá.

• • •

La lluvia lo echa todo por tierra. Constance no tiene plan B.

Por debilidad (mal empezamos...), deja que Nathan vea la tele mientras ella se asea. La mañana pasa deprisa, la lluvia no ha parado.

De pronto, a mediodía, tira la toalla. Demasiada presión.

—Tenía pensado ir al zoo y después de pícnic —murmura—. Pero...

Los dos miran los cristales.

—Comeremos aquí, y ya está.

Lleva a la mesa las bolsas de cartón con la fruta, los sándwiches envueltos en papel de aluminio, las bolsas de patatas fritas, la botella extragrande de Coca-Cola... Se mueve con decisión, y como ya no busca complacer a Nathan, la propuesta es bien recibida.

—No pasa nada —dice el chico—. Además, a mí, el zoo...

—¡Vaya! ¿A ti tampoco?

El papel de aluminio no ha sido una buena idea, el pan está blando, húmedo, cuesta masticarlo, qué desastre...

Comen sentados uno frente al otro, hablando de naderías. Pese a los sándwiches, todo va mejor. Nathan devora la bolsa de patatas. Constance lo encuentra muy guapo, y eso la hace sonreír.

—¿Por qué sonríes?

—Porque estoy viendo que no me vas a dejar ni una patata...

—¡Uy! —Nathan se apresura a tenderle la bolsa medio vacía, está realmente avergonzado, se disculpa.

De todas formas, la cuestión de qué van a hacer el resto del día sigue en el aire.

—¿Vamos al cine? —propone Constance.

Nathan se limita a asentir con la cabeza, de acuerdo. En la edición del fin de semana de la revista de la tele viene la programación de todas las salas de la zona.

—¿*La historia interminable*?

—¿No ponen *Gremlins*? —pregunta Nathan.

Constance busca en la lista. No, en esos momentos no... Entonces, de acuerdo, *La historia interminable*, a ver qué tal...

—Bueno, pues si vamos al cine esta tarde —dice Constance—, lo mejor es que compre algo para cenar... —Habla para sí misma, indecisa—. No voy a llevarte de compras con la que está cayendo...

Se nota que duda. Nathan la mira con una expresión interrogativa.

—Es que dejarte aquí solo, la verdad... No sé...

«No sé si eso está bien», quiere decir. ¿Se puede dejar a un niño de su edad solo en un piso? La lluvia sigue azotando los cristales. ¿O es mejor ir andando con él al súper, pese al mal tiempo?

—¡Bah, no me importa quedarme aquí solo! —la tranquiliza Nathan—. Siempre que pueda ver la tele...

Eso los hace reír.

—El pícnic ha estado genial... —dice Nathan cuando Constance se dirige a la puerta.

Parece sincero. Se diría que quiere añadir algo más. Constance se siente a punto de desfallecer. Le gustaría estrecharlo en sus brazos, pero se contiene. Sabe que no es la hora, todavía no... Nathan necesita tiempo, eso tiene que salir de él... Hay una infinidad de motivos para no hacerlo, pero las ganas de abrazarlo la hacen sufrir. Hace semanas, meses, años que espera ese momento. Un momento que se resiste a llegar. Constance no puede más, aunque tiene miedo de estropearlo todo.

Se repone, hace como si Nathan hubiera dicho algo sin importancia pero amable.

—Sí, ha estado bien.

—Sobre todo, las patatas fritas...

Se sonríen.

Cuando Constance empieza a bajar la escalera, está tan eufórica como... Como nunca en su vida.

Mathilde debería haber llamado a Suministros, pero ha decidido no hacerlo: necesita quitarse de encima la chatarra. En casa hay un montón de armas, ya no recuerda por qué, pero el caso es que no acabaron en el Sena. Están allí, en cajas, en cajones, no pasan tres días sin que se tropiece con otra más. Ha optado por una Wildey Magnum, que debió de usar hace dos o tres años; es un arma que le gusta mucho, con una bonita culata de madera, perfectamente equilibrada. Resulta un poco aparatosa porque tiene el cañón largo, pero es un objeto muy bello, por eso se la quedó, tal vez. Y es de gran calibre, como a ella le gustan.

De todas formas se pregunta si ese blanco, Constance Manier, es el correcto.

¿No debería llamar a Henri para asegurarse?

En ese asunto hay algo que no cuadra...

En caso de urgencia hay un número en el que puedes dejar un mensaje. Mathilde lo tiene, y Henri siempre devuelve la llamada enseguida.

Acciona el limpiaparabrisas, busca el papel en sus bolsillos, lo encuentra, arrugado, relee el texto, sí, parece correcto.

Mathilde se halla en una disyuntiva. No acaba de creerse algo que, sin embargo, sabe que es cierto. Indiscutible. Su blanco está identificado negro sobre blanco, pero una duda persistente la inquieta.

En ese preciso instante, la chica aparece frente a ella, al final de la calle.

Lleva un impermeable de nailon, una prenda muy ligera que se le ciñe al cuerpo, porque no sólo llueve a cántaros, también hace viento.

Mathilde no duda ni una milésima de segundo.

Sale del coche con esfuerzo y lo rodea con rapidez. Ya está calada hasta los huesos. Abre la puerta del acompañante, se inclina y busca en la guantera. Cuando vuelve a erguirse, la chica ha llegado a su altura, pero camina deprisa, con la cabeza agachada. Se aparta un poco para evitar la puerta abierta, alza de pronto los ojos hacia aquella mujer mayor y gruesa, que no lleva nada para protegerse de la lluvia, y se detiene en seco al ver la pistola, cuyo cañón le parece increíblemente largo. No le dará tiempo a pensar nada más.

Mathilde le pega un tiro en el corazón casi a quemarropa.

Con el pelo mojado pegado a la frente y la ropa adherida a la piel, Mathilde vuelve a subir al coche.

Menos de treinta segundos después, arranca.

Alguien se acerca corriendo por la calle con un periódico sobre la cabeza y, al ver el cuerpo tendido en la acera y la sangre deslizándose hacia el bordillo, suelta un alarido.

Mathilde toma la calle principal en dirección a La Coustelle. Con el dorso de la mano, limpia el vaho del parabrisas.

—Qué pesadez de lluvia...

8 de septiembre

Antes de abandonar el despacho, Vassiliev vuelve a abrir la delgada carpeta correspondiente a la familia Tan. Es el apellido de Tevy. En la reticencia de la chica a hablar de los suyos no sólo había pudor, René también percibió vergüenza. En el fondo, ¿qué sabe de ella, aparte de que trabaja como cuidadora, vive en la zona de la Porte de la Chapelle y tiene un Ami 6 antediluviano?

Así que ha pedido que le subieran algunos documentos de los archivos de inmigración.

Aunque Tevy figura en los archivos en forma de datos puramente administrativos (llegada a Francia, solicitud de convalidación de títulos, inscripción en la universidad y demás), sus dos hermanos son viejos conocidos de la policía. Son gemelos, nacidos en 1958, y los han detenido varias veces. Dirigían una red de narcotráfico bastante modesta, pero desde hace dos años también se han lanzado a la prostitución. Pequeños capos endurecidos por su experiencia como inmigrantes, ansiosos por encontrar su lugar bajo el sol.

Vassiliev entiende perfectamente que Tevy no tuviera muchas ganas de hablarle de sus hermanos, al fin y al cabo es un poli...

Cuando llega a Neuilly, siempre le echa un vistazo al Ami 6 de la joven, aparcado ante el edificio. La baqueteada carrocería se ha vuelto mate, todo en ella transmite antigüedad. Un buda fosforescente cuelga del retrovisor y, tanto delante como detrás, los asientos están cubiertos con telas asiáticas. Aquel coche parece un altar votivo.

—¿Su Ami 6, se las ha visto con un autobús? —le pregunta a Tevy en el momento en que se abre la puerta.

—¡Uy! Sí... —La chica lo retiene un instante—. No riña al señor. Prométamelo, ¿eh?

René está un poco desconcertado.

—¡Espere!

Tevy ya va camino del salón, él tiene que darle alcance.

—¿Qué tiene que ver él con eso?

Tevy se balancea de un pie a otro. Luego se lanza:

—No se lo he contado porque, bueno... Quiso intentarlo.

—¿Intentar qué? ¿Conducir el coche?

—¡Me enseñó su carnet!

—Que es ¿de cuándo?

—De 1931. Un poco antiguo, es verdad. ¡Pero todavía es válido!

—Y... ¿por dónde condujo? ¿Por la calle?

—Bueno, al principio por los caminos del parque.

—¿Donde juegan los críos?

René está aterrado.

—¡Sí, pero durante el horario escolar! Y yo tenía la mano en el freno todo el rato. Al menor desvío, ¡zas!, frenaba. —Baja la voz y se inclina hacia él—. A usted puedo decírselo: al principio fue desastroso...

—¿Al principio? Un momento... ¿Es que sigue haciéndolo?

—Ha hecho grandes progresos. Yo quería darle una sorpresa a usted, que un día nos llevara a algún sitio, pero...

René espera la continuación.

—La verdad es que está un poco verde, no sé si podría cruzar la ciudad al volante, me parece muy... temerario.

Él se la queda mirando, atónito.

—¿Y ha tenido un accidente?

—¡No! Sólo ha chocado con un bolardo de hormigón, en la esquina de una calle, nada grave, ¡no irá a reñirle por eso! Y ha pagado la reparación, sólo tengo que encontrar un momento para llevar el coche al taller, y listo.

Es evidente que necesita tener unas palabras con ella, pero Tevy ya se ha alejado.

Hasta el señor se ha dado cuenta de que René viene más a menudo, y ha dejado de hacer comentarios sobre la escasa frecuencia de sus visitas. Se conforma con un «¡Ah, ¿eres tú, mi pequeño René?, qué alegría!».

Las actividades de Tevy con el señor inquietan aún más a René porque cada vez tiene más claro que las cosas van a peor. Durante la cena (asiática, allí no se come otra cosa), sale de nuevo a relucir el caso Maurice Quentin, porque en el telediario de la tarde le dedican un espacio.

—Me parece a mí que ese tipo era de cuidado...

El episodio del Jockey Club, e incluso el nombre de Maurice Quentin, parecen haber desaparecido de su mente por completo.

Luego, durante las partidas de enano amarillo, el señor puede pasar dos turnos sin poner nada en la banca o hacerlo dos veces seguidas en el mismo turno. No es gran cosa, pero esos olvidos pueden ir a más. Al principio, René le sonríe a Tevy, que también se ha dado cuenta. Después ya no sonríe, sólo intenta prestar atención al juego, pero está inquieto y se le nota. Ven el último telediario del día y, cuando el señor se duerme, quien saca el tema es Tevy:

—Sí, chochea un poco más que antes. Por eso dejo que conduzca el coche. Dentro de poco, ya no podrá hacer nada por el estilo...

René lo entiende.

—Hay otras cosas, ¿verdad?

Tevy asiente con la cabeza, pero no dice nada. Al fin y al cabo, se debe al secreto profesional. De todas formas, René prefiere no insistir. Además, su mente no deja de darle vueltas a una cuestión accesoria, respecto a la cual no sabe qué hacer.

Si el señor desapareciera, ¿continuarían viéndose Tevy y él?

• • •

Noticias de Henri, ¡bendita sorpresa!

En realidad, sorpresa, no tanta. El asunto de Constance Manier fue como la seda, y en un tiempo récord. Henri debe de estar muy satisfecho. ¡Así que le da otro trabajo!

Es una postal de París procedente de París. La torre Eiffel. Sin texto ni firma. Sólo el sello y el matasellos, con fecha del día anterior.

Mathilde vuelve del buzón, que está cerca de la verja, y sube otra vez el largo sendero que lleva al porche exterior. ¡Qué contenta está! Porque tiene trabajo, por supuesto, a quién no le gusta trabajar, pero sobre todo porque tiene la certeza de que Henri ya no está enfadado con ella.

El señor Lepoitevin se pasa la vida en el huerto, junto al seto. Al llegar a su altura, Mathilde lo oye gritar:

—¡Buenos días, señora Perrin!

No se fía un pelo de él, pero hoy se siente feliz.

—¡Buenos días, señor Lepoitevin! —responde con voz clara y alegre.

Ludo, que la ha acompañado, trota hasta el seto. La presencia del señor Lepoitevin lo atrae. ¿Le dará comida cuando yo no estoy?, se pregunta Mathilde. ¿Y qué comida? Se detiene y clava los ojos en el seto. Ese vecino no es trigo limpio, lo supo desde el principio.

—*Ludo*, ven aquí.

Mathilde continúa su camino hacia el porche.

Una postal quiere decir que al día siguiente a mediodía tiene que ir a una cabina telefónica. Hay cinco tipos de postales: un monumento, personajes, una calle o avenida, una imagen retro, de esas color sepia, o un montaje con varias imágenes de distintos sitios. Cada tipo de postal tiene asignada una cabina en los alrededores de la casa de Mathilde.

De pronto se detiene. Un monumento, ¿qué cabina es?

¿A cuál fue para el tipo de la avenida Foch? ¿Y para Constance? No le viene a la cabeza, ya le vendrá.

Pero no. El día se le va en hacerse preguntas. Ha confeccionado la lista de las cinco cabinas, pero no consigue recordar con qué postales se corresponden, no se acuerda. Al principio se ha preocupado. ¿Estaré perdiendo la memoria? No, qué idiotez, simplemente hacía tiempo que no trabajaba, tuvo que realizar un encargo bastante estresante (la carrera hasta la avenida Foch, la tensión...). En su lugar, cualquiera estaría igual; no, no se trata de eso. Llega la tarde y después la noche. Mathilde se duerme, se despierta angustiada y piensa en los monumentos de París, tiene la lista de las cabinas en la mesilla, todo se mezcla, apaga la luz, pero una hora después la enciende de nuevo, se vuelve hacia un lado, hacia el otro.

Por la mañana, agotada, se toma un café en la cocina.

—¡Y tú déjame tranquila!

Prudentemente, *Ludo* va a tumbarse de nuevo en su cesta. Mathilde se ha olvidado de abrirle la puerta para que vaya a hacer sus necesidades, es un problema, el animal gimotea.

—¡Silencio!

Mathilde se concentra.

Por supuesto, es inútil. Después de la noche que ha pasado, es incapaz de hilvanar dos ideas.

Ludo vuelve a gimotear.

—¡Cállate!

Como norma, tiene que estar en la cabina a mediodía, buscar detrás del aparato un papel con los datos del blanco, memorizarlo, rasgarlo, dejarlo otra vez en su sitio, y listo. Si no puede estar a mediodía, la cita de recuperación es a las seis de la tarde, en la misma cabina. Si Mathilde no ha pasado y el papel está intacto, el encargo se anula, es decir, se lo pasan a otro.

Ludo se ha levantado y gimotea ante la puerta, una cosa que Mathilde no soporta, ¡a este perro no hay quien lo aguante!

—Me pones de los nervios, ¿sabes? —Se acerca al animal, que retrocede dos pasos con la cabeza gacha—. ¡Hala, sal y déjame en paz!

Le abre la puerta, y el perro sale disparado y corre a mear al césped. Mathilde se queda con sus pensamientos. Las cabinas están bastante lejos unas de otras. Lo comprueba en el plano. Sus emplazamientos dibujan un gran cuadrilátero, cuyo centro es su casa, son un montón de kilómetros. Idea un plan: irá a la primera cabina digamos que a menos diez. No sabe a qué hora dejará «el cartero» la nota, pero sin duda un poco antes de las doce. A menos diez parece razonable. Ha calculado que, yendo deprisa, en veinte minutos puede estar en la segunda cabina. Diez minutos de adelanto para la primera y diez de retraso para la segunda, es factible. Si elige mal, se acabó. Tendrá que ir a la cita de recuperación y recurrir a la misma estratagema, pero se verá obligada a conducir deprisa y a correr el riesgo de sufrir un accidente...

¿Por dónde empieza? Tiene que elegir dos cabinas, ¿cuáles?

Cuando sube al coche, aún no lo ha decidido.

Bueno, pues a Bastidière. A veinte kilómetros.

Pasa por delante a las doce menos veinte. Es demasiado pronto, si el «cartero» está en algún sitio para observar y recoger el papel cuando Mathilde lo haya leído, lo único que haría sería complicar la situación. Rodea el pueblo, se aleja, vuelve hacia la cabina, son las doce menos diez. Baja con el corazón en un puño, preparada para subirse de nuevo al coche y salir disparada hacia... Descuelga el auricular, desliza la mano detrás del aparato... ¡y allí está el papel! ¡La primera en la frente! ¡Es una señal del destino! Gracias, Henri. Mathilde le daría un beso si lo tuviera delante. Se mete la nota en el bolsillo, vuelve al coche, la despliega, mira al frente y finge memorizar las coordenadas, aunque en realidad las está apuntando sin mirar en su libreta, a ciegas, con letra lo bastante grande para poder releerlas. Por fin, vuelve a coger el papel, hace ver que está comprobando que lo tiene todo en la cabeza y sale otra vez del coche la mar de contenta, sonriendo casi como una boba. Entra en la cabina, descuelga y, mientras finge que marca un número y espera, desliza el papel rasgado detrás del aparato. Cuelga y vuelve a subir al coche.

Normalmente, esa misma tarde debería llamar a Suministros, pero ha decidido utilizar lo que tiene a mano en vez de dar vueltas y más vueltas. Siempre se lo dejan lejos de donde vive, en sitios imposibles.

De nuevo en casa, busca entre lo que tiene. Ya está, la Desert Eagle. Probablemente hace mucho que no la utiliza, y es una buena herramienta que hace bien su trabajo.

En la mesa de la cocina está la libreta, en la que, con grandes letras temblorosas, ha escrito: «Béatrice Lavergne, rue de la Croix, 18, París XV.»

La brigada de Melun no le hinca el diente a un crimen así todos los días. Allí la gente se mata como en todas partes, pero la delincuencia se circunscribe a zonas claramente delimitadas por bloques de viviendas reconocibles por una tasa de paro superior a la media nacional, y por una densidad de población inmigrante que permite a los demás barrios no sentirse invadidos. En fin, un rincón de Francia de lo más normal, vaya. Así que hay ajustes de cuentas entre bandas rivales y enfrentamientos de traficantes, pero que se carguen a una chica de treinta años en plena calle con una Magnum 44 no es tan habitual.

Los elementos disponibles están extendidos sobre la mesa.

El comisario, un tipo alto al que no le falta mucho para jubilarse, mira imágenes de la víctima. Las fotos policiales tomadas con motivo de su primera detención: guapa, delgada, se ve que tiene carácter. En otras, de unos años después, porque la chica seguía haciendo de las suyas, se nota que la droga ha causado estragos. Por último, las del cadáver en la acera. Son fotos de mala calidad. Por supuesto, habían intentado proteger el escenario con lonas, pero llovía de tal manera que, entre lo que tardaron en llegar hasta allí y organizarse... En fin, para colmo, el viento también acudió a la cita y arrancó las protecciones, así que los técnicos hicieron lo que pudieron; si la cosa acaba en los juzgados, el ministerio fiscal lo tendrá crudo, pero tiempo al tiempo.

De momento, el viejo comisario se hace preguntas acerca del arma. Grande, calibre grueso, poco habitual. Y el disparo, directo al corazón.

La chica llevaba la documentación en el bolso, y encontraron a su hijo delante de la tele, sorprendido de ver llegar a unos polis de uniforme. Una chica de la brigada se hizo cargo de él, se lo llevó, se lo explicó, el chaval se echó a llorar y se lo entregaron a los Servicios Sociales. Volverá a una institución, justo cuando acababa de salir de una... ¿Qué había hecho la tal Constance para que la mataran en plena calle de esa manera? ¿Es un mensaje? Pero ¿para quién? ¿De quién? Trabajaba para una agencia de trabajo temporal dirigida por una tal señora Philippon, que se deshizo en lágrimas. Asegura que la chica se había enmendado, que se había desenganchado, también de las relaciones nocivas, porque lo que quería por encima de todo era recuperar a su hijo. Vaya historia...

En este asunto hay algo que no encaja.

El comisario lo recoge todo y ordena a su equipo que siga investigando y que haga una llamada a todas las unidades en relación al método y al arma: gran calibre, directo al corazón. Nunca se sabe, puede que eso le diga algo a algún compañero.

11 de septiembre

Mathilde siempre lleva consigo sus herramientas, hasta para las vigilancias. En el caso de Constance le vino muy bien: hizo la vigilancia y el trabajo de un tirón. Pero no siempre es tan sencillo. A veces hay que seguir al blanco días y días, y eso a Mathilde no le gusta demasiado. Con la edad se ha vuelto impaciente: las cosas tienen que ir rodadas. Cuando la vigilancia requiere tiempo, más de diez días, hay un protocolo para informar al director de recursos humanos. Es un poco complicado, Mathilde no está segura de acordarse de cómo se hace. No por falta de memoria, sino porque no ha tenido que hacerlo en mucho tiempo. La avenida Foch, una semana justa, de domingo a domingo. Constance no sé qué, tiempo récord: normal que Henri esté encantado. Con la tal Lavergne tampoco piensa entretenerse.

Es una chica atractiva de unos veinticuatro años. Papá es un hombre de fortuna. Su relajada forma de andar, de ir de compras... En su bolso hay dinero, una tarjeta Gold, que saca a cada momento. Vive en un barrio bonito.

Mathilde se pasa tres días enteros siguiéndola, observándola, esperándola. La universidad aún no ha empezado, así que la chica aprovecha su tiempo libre. Piscina, compras, salir a correr... Desde luego, no parece que esté preparando una tesis de doctorado.

Lo que agota a Mathilde es la vigilancia, las horas de espera; hay que apuntarlo todo, analizarlo todo, comprobarlo todo. La chica va a correr al Bois de Boulogne todos los días. Deja su Austin Cooper en un parking, hace calentamientos procurando que todo el mundo vea que tiene un buen culo, y se pone a correr. Eso le toma dos horas largas. Mathilde no puede ir a reconocer el terreno en busca de un sitio idóneo, habrá que hacerlo de otra manera.

La vida de Béatrice Lavergne le parece absolutamente falta de interés. No tiene ni idea de quién puede odiarla tanto como para ordenar que la eliminen, pero no le extraña, esa chica es insoportable, una parásita. Démosle el pasaporte.

Al final del segundo día, sin embargo, Mathilde aún no ha encontrado la solución. Un hábito que le permita anticipar los movimientos de la chica, un sitio práctico en el que apostarse. Eso ocurre constantemente, por algo el director de recursos humanos da un primer plazo de diez días antes de intervenir... En todo caso, la mañana del tercer día pinta mejor. Mathilde no ve la hora de acabar ese trabajo para que le den otro más interesante. Mientras sigue al coche de la tal Lavergne por las calles de París —están en el distrito XV—, va meditando sobre el concepto de «trabajo interesante». De repente, el pequeño Austin enfila la rampa de bajada del aparcamiento de un centro comercial. Mathilde, con los cinco sentidos alerta, lo sigue hasta el segundo subterráneo y frena cuando ve que estaciona a unos diez metros de la salida para peatones, que lleva a las escaleras y a los ascensores. Al instante, comprende que es la ocasión idónea. Todavía no son las diez, en el parking hay muy poca gente. En unos instantes, en cuanto aparque, la chica bajará y caminará por el carril de los vehículos en dirección a la salida. Mathilde actuará entonces. Estaciona en la esquina opuesta, y nadie se acerca a pedirle que avance o se haga a un lado. En cuanto vea a la chica, arrancará, se dirigirá hacia ella y le disparará antes de que llegue a la puerta. Coge la Desert Eagle, se la mete entre los muslos, pulsa el botón para bajar la ventanilla del acompañante, por la que piensa disparar, y se inclina para abrir la guantera y coger el silenciador.

A partir de ese momento, las cosas van a ir muy deprisa y muy mal para Mathilde. Porque no ha calculado bien el tiempo que la chica necesita para bajar del coche y llegar a la salida. Mathilde siempre tiene que guardar las gafas, recoger sus cosas, meter en el maletero lo que no debe quedar a la vista en el habitáculo, etcétera. La chica, en cambio, ha cogido el bolso, ha cerrado de un portazo y, antes de que Mathilde haya podido coger el silenciador, empieza a andar con paso decidido por el carril central.

Mathilde arranca al instante, en primera, y pisa a fondo, lo que hace rugir el motor; la chica mira el coche, que avanza muy deprisa, y se hace a un lado, pero no aparta los ojos de ella.

Al llegar a su altura, Mathilde frena en seco. No ha tenido tiempo de coger el silenciador.

La joven Lavergne (petrificada al ver que aquella mujer extiende el brazo y apunta en su dirección a través de la ventanilla del pasajero con una pistola impresionante, que le parece tan grande como un rodillo de amasar) no tiene tiempo de hacerse preguntas: recibe un disparo en la pelvis que la proyecta contra el cemento, entre dos coches. La detonación, tremenda, repercute en las columnas de hormigón; el techo, muy bajo, acelera la circulación del ruido... Da la sensación de que un temblor de tierra sacude el aparcamiento.

Un tiro así, en los genitales, hace mucho daño: tienes las tripas al aire y ninguna posibilidad de sobrevivir, pero no mueres en el acto. Así que Mathilde abre la puerta de su lado, sale del coche con dificultad y, pistola en mano, lo rodea para ir a acabar el trabajo con un segundo disparo —esta vez en la garganta—, cuyo estallido se añade al eco del primero, que aún no se ha extinguido del todo.

En ese preciso instante se oye un alarido.

Tan agudo y estridente que hasta Mathilde pierde la sangre fría. Viene de allá, de su derecha. Se vuelve. Es una mujer de unos cincuenta años que está saliendo de su coche en el pasillo de al lado. Ha presenciado lo ocurrido y está empezando a asimilarlo.

Mira fijamente a Mathilde, aunque no durante mucho tiempo, porque, un segundo después, ya ha recibido una bala en pleno corazón.

Jadeando, Mathilde vuelve a subirse al coche, mete la pistola bajo el asiento, hace rugir el motor, que no ha apagado, arranca entre chirridos de neumáticos y gira bruscamente a la derecha para enfilar la rampa hacia la salida. El coche llega al primer subterráneo sin cruzarse con ningún otro vehículo. Aprovecha para frenar y cerrar las ventanillas. Vuelve a ser la señora viuda de Perrin, de sesenta y tres años, que sale del aparcamiento para regresar a su domicilio.

Parece que el diablo está en los detalles, siempre que creas en él, claro. Sea como sea, la suerte también entra en juego. Y la suerte de la policía es que el vigilante del parking de esa galería comercial es un hombre organizado y con sangre fría. Oye una detonación, después otra y, por fin, la tercera. No tiene ninguna duda, son disparos. Cuando se dispone a cerrar la barrera de salida para ir a ver qué pasa, un compañero joven lo llama por la línea interior y, con voz jadeante, sobrecogida, le anuncia que acaban de asesinar a una mujer en el segundo subterráneo. El vigilante pulsa un botón, y la alarma empieza a aullar. Descuelga el teléfono, marca el número de la policía y, acto seguido, baja la barrera de salida ante los primeros coches, cuyos conductores lo ven coger un gran manojo de llaves y desaparecer corriendo, sin que les dé tiempo a esbozar el menor gesto.

En esa cola está el coche de Mathilde. Los dos conductores que la preceden han bajado de su vehículo, ¿sabe usted qué ocurre? Mathilde los imita. Ha oído unas explosiones, ¿ellos también? Parecían bombonas de gas, es poco probable, dice alguien, sonaban como disparos de fusil... ¿De fusil?, grita Mathilde con unos ojos como platos.

Entretanto, el vigilante baja a la carrera por la rampa de hormigón. En el segundo subterráneo descubre el cadáver de una mujer en medio de un charco de sangre. Ya empieza a acumularse la gente.

—¡Allí hay otra! —grita su compañero.

El vigilante se acerca y, al ver un segundo cuerpo, que yace entre dos coches con el pecho abierto, casi atravesado de parte a parte, contiene una arcada.

Corre hacia un armario metálico en el que puede leerse SERVICIO.

—¡Échame una mano! —grita al chico.

Tardan menos de dos minutos en sacar unas barreras metálicas de acordeón rojas y blancas que suelen usarse para delimitar las zonas en obras. El vigilante ordena a su compañero que monte guardia y no deje pasar a nadie.

—Bajo ningún pretexto.

Este hombre sabe lo que se hace. Echa a correr en sentido contrario. Por todo el aparcamiento resuenan bocinazos rabiosos, en todos los niveles los conductores se impacientan ante la imposibilidad de circular e incluso de salir. Al acercarse a la barrera de salida, calcula a bulto que hay unos veinte vehículos esperando. La policía está al llegar. Entra en la garita y reemprende el trabajo donde lo había dejado. Los automovilistas que pagan el estacionamiento lo interrogan, preguntan qué ha pasado, parecían explosiones, ¿no? El vigilante responde con evasivas, hay que despejar la rampa de acceso cuanto antes, eso es lo más urgente...

La policía tarda poco en llegar a la galería comercial, aunque el furgón y la ambulancia tienen algunas dificultades para poder acceder al lugar. Los coches están inmovilizados en los carriles, se oyen bocinazos por todas partes. Sobre el terreno, los de la Científica toman fotos, se empieza a interrogar a la gente...

La ambulancia no se quedará mucho rato, allí no tiene nada que hacer, cuando las comprobaciones *in situ* hayan finalizado, serán los de la morgue los que tomen el relevo.

Al llegar a la altura del vigilante para pagar su estancia en el aparcamiento, Mathilde pregunta:

—¿Qué ha pasado?

—¡Ha habido un asesinato en el segundo subterráneo!

—¡No! ¡Es espantoso!

—Espantoso, sí... Cuatro cincuenta, señora...

• • •

Cuando entra en el despacho de Vassiliev gritando «¡Venga conmigo, se va a armar la de Troya!», Occhipinti está poseído por una exaltación que roza el éxtasis. En su entusiasmo se mete entre pecho y espalda dos puñados de pacanas. En los cinco meses que ha estado oficialmente al cargo del caso Quentin, todo el mundo le ha pasado por delante, cuando no por encima: los servicios de información, el Ministerio de Justicia, el de Interior, los políticos, la Policía Secreta... Todos han metido baza, han expresado su opinión y han acabado poniéndolo en la picota por su falta de resultados. Pero ahora vuelve a tener un hilo del que tirar: una escabechina en un aparcamiento del distrito XV. El mismo tipo de arma de gran calibre que en el caso Quentin, el mismo método (una bala a la altura de la pelvis y otra en la garganta); el juez considera que las coincidencias justifican que la unidad de Occhipinti se persone en el lugar de los hechos.

No tardan ni veinte minutos en llegar al escenario del crimen, donde los técnicos ya están metidos en faena. Los hechos han ocurrido hace hora y media, se acaban de retirar los cuerpos, pero mientras tanto, delante de las manchas de sangre que empapan el cemento, les tienden polaroids que muestran a las dos víctimas. Occhipinti se traga un puñado de cacahuetes.

—Bueno... —murmura.

No está claro si habla de la foto o de los cacahuetes.

El juez le hace una señal, y ambos se alejan unos pasos de la tropa.

Vassiliev oye «muy delicado», «puedo equivocarme», «hay que darse prisa»... Lo de siempre. Entretanto, toma distancia, intenta hacerse una idea de la situación. Empieza por la chica abatida cerca del acceso peatonal. A juzgar por la foto, le han disparado a muy poca distancia y con un arma de gran calibre. Se da la vuelta. En su opinión, el tirador estaba al otro lado del carril para los vehículos.

A unos pasos de allí, la misma salvajada. ¿Iban juntas las dos mujeres? No, indudablemente no.

Vassiliev observa los alrededores, donde los policías están tratando de dispersar a los curiosos. Lo más probable es que el tirador o tiradores llegaran a pie y se fueran del mismo modo. Puede que incluso hayan utilizado una salida de emergencia que se abre con sólo empujar desde el interior. Venir en coche a un aparcamiento para matar a dos personas es meterse en una ratonera, arriesgarse a no poder salir, a quedar atrapado allí y, para colmo, cerca de unas armas que, si se registran los vehículos, acabarán apareciendo.

Así que, en su opinión, se trata de uno o dos tiradores que han llegado y se han ido a pie.

Los bolsos de las dos mujeres han permitido la identificación. Béatrice Lavergne, veintitrés años, estudiante de Derecho. Raymonde Orseca, cuarenta y cuatro años, dependienta en una zapatería de la galería comercial. Todo indica que estaba allí por casualidad. Vassiliev se pregunta qué sentido tiene asesinar a una estudiante de Derecho en el parking de un centro comercial.

Los primeros compañeros en llegar al lugar han realizado los interrogatorios de rutina, pero, en un sitio así, en el que por definición la gente no deja de entrar y salir, la información es escurridiza.

Vassiliev deja que el juez y el comisario sigan cuchicheando y sube por la rampa hasta la cabina de peaje. Allí, varios compañeros uniformados siguen anotando las matrículas de los coches tras su paso por la caja, así como la identidad de los conductores.

Por supuesto, es una pérdida de tiempo, serían mucho más útiles haciendo cualquier otra cosa, pero él no es quién para decírselo.

Entra en la garita, donde está el vigilante jefe. Es un individuo de unos cincuenta años cuadrado por todas partes, la cara, la espalda, las manos...

—¿Puede sustituirlo alguien? —le pregunta Vassiliev.

—No, a esta hora no, pero dígame.

El inspector se sienta en la única silla disponible, el vigilante sigue recogiendo tíquets y devolviendo el cambio.

—¿Dónde estaba usted cuando han sonado los disparos?

—Aquí.

—¿Qué hora era?

—Las diez y dos. (¿No tiene un billete de diez?) La hora se imprime en los tíquets, así que...

—Cuando ha bajado, ¿no ha visto nada extraño?

—Sólo coches. En un aparcamiento, es lo que más ves... (Seis cincuenta, señora, gracias.)

Vassiliev no sabe si pretende ser gracioso.

—¿Había cerrado las barreras?

—¡Por supuesto!

Si sólo había un tirador, no es imposible, pese al riesgo de quedarse encerrado allí, que haya venido en coche... Y por tanto habrá sido de los primeros en abandonar el parking. Eso, si ha conseguido salir antes de que llegara la policía, algo más que probable, pueden darlo por perdido, del todo.

—¿No hay cámaras de vigilancia?

—Por lo visto, sale muy caro. A la dirección todo le parece muy caro, incluidos nuestros sueldos. (Ocho sesenta, gracias.)

—¿Por qué ha vuelto a abrir las barreras? ¿No podía esperar hasta que llegáramos?

Esta vez, el vigilante interrumpe su tarea y se vuelve hacia el inspector.

—Si no hubiera reabierto las barreras, la cola de coches que se habría formado habría llegado hasta el nivel inferior. Como puede suponer, las rampas de acceso a las salidas habrían quedado bloqueadas. Y en ese caso le puedo asegurar que más de uno habría intentado salir por las rampas de entrada, que, como puede suponer, también habrían quedado obstruidas. De modo que, al llegar la policía, todo el aparcamiento habría estado congestionado, y habríamos necesitado al menos dos horas para descongestionarlo. Y como puede suponer, mientras esperaban para salir, los conductores habrían abandonado los coches para ir a ver qué pasaba, y como puede suponer...

—¡Vale, vale!

El vigilante asiente, «como usted quiera», y sigue cobrando:

—Nueve cincuenta, que hacen diez, gracias, señora.

—Y como podrá suponer —dice Vassiliev—, es posible que el asesino haya aprovechado para largarse antes de que llegara la policía.

—Si es así (nueve y diez, que tenga un buen día, caballero), puede que figure aquí.

Sin soltar el tíquet, el vigilante empuja hacia él una lista de vehículos, con la marca, el tipo, el color, la matrícula y varias anotaciones en la columna de la derecha, «nariz», «gafas», «pelo»...

Vassiliev la mira boquiabierto.

—¿Y esto qué significa?

—Un rasgo distintivo, si lo había (diez justos, gracias, señora), una buena nariz, unas gafas con cristales gruesos, un peinado raro, cosas así. Para refrescarme la memoria cuando ustedes me convoquen a una rueda de sospechosos. (Ocho, nueve y diez, que tenga un buen día, caballero.)

Vassiliev revisa la lista. «Vieja gorda», lee. No muy amable, pero eficaz.

—Gracias —murmura al salir de la cabina.

—A su disposición —responde el vigilante—. Nueve ochenta, gracias, señora.

El número 18 de la rue de la Croix es un edificio barrigudo construido a finales del siglo XIX. En la fachada, unas cariátides con túnicas ennegrecidas por el humo sostienen balcones invadidos por las palomas. La entrada está perfectamente encerada. La portería se encuentra a la derecha. Huele a fritanga de mantequilla.

El inspector le enseña la placa a una cincuentona oronda, muy pulcra y claramente encantada de que vuelvan a recurrir a ella. Están locos por hablar, se dice Vassiliev mientras echa a andar detrás de la mujer.

—¡Cuando lo oí por la radio me quedé descompuesta! Qué desgracia, Dios mío... Una chica tan joven y tan guapa... Y muy discreta, ¿eh? ¡Jamás daba problemas! Yo la veía por la mañana, rara vez por la noche, porque me acuesto temprano, no sabe usted la de horas que se echan aquí... Siempre daba los buenos días. —Como Vassiliev no dice nada, la mujer se pregunta si con esa cara de idiota habrá detenido a alguien alguna vez. De todas formas, abre la puerta y, con el tono de un agente inmobiliario, anuncia—: Esto es el salón, el dormitorio está a la derecha. Muy luminoso y...

—Gracias —la interrumpe Vassiliev—. Es usted muy amable, señora...

—Trousseau. Madeleine Trousseau... —añade, y suelta una sonora carcajada—. No me diga que, para una portera, no es gracioso apellidarse «manojo de llaves»...

—Graciosísimo —admite Vassiliev.

Después cierra la puerta tan suavemente como puede y respira hondo. En las viviendas de la gente que acaba de morir reina un silencio peculiar, una quietud lenta y pesada que no es posible encontrar en ningún otro sitio y que quizá trae uno consigo. A Vassiliev, poder entrar de ese modo en casa de una mujer cuyos restos descansan en un refrigerador del depósito de cadáveres le parece cínico, casi obsceno.

El apartamento tiene mucha luz, es cierto. Algo poco frecuente en los edificios antiguos, se dice, empezando por el suyo. En el salón hay tres ventanas, y Vassiliev comprende que se han juntado dos pisos para hacer uno más amplio. El mobiliario es contemporáneo, o sea, lo contrario de moderno. El papel pintado del salón, uniformemente verde, armoniza bien pero sin mucha originalidad con los muebles de color blanco y con la moqueta, de un crudo muy claro. Hay pocos adornos, aunque se han elegido con muy buen gusto. Un gusto caro. Vassiliev abre un armario próximo a la puerta de entrada y encuentra un impresionante muestrario de ropa deportiva: pantalones cortos, camisetas, zapatillas, sudaderas, cintas para el pelo. Incluso hay raquetas de tenis. Y sin embargo, en el aparcamiento no corrió lo bastante deprisa...

Se acerca a la pared de la librería y echa un vistazo a las lecturas de la señorita Lavergne: Troyat, Desforges, Cauvin, las memorias de Jean Piat, una colección de France Loisirs. Mira por encima los discos: Alain Souchon, bandas sonoras. Detrás de una puerta corredera, descubre un televisor en color y el último número de *Télé 7 Jours*. Aparte de eso, ceniceros vacíos, revistas y una impresionante colección de bebidas para todos los gustos.

El dormitorio. Muy femenino, con olor a perfume, cajones llenos de ropa interior y fotos de David Hamilton protegidas con cristal. Vassiliev se sienta en la cama, contempla unos instantes la decoración, elegante y cálida, se levanta y entra en el cuarto de baño. Sin sorpresas. Tónicos, perfumes, cosméticos, sales de baño. Algo no encaja. Vuelve al salón. Con los hombros encorvados, va de aquí para allá por la estancia, deja vagar la mirada por las paredes, observa la colección de elefantes de porcelana alineados sobre una estantería de vidrio... Es un sitio extrañamente vacío e impersonal. La limpieza es impecable y no falta de nada. En la cocinita, equipada a la perfección, encuentra vajilla, productos básicos, una serie de juegos de tazas con diferentes motivos... Así es como Vassiliev se imagina las suites de ciertos hoteles de lujo en los que nunca se ha alojado. Comodidades para todo el mundo pensadas para no desagradar a nadie.

Encuentra unas fotos de la chica en las que aparece más favorecida que en las polaroids tomadas en el parking.

Tiene un rostro agraciado, facciones delicadas, una boca muy bien dibujada y una dentadura blanca y perfectamente alineada. No responde en absoluto a su idea de una estudiante de Derecho. Para empezar, ¿dónde están la biblioteca, los códigos judiciales, el escritorio, las fichas de trabajo? Vuelve a registrarlo todo, lo cual le toma otra media hora, y al final da con unas fotografías que no están destinadas precisamente a ilustrar una tesis de tercer ciclo: en ellas, la señorita Lavergne está desnuda en una postura lánguida, con los muslos ligeramente separados y los pechos enhiestos, y, en la esquina inferior izquierda, en blanco sobre negro, su nombre de pila y un número de teléfono.

Vassiliev deja el fajo de fotos. Es una de esas personas que, cuando reflexionan, se dirían inmersas en una actividad artificial que exige energía y provoca arrugas en la cara. Imagina la vida de la chica, las citas, las imprescindibles precauciones, el dinero circulando, los clientes... El apartamento parece indicar que la pequeña Béatrice era independiente. Y, a juzgar por el lujo reinante, sus clientes debían de pertenecer a la alta sociedad, y sus servicios sin duda eran caros...

La señora Trousseau oye los pasos del inspector y se da la vuelta. Realmente, tiene cara de idiota.

—¿Puedo ir a cerrar?

—Puede.

Luego, sin pedir permiso, Vassiliev se deja caer en una silla y se la queda mirando. ¡Será maleducado!, piensa ella, y ese pensamiento se le ve en la cara. Mira al poli como si fuera un perro viejo de pelo ralo. Por la calvicie, seguramente.

—Mi querida señora —empieza a decir René con mucha calma—, usted conocía bien a la señorita Lavergne...

—Bueno, pues como ya le he comentado, yo no me meto en...

Pero al ver que el inspector se pone en pie, la señora Trousseau se interrumpe. De pronto, el viejo chucho le parece muy alto. Y no tan idiota.

—Señora Trousseau, tal vez le parezca un poco estúpido, ¡sí, sí, no lo niegue!, sé que parezco estúpido, pero también sé distinguir a una prostituta de una estudiante de Derecho. —La portera abre la boca. De pronto le da un sofoco que le hace ponerse roja como un tomate—. Y me cuesta creer que, por selectivo que fuera, el desfile de hombres que provoca una profesional cuando ejerce en su propio domicilio haya podido pasarle totalmente desapercibido. Tengo la sensación de que a usted le daban el aguinaldo todos los sábados. Aunque quizá me equivoque y, en tal caso, le pido disculpas por haberla ofendido. —La tez de la portera pasa del rojo al granate. Vassiliev ya está en la puerta—. Pero, si no me he equivocado, vendrá a contárnoslo todo con detalle a la comisaría, ¿de acuerdo?

¡Menudo día! Anda, que lo del aparcamiento...

Tendría que haberlo hecho de otra manera... Me ha podido la impaciencia, como siempre. Una impulsiva, eso es lo que soy. Puede que a veces me descontrole un poco, ¡pero hago el trabajo, Henri, eso no puedes negarlo! ¡La señorita Lavergne, a freír espárragos! No ha habido ningún problema. Y si quieres que te diga la verdad, ha estado muy bien hecho, porque era un putón. ¡Mierda, el puente Sully! Tenía que tirar la Desert Eagle... En fin, ya iré mañana. Te prometo que lo haré, Henri, pero ahora estoy muy cansada. ¿Y has visto, en el peaje del parking? He salido como si nada, ¿o no? Qué gran idea tuviste: ¡tu Mathilde, fuera de toda sospecha! Sí, ya lo sé, está lo de esa buena mujer, me ha cogido desprevenida, lo reconozco, no formaba parte del plan, pero ¿has oído cómo gritaba? ¿Lo has oído, Henri? ¿No merecía que le hicieran bajar el volumen? ¿Qué quería, dejar sordo a todo el mundo? ¿A ti no te habrían dado ganas de mandarla al otro barrio? ¡Claro que sí, ha sido una reacción normal por mi parte, no irás a echarme una bronca por eso!

Mathilde ha puesto la calefacción del coche, pero ha debido de coger frío, porque no consigue entrar en calor. No ve el momento de meterse en la bañera.

Aun así, tendrá que dejarlo para más tarde. *Ludo* se ha estado aburriendo. Ha tenido que dejarlo en el jardín tres días (yo tengo que trabajar, a mí no me pagan por no hacer nada, como al imbécil de Lepoitevin, no soy una jubilada del sector pú... Bueno, sí, un poco, ¡ay, Henri, no me líes!), y desde la verja ve los agujeros que ha hecho el dálmata en el césped.

Y ya no es porque le tenga cariño al jardín, pero si le deja hacer lo que quiera, en seis meses lo convierte en un campo de maniobras. Mathilde está un poco furiosa. Sobre todo porque de lo único que tiene ganas es de meterse en la bañera.

A causa de la lluvia de los últimos días, del barro y de los charcos, *Ludo* estaba más sucio que el palo de un gallinero. Sabía perfectamente que había hecho tonterías, cómo son los perros, esconden la cola entre las patas, doblan el espinazo, agachan las orejas... Está escondido temerosamente cerca de la puerta de la casa. Mathilde ha montado en cólera, ha puesto el grito en el cielo... A veces es lo único que entienden, no puedes razonar con ellos, no sirve de nada. Lo bueno de la ira es que te aleja de las tristezas cotidianas, es como un paréntesis de vida en el océano de los problemas. Ahora todo ha acabado, el perro se ha tumbado junto al seto. Esconde la cabeza, no las tiene todas consigo.

Mientras se balancea en la mecedora y cae la noche, Mathilde sigue reprochándoselo. Desde luego, soy una cascarrabias... La lluvia del día ha lavado el cielo, ha vuelto el buen tiempo, pero el clima será cada vez más inestable, estamos en septiembre.

Tengo que ir al puente Sully. O al que sea. ¿El Neuf? ¿El Alexandre-III? Bueno, es igual, lo importante es hacer las cosas correctamente.

Tendré que buscar a un jardinero para que rellene todos esos agujeros. Si no hace demasiado frío, la hierba habrá vuelto a crecer antes de que llegue el invierno, nada que no tenga arreglo.

—¡Señora Perrin!

¡Oh, no! ¡Él no!

—¡Sí!

Lo ve acercarse por el camino con sus botas de goma, otra vez va a empezar con sus observaciones meteorológicas: la lluvia es buena para el jardín, yo, mi huerto...

—¡Nunca viene usted a verme, señora Perrin!

—Sí, siempre me digo que lo haré, pero después ya sabe lo que pasa...

Él alza una mano: ¡lo sabe!

—Son peras.

A Mathilde le parece la fruta perfecta para semejante cretino.

—¡Oh! ¿Peras? —exclama maravillada.

Una cesta llena, todas con puntos negros. Mathilde toca una: dura como una piedra. Así que, hala: la fruta, el tiempo, el jardín... Aparte de eso, nada que decirse, como de costumbre.

—¿Se ha enterado de lo que ocurrió en Messin la semana pasada? —pregunta Lepoitevin.

—No, ¿qué pasó? Es que no tengo arreglo, nunca me entero de nada... ¿Qué es lo que pasó en Messin?

—Una chica joven, asesinada en plena calle. Nadie vio nada. Espantoso, dicen.

—Pero ¿quién lo hizo?

—¡No se sabe, señora Perrin! La encontraron tendida en la acera, cerca del bulevar Garibaldi, ¿conoce el lugar?

—No mucho...

—No importa. ¡El caso es que le dispararon varias balas de fusil!

—¡Dios mío!

—Para mí que fue un ajuste de cuentas: droga, prostitución, algo así. Pasa todos los días. Pero vaya, señora Perrin, venir a matar a la gente a dos pasos de nuestra casa, ¿es posible que ocurra algo así?

—Pues parece que sí, mi querido señor Lepoitevin...

Parece contento de que lo llame por su apellido. Revigorizado.

—En fin, la dejo. —Se vuelve y ve a *Ludo*, que sigue tumbado junto al seto—. Eso a él le trae sin cuidado...

—Está castigado. Mire... —Mathilde señala el césped, a la derecha.

Lepoitevin, que no se había fijado, ve el desaguisado.

—¡Dios mío! —Los jardines son su pasión, así que ver el césped lleno de agujeros lo descompone, claro—. ¿Eso lo ha hecho él? —pregunta, todavía en estado de shock.

—Si no ha sido él, tiene que haber sido usted...

—¿Yo? ¡Ja, ja, ja! ¡Cómo me toma el pelo!

La respuesta de Mathilde lo ha desconcertado. No sabe por qué, pero esa broma hace que se sienta incómodo. Además, ella sigue mirándolo sin decir nada. Lepoitevin se vuelve de nuevo hacia *Ludo.*

—Si los dejáramos a su aire...

Dicho lo cual, como no sabe cómo acabar la frase, hace un gesto con la mano y echa a andar hacia la verja. El camino se le hace largo, se ve en sus pasos, vacilantes y un poco precipitados. Se siente observado. La mirada de Mathilde en su espalda lo inquieta.

En cuanto se cierra la verja y Lepoitevin desaparece de su vista, Mathilde se decide al fin: apoya las dos manos en los brazos de la mecedora y se levanta.

—¡Venga, *Ludo*, adentro!

En la penumbra, a Mathilde le parece que el animal da un respingo junto al seto, pero no se levanta. Se hace rogar, no es la primera vez, es su carácter, si crees que te voy a suplicar... Si no lo obliga a entrar, ¿volverá a hacer agujeros en el jardín?, se pregunta Mathilde. No, se duerme en cuanto se hace de noche y no se despierta hasta que empieza a clarear.

Vuelve a observarlo a través de la puerta vidriera. Desde allí, sólo ve sus cuartos traseros. En el fondo, no le sorprende que no quiera entrar, se lo esperaba. Es testarudo, como todos los dálmatas, tozudos como ellos solos...

En realidad, *Ludo*, tendido junto al seto, no entra porque ya no tiene cabeza. Ésta se encuentra a varios centímetros de distancia, sólo se mantiene pegada al cuerpo por la vértebra ensangrentada que no ha cedido al cuchillo de cocina, el mismo cuchillo que ha dado la vuelta alrededor de su pescuezo y lo ha cortado como si fuera una hogaza de pan.

12 de septiembre

Realmente, las cosas van de mal en peor, y la culpa es sólo suya. ¿Por qué cedió y le encargó otro trabajo a Mathilde? ¿A santo de qué? Es una cuestión que debería plantearse detenidamente, aunque no es el momento. Se concentra en las noticias que dan las emisoras de radio.

Carnicería en el distrito XV de París.

Tiroteo en el aparcamiento de un centro comercial.

Dos mujeres asesinadas, una de ellas, dependienta en una zapatería. La otra, Béatrice Lavergne, de veintitrés años, estudiante de Derecho.

Pero la primicia no es ésa. Henri escucha atentamente, cada frase es una puñalada en el corazón:

«Las dos mujeres recibieron sendos disparos a bocajarro de un arma de gran calibre: una Magnum 44. Según los expertos de la Policía Científica, fue esa misma arma, una Desert Eagle, la que se utilizó el pasado mayo para asesinar al presidente Maurice Quentin. ¿Hay alguna relación entre ambos hechos? ¿Se puede establecer un vínculo entre esa joven estudiante de Derecho y uno de los principales empresarios franceses? ¿Un crimen pasional? Si bien esa hipótesis no da respuesta a la pregunta clave: ¿quién ha querido matar a Maurice Quentin y a Béatrice Lavergne con cinco meses de diferencia?»

Las noticias van más deprisa que él.

Henri podría preguntar a Suministros qué material solicitó Mathilde, pero eso equivaldría a confirmarle al director de recursos humanos que va a la zaga de la información, lo que no sería bueno, sobre todo porque el asunto ya está fuera de su alcance... Demasiado tarde.

Seguramente, Mathilde tiene sus razones. Su último trabajo fue un poco caótico, es verdad, pero ha culminado con éxito tantos otros...

Seguro que podrá darle explicaciones, lo contrario es inconcebible. El director de recursos humanos tomará cartas en el asunto, exigirá que pongan a Mathilde fuera de juego.

Tiene que hablar con ella sí o sí.

Antes de salir, va a su escondite a buscar su pistola: una Mauser HSC 7,65.

Henri es un clásico.

Vassiliev acaba de leer el artículo que relaciona los asesinatos de Maurice Quentin y de Béatrice Lavergne.

No se pregunta cómo ha salido la información de las dependencias policiales, basta con ver cómo Occhipinti saca pecho mientras engulle pistachos con cara de rabia. Está claro que se ha tomado la revancha. Lo que en su caso siempre consiste en joder a todo el mundo.

La portada del periódico muestra a Béatrice Lavergne. Es una de las fotos que encontró Vassiliev en casa de la joven. Que una chica como ésa aparezca muerta es algo que atrae mucho a los lectores.

La lluvia ha llegado a París, René no se da cuenta hasta que sale de comisaría. Lanza una ojeada al cielo. Sigue llevando el periódico en la mano, doblado por la segunda página, y lo utiliza para cubrirse la cabeza camino del metro. La lluvia sobre el Sena no carece de poesía. Inexplicablemente, quizá porque la temperatura sigue siendo agradable, René deja atrás la boca del metro y continúa caminando por la orilla del río.

Tiene la mente llena de ideas confusas. Tengo serpientes en la cabeza, se dice. Lo piensa en plural, porque son varias.

La primera es un gusano gordo y un poco perezoso llamado Occhipinti. De los que se agazapan en los rincones y se alimentan de porquerías. De los que las matan callando y quieren asegurarse un buen sitio para seguir holgazaneando. Un bicho de la peor ralea, que sin duda intentará perjudicarlo cuando ya no lo necesite.

Negando bajo el periódico empapado, Vassiliev piensa en la otra serpiente, la que se moja sobre su cabeza en la foto que ocupa la portada del periódico, la encantadora culebrilla de la rue de la Croix, que ahora está muerta, pero que hasta hace poco reptaba por la escalera ondulando su cuerpo de forma terriblemente sugestiva y llevaba a su cliente al séptimo cielo de la gran burguesía, de la patronal y de la opulencia, bajo la mirada maternal de la portera Trousseau, qué despropósito...

Esa culebrilla, que hasta hace bien poco se exhibía sonriente en poses eróticas, descansa ahora en un cajón frigorífico del depósito de cadáveres con agujeros del tamaño de balones de fútbol, mientras su imagen, multiplicada, se ofrece a la cansada vista de la Francia vespertina y se empapa sobre la cabeza de Vassiliev, ese gran perro mojado que sigue andando sin decidirse a entrar en el metro.

Como si fuera al encuentro de la otra serpiente, que, en su agujero, en una habitación de hotel quizá, pone a punto su arsenal, su veneno.

Vassiliev no confía demasiado en la estrategia del comisario Occhipinti, que consiste en hacer explotar el caso ante los ojos del gran público para obligar a la serpiente a salir de su escondite. Si ha facilitado información a la prensa, no ha sido tanto por el bien de la investigación como por el inconfesable deseo de recuperar el control de un asunto en el que todo el mundo lo ha usado como un felpudo y del que sigue sin comprender nada. La serpiente asesina no se moverá hasta que sienta la necesidad de hacerlo. Es un reptil astuto y poderoso. No serán ni la lluvia ni la foto empapada de Béatrice Lavergne las que conseguirán hacerla salir y enseñar su afilada lengua.

Está enroscada en algún sitio, ocupada en digerir tranquilamente lo ocurrido, aguardando la ocasión de mostrarse de nuevo, esperando a que escampe.

Y cuando salga, provocará nuevos titulares en los periódicos y otro gran agujero en el vientre de alguien. Porque esa gran serpiente se comporta de un modo curioso, siente un odio muy peculiar por las culebrillas de la entrepierna, es ahí donde escupe su veneno, a propósito, es una serpiente enorme que no soporta a las pequeñas. No es de las que te pegan un tiro en mitad de la frente, ni mucho menos: esa serpiente te dispara dos balas en el centro de gravedad, y le da igual que seas hombre o mujer. Habría que recurrir a un psiquiatra.

Vassiliev sigue meneando la cabeza bajo el periódico, dubitativo. Imagina a los profesionales jurados pintando el retrato del crótalo como un asesino de grueso calibre, intentando explicar esa fea costumbre de partir a la gente por la mitad: graves problemas sexuales, una infancia difícil, alguien que no se siente a gusto con su sexo, que se destruye de manera vicaria. Todo eso podría ser verdad, pero no es de gran ayuda. Ha arrojado el periódico empapado a una papelera, sorprendido él mismo de haberse decidido por fin a entrar en el metro. Con la cabeza llena de serpientes que parecen llegadas del más allá.

En ese preciso instante siente en su interior algo semejante al terrible silencio en el que se sume el señor De la Hosseray entre partida y partida de enano amarillo, cuando, al final del día, se dirige a su habitación, a su cama. Y vuelve a ver, en el momento de ofrecer la frente al beso de sus fríos labios, a ese anciano de tez pálida que espera sin impaciencia que otra serpiente, también enorme, le ponga alrededor del cuello el gélido y definitivo lazo de su cuerpo.

Como puede verse, Vassiliev tiene el ánimo por los suelos. Está lleno de sentimientos tristes y de una inmensa sensación de desastre. Se siente desdichado al constatar, impotente, que todo cuanto le rodea se desliza y repta insidiosamente, aunque no sabe de dónde le viene todo eso, esa sensación de que se están acabando cosas que ni siquiera ha visto empezar.

A su lado, atisba el pecho doblado por la mitad de Béatrice Lavergne en el periódico doblado en dos de un viajero absorto en el crucigrama. En las paredes del metro, los anuncios exhiben un sinfín de Béatrices encantadas con su desodorante, sus revistas femeninas, su ropa interior y las rebajas de los grandes almacenes.

La señora viuda de Quentin enciende un cigarrillo.

Ya conoce el aspecto de la joven muerta que ha ocupado las portadas de todos los periódicos, pero es el procedimiento, Vassiliev tiene que volver a mostrársela.

Así que se saca una foto del bolsillo interior de la chaqueta. Béatrice Lavergne, con los muslos separados y las manos sobre los pechos. René podría haber tenido la delicadeza de tapar la parte inferior y enseñarle únicamente el rostro, pero considera que se trata de una reacción proporcional a las provocaciones de su anfitriona durante su primer encuentro. Por lo demás, ella lo comprende muy bien y finge no inmutarse.

—Estoy obligado a preguntarle si conocía a esta joven...

La viuda deja la fotografía en la mesita baja.

—No. La imagen de esta persona ha aparecido en todos los periódicos. Si la conociera, se lo habría comunicado.

—No sabemos si ella conocía a su marido, a su esposo, quiero decir. Pero la similitud entre... En fin, ambos fueron asesinados con la misma arma, así que...

—Inspector, me parece que los dos podemos ahorrarnos las formalidades. Yo no conocía a todas las amantes de mi esposo, y digo «no a todas» porque exceptúo a las confirmadas. Ésta no me suena de nada, pero yo diría que encaja muy bien con sus gustos. Tiene un parecido asombroso con todas las que sus colegas de la policía me han enseñado, con más o menos delicadeza, durante los últimos meses. Mi esposo tenía muchas... relaciones.

—Sí, es lo que reveló la investigación, pero sobre ese punto hay algo que nos desconcierta. Entre sus relaciones no había ninguna profesional.

La viuda apaga el cigarrillo recién encendido en el cenicero.

—El presidente Quentin era un hombre de lo más corriente, inspector. Respetuoso con las convenciones, consciente de sus deberes, pero nada aficionado a resistirse a sus deseos. Murió a los cincuenta y cuatro años, es decir, a una edad en la que los hombres empiezan a no gustar a las mujeres que aún les gustan a ellos. Y era una persona pragmática. Si hubiera muerto diez años más tarde, sin duda la proporción de las profesionales respecto a las amantes se habría invertido.

—Comprendo.

La foto de Béatrice Lavergne sigue en la mesita baja. Vassiliev mira su rostro como si fuera uno de esos dibujos infantiles en los que las fauces del lobo se ocultan, invertidas, en el follaje de los árboles. Reflexiona a su peculiar manera, que consiste en dejar que las ideas se formen y se desarrollen tal como llegan. Pero no llegan. Transcurre más de un minuto en el profundo silencio del apartamento, donde, tras las puertas, los criados se deslizan igual que bailarinas japonesas. Esa mujer distante, ese sitio absolutamente neutro... De pronto tiene ganas de estar lejos de allí, de respirar aire, aire verdadero. ¿Acaso esa mujer se volvió viciosa como reacción contra su marido? Es posible que considere el amor como una disciplina individual, y el sexo, como un deporte colectivo.

—No quisiera apremiarlo, inspector, pero ¿tiene algo más que preguntarme?

Tras un instante de duda, Vassiliev se levanta y le pide disculpas por haberla molestado, lo siente mucho. No tiene importancia, la viuda lo entiende perfectamente; por su parte, lamenta no poder ser de más utilidad y confía en que «la investigación acabe un día cualquiera», una patada en la espinilla en el mismo momento en que tiende la mano a la visita para darle a entender que puede retirarse.

Y después, sabe Dios por qué, cuando está a punto de abandonar el salón, Vassiliev siente la necesidad de decir algo más:

—Su esposo y la señorita Lavergne fueron asesinados con la misma arma, pero también de la misma forma. Ella recibió un disparo a la altura de los genitales. Cuando se quiere matar a alguien, se toman precauciones para hacerlo sin ser visto, rápidamente, y se emplea un calibre razonable, es muy poco habitual disparar a los órganos sexuales con una bala que podría matar a un rinoceronte. —Vassiliev mira de pasada la acuarela de la pared del vestíbulo y continúa con calma, como si se limitara a pensar en voz alta—: Y tiene que saber que, cuando se dispara al sexo con una bala como ésa, los destrozos son espectaculares, pero la muerte no se produce de inmediato. Sin duda alguna, por eso el asesino les disparó acto seguido una segunda bala en la garganta. En ambos casos, el proyectil separó la cabeza del tronco, sólo se mantenía sujeta por unos jirones de músculos. Ese tipo de munición produce grandes destrozos, agujeros enormes... Y a quemarropa, ¡figúrese! Ciñéndonos a la señorita Lavergne, casi parecía que hubieran cortado el cuerpo en tres partes. La de abajo, la del medio y la de arriba. Fue bastante «salvaje», si me permite la expresión. —Vassiliev mira a la viuda—. Pero la estoy aburriendo con estos detalles, y no quiero molestarla más.

—No me ha molestado, inspector.

Voz ahogada.

Mientras baja, Vassiliev es consciente de que se ha tomado una revancha bastante vil. Y además, ¿por qué? Cuando actúa así, se daría de bofetadas.

No está previsto que esa tarde Vassiliev visite al señor, es decir, a Tevy. Sabe muy bien que ya no va allí sólo por su antiguo protector, sino, en gran medida, también por su cuidadora, y eso hace que se sienta incómodo. Lo vive como una traición. Nunca ha sido muy hábil con las mujeres, las cosas siempre han ocurrido sin que, en realidad, él lo esperara. Así que el bienestar que siente en presencia de la chica tiene un cierto sabor a culpa.

Cuando se va, René suele preguntar «¿Hasta el jueves?» o «¿Hasta el martes?».

Siempre se lo pregunta a Tevy, aunque ella responda invariablemente «Sí, muy bien...». Como si ahora la chica estuviera en su casa y no en la del señor, y él necesitara su conformidad para visitarla.

El domingo anterior, al marcharse, tan sólo dijo «Hasta pronto». Algo ronda por su cabeza, pero no sabe cómo actuar. ¿Tan difícil es decirle a una chica que...?

Así que, tras visitar a la viuda de Quentin, ha decidido ir a Neuilly.

Aunque primero ha vuelvo a casa, a Aubervilliers. Para ponerse guapo.

En realidad, no está más guapo que una hora antes, pero se siente más limpio. Ha llamado desde casa y ha preguntado por el señor. ¿Le va a proponer Tevy que se pase? René se ha puesto el traje azul, el bueno, el que reserva para las grandes ocasiones, la última fue el entierro de un compañero abatido por un traficante bajo el bulevar periférico.

Y la pregunta llega sin más preámbulos:

—¿Podría pasarse esta tarde, René?

Su voz no tiene el tono alegre y tranquilo que él esperaba.

—¿Ocurre algo?

—Digamos que la situación no mejora y hay...

—¿Sí?

—Hay momentos difíciles...

Él coge un taxi al instante. Debería haberse puesto otra ropa, vestido así se siente ridículo.

Al llegar a Neuilly, instintivamente, busca el Ami 6, el lateral abollado.

Por fin llama al timbre y empieza el ritual, esta vez con la novedad de que Tevy lo ve trajeado. No dice nada y lo deja pasar. René se vuelve hacia ella.

—Tiene algunos lapsus... Empezó de pronto. De repente no sabe quién es. No me reconoce, finge que sí, aunque me doy cuenta de que trata de acordarse y no lo consigue. Le he dicho que venía usted, pero no sé si lo ha acabado de entender.

De hecho, el señor menea la cabeza, como si acabara de entrar un médico al que todavía no conoce.

Cuando René inclina la frente hacia él, no sabe cómo reaccionar. Esboza una sonrisa de circunstancias, no está cómodo. Así que René se queda junto a él, ven la televisión el uno al lado del otro, y todo es bastante angustioso. A René le pesa el traje. Si se hubiera presentado con un yunque en las manos, no se sentiría más incómodo y torpe.

Tevy ha dicho que había sopa para recalentar y una ensalada de gambas, y René ha respondido que por qué no; no tiene hambre, pero qué otra cosa puede hacer, el señor no dice palabra.

El señor no parece haber entendido la propuesta. No volverá a ser él mismo en toda la velada.

Hacia las once, el anciano intenta irse a dormir, pero ya no sabe dónde está su habitación. Tevy le muestra el camino. Está desorientado, callado, inquieto, va como pisando huevos.

Y de repente se vuelve hacia él y dice «Buenas noches, mi pequeño René». Todo es muy desconcertante.

El final de la velada es más silencioso que de costumbre.

—No siempre está así, ¿sabe? Esta mañana, por ejemplo, hablaba con absoluta normalidad. —Quiere transmitirle calma, pero en realidad no lo consigue.

—Y después, ¿es capaz de acordarse de lo que ha pasado?

—Cuando vuelve en sí, lo noto incómodo. Sabe que acaba de pasar algo, pero ya no sabe exactamente qué.

Guardan un largo silencio.

—Si va a peor —dice Tevy—, seguramente habrá que... En fin, ya me entiende...

Vassiliev lo entiende perfectamente, así que se lanza:

—Aun así, ¿volveré a verla?

Y Tevy responde de inmediato:

—Oh, sí, René, creo que sí...

13 de septiembre

Hay un comentario para cada vehículo, escueto pero muy descriptivo. Rara vez amable, pero descriptivo. Vassiliev espera que, si detienen a alguien, el vigilante sea tan eficaz durante la rueda de reconocimiento para la que se preparó elaborando esa lista.

Treinta y tres vehículos, es increíble lo que llega a regurgitar un aparcamiento parisino.

Vassiliev y sus compañeros se han repartido los nombres y han realizado los correspondientes interrogatorios. Cuando los conductores no pueden acudir, los visitan en su casa o en su trabajo. Sólo tres miembros de la brigada han sido destinados a esta tarea, que les ocupará varios días, una gran pérdida de tiempo, porque no servirá de nada.

Los trece primeros testigos han dicho lo mismo. Oyeron explosiones, detonaciones, disparos, el vocabulario varía, pero la declaración es la misma: no vieron ni comprendieron nada, se enteraron de todo después, por los periódicos.

Dos líneas intrigan a Vassiliev.

La primera hace referencia a un coche extranjero. Holandés. El conductor regresó a Utrecht, y Vassiliev está en contacto con los colegas holandeses, si bien no es fácil. En su brigada nadie habla neerlandés ni inglés, y allí nadie habla francés, ¡como para hacer una investigación internacional! Todavía no se sabe por qué estaba ese tipo en París ni qué hacía en ese parking del distrito XV a las diez de la mañana. Se sabrá en unos días... Quizá.

La segunda línea corresponde a una mujer. «Vieja gorda, maquillaje», escribió el vigilante. Lo que intriga a Vassiliev no es tanto esa caracterización como la llamada que la brigada de Melun lanzó a todas las unidades el 8 de septiembre, cinco días antes, en relación con el asesinato en plena calle de una tal Constance Manier. El uso de un arma de gran calibre trae de cabeza a los colegas de Seine-et-Marne, y es comprensible: si empiezan a pasearse por la zona armas de ese tamaño, la seguridad pública va a convertirse en un deporte de combate.

Los asesinatos del aparcamiento también se cometieron con un arma de gran calibre, dice Vassiliev. No me convence, ha sentenciado el comisario Occhipinti (estaba de un humor de perros; se había quedado sin cacahuetes, y claro...).

Lo que René no le ha dicho es que en la lista hay una conductora que vive a tres kilómetros del lugar en el que asesinaron a la chica. El comisario habría respondido que seguramente hay cientos de personas que viven a tres kilómetros de cualquier crimen.

Es sólo que al inspector Vassiliev le choca que esa conductora viva cerca del escenario del crimen y que, además, estuviera en el aparcamiento una semana después, cuando se produjo el asesinato de otras dos mujeres.

La policía no se lleva tan bien con el azar como la propia vida. Y un investigador tiene la obligación de ser desconfiado.

En todo caso, si Vassiliev no le ha hablado a nadie de esa sospecha, es porque el perfil y el pedigrí de la conductora en cuestión se ajusta muy poco a sus suposiciones: sesenta y tres años, viuda, Dama de las Artes y las Letras, medalla de la Resistencia...

Así que les dice a sus compañeros que él mismo se encargará del asunto, y añade, para no quedar como un idiota, que lo hace tan sólo para cumplir con el expediente.

Henri ha cogido el primer avión y alquilado un coche en el aeropuerto. Deja atrás Melun hacia las once y veinte minutos después está delante de La Coustelle, aparca y apaga el motor. Se queda en el coche un buen rato. Por fin, se apea y se acerca a la verja, en la que hay una campanilla con una cadenita. Duda de nuevo, por última vez. Durante todo el viaje no ha dejado de darle vueltas a lo que sabe, a lo que no sabe y a lo que teme averiguar, y, en el momento de llamar, con sólo imaginar la aparición de Mathilde, el miedo a lo irreparable se apodera de él. Respira hondo y tira de la cadenita.

Está a punto de insistir cuando, en el otro extremo del sendero rectilíneo, Mathilde aparece al fin en el marco de la puerta. Inclina la cabeza, como si dudara de lo que ve, y, al instante, una amplia sonrisa ilumina su rostro.

—¡Dios mío, si es Henri! —la oye exclamar, y tiene la sensación de que se lo dice a alguien.

Espero que esté sola, piensa él. La ve coger un chal, estremecerse y echárselo sobre los hombros.

—¡Está abierto, Henri, entra!

Mathilde se queda en el porche, mirándolo mientras él avanza en su dirección, elegante, con paso tranquilo y firme, inconfundible. Lleva un blazer azul oscuro con un pañuelo de bolsillo a juego con la corbata a rayas. ¡Desde luego, qué clase, qué planta que tiene este hombre! Un instante después, sin embargo, en la cabeza de Mathilde se encienden las alarmas, y, cerrándose el chal sobre el pecho con las dos manos, se pregunta qué hace él allí, saltándose el protocolo de esa manera. Tiene que haber una muy buena razón para que se presente así, sin avisar, sin un pretexto oficial. A medida que se acerca a ella, Henri ve sucederse en su rostro todos esos pensamientos, esa inquietud, esas preguntas, y, cuando llega a su lado, Mathilde recuerda que en el cajón del mueble de la cocina hay una Luger 9 mm Parabellum.

—¡Oh, Henri, qué alegría más grande!

Él se ha detenido al pie del porche y sonríe.

—Lo siento, he venido con las manos vacías.

Eso me sorprendería mucho...

—Bueno, ¿qué? ¿No vienes a darme un abrazo?

Henri sube y la estrecha en un largo abrazo. Durante esos segundos, con el rostro hundido en su cuello, Mathilde se dice que, si fuera armado, lo notaría. Aunque Henri es muy listo, siempre guarda algún conejo en la chistera.

—¿Cómo has venido?

—En avión y coche de alquiler. Lo he dejado ahí, un poco alejado, no quiero comprometerte.

Ella se ríe. Comprometerme, dice...

Henri le aprieta los hombros con las manos y mira por encima de su cabeza la puerta vidriera, la cocina, el pasillo que hay a la derecha, la ventana de la izquierda, la cesta del perro... Con los perros siempre hay que tener cuidado.

—¿Tienes perro, Mathilde?

—El pobre... Murió ayer. —De pronto, su voz se ha alterado, Henri juraría que va a echarse a llorar—. Creo que el vecino... —murmura— me lo envenenó.

Henri frunce el ceño: ¿por qué ha hecho algo así?

—No ladraba nunca —continúa Mathilde—, más bueno que el pan, un amor, no te puedes hacer una idea...

Henri se vuelve hacia el jardín y ve el césped salpicado de agujeros.

—No sé si tan bueno...

—Ah, ¿eso? Eso no es nada, lo hacen todos los perros jóvenes... Matar a un perro por hacer un agujero... ¡No hay derecho!

Henri está confuso. ¿El vecino ha matado al perro por agujerear un césped que no es suyo? No acaba de entenderlo, pero Mathilde lo zarandea.

—¡Vamos, no te quedes ahí! ¡Entra! —Gira sobre sus talones y se dirige a la cocina—. ¿Quieres un café?

—Claro.

Mientras saca las tazas, Mathilde parlotea, habla deprisa, en su voz hay una excitación casi juvenil.

—¡Qué contenta estoy, Henri, no te lo puedes imaginar! Todos estos años sin preocuparte de tu Mathilde... ¡Sí, sí, yo sé lo que me digo, me has dejado olvidada como a un trasto viejo!

En lo de «todos estos años» tiene razón... Su último encuentro con ella data de hace quince, una cena en un restaurante de París. Desde entonces, Mathilde ha engordado y camina más pesadamente. Parece haber perdido diez centímetros de altura y haberlos ganado en anchura. También se le ha aflojado un poco la cara, la papada le cuelga... Sus ojos, en cambio, siguen siendo maravillosos, increíblemente azules y brillantes.

Henri es elegante incluso para sentarse, piensa Mathilde. Son unas circunstancias extrañas para un reencuentro, pero él está sonriente, relajado, afable. Cuando tiene esa actitud, nunca sabes qué puedes esperar de él.

Mathilde ha servido el café y se han instalado en la cocina. Pensaba proponerle que fueran al salón, pero es mejor aquí, el cajón está justo a su derecha, su mano buena.

—Bueno, Henri, tú dirás. No creo que hayas salido de tu madriguera sólo para probar mi café...

—Desde luego que no, Mathilde. Venir aquí contraviene todas las normas, lo sabes perfectamente. Pero dicho eso, entre tú y yo, no es lo mismo...

—¿Lo mismo que qué?

—Lo mismo que con los demás, nosotros somos viejos amigos.

—¿Y entonces?

Henri sorbe un poco de café, desvía la mirada y luego vuelve a posarla en ella.

—La avenida Foch...

—La avenida Foch, ¿qué? ¿A qué te refieres?

—Lo que pasó sigue intrigándome...

—Pero si ya lo hablamos... ¿Por qué quieres remover viejos asuntos? —Su cucharilla se agita nerviosamente en la taza con un tintineo cristalino.

—Porque quisiste tranquilizarme —dice Henri—, aunque en realidad no me explicaste por qué actuaste de esa manera.

Mathilde inclina la cabeza sobre la taza. Lo ocurrido le vuelve a la mente de golpe, ve de nuevo a aquel individuo, conocía su cara, lo había visto mil veces en los periódicos, en la tele. Se acuerda de la avenida y de él, que iba caminando lentamente por la acera en su dirección, él...

—Fue por el perro.

—El perro...

—Sí. Quería pararse y su dueño tiraba de la correa, lo arrastraba, ¿sabes, Henri...? Lo arrastraba con fuerza, un pequeño cocker precioso, y...

—Un teckel más bien, ¿no?

—Sí, perdona, un teckel. —Mathilde intenta volver a ver al perro, pero el recuerdo no aflora. Da igual, debe seguir hablando—: Entonces se me encendió la sangre, ya sabes cuánto me gustan los animales, no pude evitarlo.

—Y en ese caso, ¿por qué lo eliminaste también a él?

Mathilde está al borde de las lágrimas.

—¡Comprendí la situación enseguida, Henri! Sin su dueño, el pobre animal no habría sido feliz.

Henri la observa, sí, lo comprendo. Debe mostrarse tranquilizador. Vuelve la cabeza hacia el porche y el jardín.

—¡Aquí estás de maravilla! Qué tranquilo es todo esto...

¡Uy, cuando Henri cambia de tema de esa manera, mala señal!

—¿Te encargas tú del jardín, o tienes a alguien?

—No me vengas con mandangas, Henri, ¿qué más hay?

—El asunto del aparcamiento... El director de recursos humanos está furioso, como comprenderás...

Mathilde baja la cabeza, roja de contrición.

—Has venido para enseñarme la puerta de la calle, ¿es eso, Henri?

—¡De ningún modo! Pero tengo que explicárselo a él, y no me parecía bien hablar contigo de este asunto por teléfono, prefiero que lo comentemos tranquilamente, cara a cara. Pero antes... No me has dicho cómo estás, Mathilde.

Ella se levanta y va a apoyarse en la encimera.

—No voy a ocultártelo, Henri, la vejez me preocupa.

—Eso nos pasa a todos.

—Pues mira, cuando te veo tengo la confirmación de que para los hombres es menos duro que para las mujeres...

Sonríen.

—¿Puedo? —Henri señala la cafetera y se sirve sin esperar la respuesta—. No quiero darte la tabarra con eso, Mathilde, pero en ese trabajo había un blanco, no dos...

—¡Me sorprendieron, eso es todo!

Lo ha dicho gritando. No tanto para dar más fuerza a su argumento como por el alivio que le produce acordarse de la escena. Por fin le vienen los recuerdos, así que lo cuenta todo con pelos y señales. Son esos detalles concretos, verídicos, los que tranquilizarán a Henri.

Él la escucha con atención. De hecho, resulta bastante convincente.

—...y la buena mujer se puso a gritar, no sé de dónde salió, ¡es increíble! Así que me volví hacia ella y...

Nunca volverá a confiarle un encargo, ya no tiene la sangre fría necesaria, pondría en peligro a todo el mundo; no, ya no es posible. Tiene que dejar de hacer este trabajo. Sin embargo, es una profesión en la que nadie se jubila. El director de recursos humanos le exigirá que se encargue de ella.

Es cuestión de horas.

La única manera de evitarlo, se dice Henri, es que, entretanto, Mathilde se haya ido.

Ya no sabe si es una buena noticia, se pregunta cómo va a tomárselo.

Porque él también tendrá que irse.

Lleva décadas haciendo ese trabajo, así que ha tenido tiempo de sobra para organizarlo todo, lo más básico: documentación falsa, dinero en un paraíso fiscal... Tendrá que decirle la verdad y prepararse para lo peor. Explicarle: «He organizado mi huida, Mathilde, pero también la tuya. Tendremos que irnos juntos.»

—...entonces me dije que subir andando a la galería comercial era una estupidez, en vez de eso podía jugar mi mejor carta: ser Mathilde Perrin. Así que arranqué y...

Lo preparó todo hace quince años y renovó los pasaportes cuando caducaron. «Vamos a irnos los dos», le dirá, «pero tranquila, ¡no estamos obligados a permanecer juntos!». Y es verdad. Una vez salgan de este atolladero, cada cual hará lo que le parezca. Puede que a ella le apetezca vivir su vida de otra manera, es comprensible...

Al final de su explicación, Henri asiente con firmeza, lo comprende perfectamente, es un encadenamiento de circunstancias desafortunadas.

Ella sabe que está en la cuerda floja. Si ha convencido a Henri, la dejará en paz, si no, el director de recursos humanos montará en cólera, y entonces... Sacude la cabeza, no quiere pensar en esas cosas tan terribles.

Advierte que Henri está callado.

—Sólo una cosa, Mathilde... ¿Recuerdas el protocolo en lo que respecta a las herramientas?

—¡Claro que lo recuerdo, Henri! ¡Ni que fuera boba!

Mathilde vuelve a estrujarse el cerebro, está hecha un lío con las armas escondidas en cajas de zapatos, en el Sena, en el puente Sully, en el Pont-Neuf, en los cajones... Si Henri sigue haciéndole preguntas, va a abrir el cajón que tiene detrás del culo y meterle a su querido amigo dos balas en la cabeza, eso le pondrá las ideas en orden.

—En ese caso, dime por qué se ha empleado la misma herramienta en dos trabajos diferentes.

Mathilde suspira, vuelve a la mesa, se sienta, extiende las manos, coge las de Henri. Qué calientes las tiene, es algo que siempre le ha encantado de él, manos anchas con unas venas muy bonitas en el dorso... ¿Por dónde iba? ¡Ah, sí!

—Henri, tengo que confesarte algo...

—Te escucho.

—Sé que te va a parecer sorprendente, pero las desgracias nunca vienen solas.

Henri se limita a asentir. Déjala hablar, a ver por dónde sale.

—A ti tal vez te resulte extraño, pero te aseguro que es verdad: ¡se me olvidó! El tipo de la avenida Foch me alteró tanto con ese perrito suyo tan mono, que dejé la herramienta en el coche, me di cuenta al día siguiente, y eso es todo, fue un olvido.

—¿Y eso de que las desgracias nunca vienen solas?

—¡Sí! Primero me olvido de deshacerme de la herramienta, luego, esa mujer monta una escandalera en el aparcamiento, siempre pasa lo mismo, todo va bien durante años y, de repente, nada te sale bien, pero eso se acabó. Las desgracias encadenadas, quiero decir. ¿Y sabes por qué?

Henri niega con la cabeza. No, no sabe por qué.

—Porque has venido, Henri. —Mathilde sonríe—. ¡No te imaginas lo bien que me sienta volver a verte, estar contigo! Gracias a ti, sé que volveré a empezar con energía renovada. Ay, Henri... —La voz se le quiebra, y ella le coge las manos por encima de la mesa. Él se pierde en su mirada—. Nunca te lo dije... Ya sabes... Nunca te dije cuánto me importabas... Ahora puedo hacerlo porque somos viejos y... —Mathilde duda, le tiembla el labio. Henri se siente muy incómodo. Ella le aprieta las manos con mucha fuerza y hay algo desgarrador en ese instante—. No sé si puedo decírtelo, Henri...

—¿Decirme qué, Mathilde?

Su propia voz también ha cambiado, él mismo no la reconoce. Por Dios, se dice, acabaremos cayendo en el ridículo.

—No —dice Mathilde—, sería ridículo... Declararnos el uno al otro, a nuestra edad...

El instante mágico se ha ido por donde ha venido.

En el fondo, su relación sigue el mismo patrón de siempre, lleno de sobrentendidos y de ocasiones perdidas.

Por tanto, todo vuelve a ser posible. La renuncia a la confesión abre la posibilidad de la partida.

—En realidad —dice Mathilde—, vienes aquí para pedirme explicaciones y para hacerme reproches, sin embargo...

—En absoluto, Mathilde...

—... pero también podrías decirlo cuando estás satisfecho de mi trabajo. De la chica de Messin no has dicho nada, ni siquiera la has mencionado. Pero reconoce que pocas veces has visto un trabajo tan rápido y tan limpio. Y no era fácil, ¿sabes? ¡No veas cómo llovía!

Mathilde ha notado que las manos de Henri se tensaban. Está inclinado hacia ella, la escucha con una atención que le encanta, ¡ah, por fin reconoce mis cualidades!

—Sí, por supuesto, la chica de... —No está seguro de haber comprendido el nombre, ¿es una ciudad, un lugar? Se repliega a una posición prudente—. Cuéntamelo, anda, tengo curiosidad.

—¡Pasé un miedo, Henri, no te lo puedes imaginar!

—Ya...

Henri sonríe de oreja a oreja.

—¡Figúrate que estuve a punto de usar el procedimiento de verificación! Te vas a reír... En el último momento me entraron dudas. Sí, sí, te lo aseguro. Ese barrio lleno de camellos, esa chica, delgada como un palillo... Me dije, no, Mathilde, no vayas a meter la pata, puede que no sea tu blanco. Pero bueno, tenía el papel, lo comprobé, ¡uf!, ¿tú sabes el miedo que pasé?

—¡Me lo puedo imaginar, desde luego!

Henri sonríe, muy relajado. Mete la mano en el bolsillo y saca el paquete de cigarrillos. Se fuma dos al día. Le hace a Mathilde una pregunta silenciosa: ¿puedo?

—Y como tenías el papel, pudiste salir de dudas...

—Sí, por suerte lo había cogido, lo llevaba en el bolsillo. De todas formas, es curioso, hay señales que no engañan. Acababa de encontrarlo y, justo entonces, aparece la chica al final de la calle. Bueno, el resto ya lo sabes. ¿Qué te parece, eh? Espero que quedaras satisfecho.

—Sí, fue perfecto, Mathilde, como siempre. —Henri suelta una risita—. ¡Como *casi* siempre!

Ha recalcado la palabra, quiere dejar claro que está bromeando, debe quedar absolutamente claro que está bromeando.

Mathilde se ventiló a una chica en ese barrio de la periferia que ya ni siquiera recuerda cómo se llama, toma notas en papeles que guarda consigo... ¡Y guarda las armas!, que luego utiliza para trabajos imaginarios con víctimas de lo más reales. La pregunta es: ¿cuántas ha habido? Los planes de escapar con ella, de protegerla, acaban de explotar en pleno vuelo. Está estupefacto. La máquina de destrucción creada por el sistema se le escapa de las manos.

Mathilde contempla admirada cómo se fuma el cigarrillo. Incluso ese simple gesto tiene en él una elegancia increíble. No se ha acordado de sacarle un cenicero, así que Henri ha apagado el cigarrillo en el platillo de su taza. Apenas le había dado un par de caladas, si fuera otro, diría que está nervioso, pero conozco a mi Henri como si lo hubiera parido, además, sonríe de oreja a oreja.

—Me alegro de que hayamos aclarado las cosas, Mathilde.

—¡Te preocupabas por nada, Henri!

—Sí, ya lo veo...

—¿Ya estás tranquilo?

—Totalmente.

—De todas formas, tu pequeña preocupación ha servido para que me visitaras...

Mathilde sonríe. Él finge que la riñe.

—Espero que eso no te haga volver a las andadas... —Lo dice mirándola con severidad, como un maestro de escuela. Se levanta—. Bueno, ya va siendo hora de que me vaya, mi visita no ha sido muy reglamentaria que digamos, así que es mejor que no me entretenga, ¿comprendes?

—¿De verdad?

En la voz de Mathilde resuena el pánico. Henri esboza una mueca, ¿qué otra cosa puede hacer?

Mathilde se decide:

—¿Puedo pedirte algo?

Él aparta las manos prudentemente.

—¿Podrías estrecharme entre tus brazos, como en los viejos tiempos, Henri?

Sin esperar respuesta, Mathilde se acurruca contra él. Henri le saca casi una cabeza. La rodea con los brazos. Se siente cobarde porque va a irse. Lo normal sería volver esa noche y sorprenderla. Arreglar el problema sin más dilación. Mathilde se ha hundido en un delirio que irá a más, hay que cortar por lo sano. Pero él jamás podría hacerlo, y lo sabe. Ya no es ella misma, desvaría. Se ha vuelto demasiado peligrosa para todo el mundo, y eso no puede seguir así, pero ¿hacerlo él? No, no puede, no podría encañonarla con una pistola y disparar, sería superior a sus fuerzas.

Solucionará el problema de otra manera.

Y cuando el asunto esté cerrado, será imperativo que él también se vaya.

—Vamos, Mathilde...

Pero Mathilde no se mueve. Henri juraría que está llorando. No se lo pregunta, pero, cuando ella se aviene al fin a apartarse, se gira al instante, Henri no le ve la cara. Se sorbe la nariz ruidosamente, se suena.

—Vamos —dice con un hilo de voz—, vete...

Henri hace un gesto de despedida, ella hace otro, no te preocupes, y por fin se vuelve hacia él.

Se miran. Ella tiene los ojos llenos de lágrimas.

Henri da media vuelta, baja los peldaños del porche y, sin mirar atrás, cruza la verja, sube al coche y arranca. Está agotado.

¡Sería estupendo, Dios mío! Qué más quisiera yo... (Mathilde friega las dos tazas, las dos cucharillas, la cafetera...)

Que Henri viniera a verme sin avisar.

Él justificaría su visita diciendo que ha venido para hacerme algunos reproches, siempre hay alguna pega, ningún trabajo sale exactamente como está previsto, es natural. Vendría a regañarme, pero en realidad lo haría para hablar conmigo, para vernos. Sería estupendo...

Ha acabado de fregar los platos, tendría que comer algo, ¿qué hora es? ¡La una! Aquí me tienes, soñando que Henri viene a cortejarme, y sin nada preparado...

Pero vuelve a sentarse a plomo en la silla. No tiene ánimos.

Ha dejado el cesto de *Ludo* en el rincón de la cocina. De todas formas, pobre animal, morir así...

El comienzo de la tarde pasa muy lentamente, soñar despierta con Henri la ha agotado. Se siente muy sola.

Hacia las tres decide ir a comprarse otro perro.

El tráfico no facilita las cosas, la gente que vive en la periferia vuelve de trabajar, de ahí la congestión. El trayecto se hace interminable. Cuando llega son las seis y media de la tarde.

La Coustelle no es un sitio fácil de encontrar.

Vassiliev aparca el coche unos cientos de metros más adelante. Desanda el camino hasta la casa, echa un vistazo al interior del buzón, se vuelve para comprobar que no lo observan y, con la ayuda de un bolígrafo, consigue sacar las cartas. Encuentra la citación de la brigada de Melun con fecha de ese mismo día. Se la guarda en un bolsillo, devuelve el resto de la correspondencia al buzón y decide dar una vuelta alrededor de la propiedad.

Al llegar a la esquina, se cruza con un Renault 25 de color crema con matrícula HH 77, conducido prudentemente por una mujer madura que lleva unas grandes gafas.

Él sigue andando como si tal cosa, pero se detiene unos pasos más adelante, vuelve atrás y, en el camino que lleva a la casa de dos plantas, ve a la conductora, una mujer gruesa, que baja del coche y se estira para desentumecerse antes de ir a abrir el maletero. Sigue andando y, al pasar frente a la casa de al lado, oye el ruido de unas tijeras de podar. Ve a un hombre, se detiene.

—¿Son perales? —aventura al ver un pequeño huerto y unos árboles frutales.

El hortelano, hombre comunicativo, lo recibe con una gran sonrisa.

La lección sobre los diferentes tipos de peras y sus respectivas cualidades es inevitable.

—¿Quiere probarlas? —le pregunta el hombre.

—No le diré que no —le responde Vassiliev, que adelanta veinte puestos de golpe en el carnet de baile del señor Lepoitevin.

Obviaremos las exclamaciones sobre el sabor de la pera, las felicitaciones del uno y las sonrisas modestas del otro.

—La señora Perrin vive en esa casa, ¿verdad?

—¡Ah! ¿Ha venido a ver a esa loca?

Vassiliev frunce el ceño, pero el señor Lepoitevin ha retrocedido un poco y observa a su interlocutor con renovada y persistente atención.

—Es usted policía, ¿no? —Y, sin darle tiempo a responder, añade—: A los policías los reconozco a la primera, fui perito judicial.

Vassiliev no acaba de ver la relación, pero lo que le interesa es lo de «esa loca».

—¿Por qué la ha llamado así?

—Por su perro. Lo enterró sin la cabeza.

Vassiliev está un poco desconcertado.

—Verá —explica con paciencia el señor Lepoitevin—, su perro murió, no me pregunte cómo, pero, vaya, por muy muerto que esté, un perro seguirá teniendo la cabeza sobre los hombros, digo yo. Bueno, pues el suyo no. A través del seto, vi cómo lo enterraba, la cabeza estaba a tres metros, y debe de seguir estándolo. ¿A usted le parece normal? Era un dálmata, no hay perros más estúpidos, pero, aun así, ¿cómo acabó decapitado el pobre animal?

—¿No se lo preguntó?

—¡Uy, no, no! Yo, con la gente, buenos días y buenas tardes. Si tuviera que ocuparme de lo que pasa en casa de los demás...

—Pero ha dicho que miró a través del seto...

—Miré porque esa loca resollaba como si fuera una condenada. Pensé que podía echarle una mano. Cavar un agujero del tamaño de un chucho así, incluso sin cabeza, no es ninguna tontería. Pero cuando vi el panorama, me dije ¡uf, yo no quiero saber nada!

—Comprendo. El perro, decapitado. ¿Está seguro?

—¿Por eso ha venido, por el perro?

—No, sólo para entregar una citación, nada importante.

—Una citación... ¿por el perro?

Ese tipo era de ideas fijas.

—En realidad, no, pero, ahora que lo sé, le preguntaré al respecto. ¡Gracias por la pera!

Lepoitevin lo observa mientras se aleja. No es el tipo de poli en el que confiaría.

Ahora el coche con el que Vassiliev se ha cruzado momentos antes está aparcado delante de la casa. La propietaria se encuentra en el porche. Inclinada hacia el suelo, parece hablar sola, pero Vassiliev está demasiado lejos para oír lo que dice.

—Aquí estarás bien, pequeñín.

Qué bonitos son los perros a esta edad... Bueno, se mean en los cojines, gimotean en el coche, pero son suaves, son frágiles, son cariñosos. Un cocker. Mathilde ha ido a la tienda de animales. La dependienta sabía vender. Le ha puesto la bola de pelo en los brazos, y Mathilde se ha ido con el cachorro, la cesta, la correa, el pienso para un mes, la tarjeta sanitaria y las nueve páginas que resumen la normativa europea. Vaya, más o menos lo mismo que un año antes, cuando salió con *Ludo* de la perrera de la avenida Malesherbes. El cocker se llama *Cookie*. Le mantendrá el nombre. Ahora mismo está ovillado en la cesta.

Mathilde desliza un dedo por su cálido pelaje. Para una mujer sola como ella, esos perros son una buena compañía, y ya ha llorado bastante la muerte del pobre *Ludo*, que, por lo demás, era tonto de remate, como para comprarse otro; esperemos que éste no sea tan idiota, al menos.

Al sentir la presencia de alguien, Mathilde levanta la cabeza y ve a un individuo alto y desgarbado inmóvil ante la verja. ¿Un vendedor? El desconocido tira de la cadenita, la campanilla tintinea...

Debería salir a su encuentro y mandarlo a freír espárragos, no está dispuesta a dejarse enredar por un comercial, pero algo le dice que no lo es. Para empezar, no lleva maletín ni bolso ni nada parecido, va con las manos vacías y hasta de lejos parece tremendamente torpe.

A sus pies, el cachorro trata de salir de la cesta.

—Y tú no te muevas de ahí...

Vuelve a meterlo dentro, y el animalito se hace una bola. Mathilde le acaricia el pelaje, que es suave como el satén.

Se vuelve de nuevo hacia el camino y hace un gesto bastante vago. Vassiliev se decide a empujar la verja y entrar. Mientras lo ve acercarse, a Mathilde le parece aún más alto de lo que pensaba. Va encorvado, no le gustan los hombres encorvados, sólo hay que ver a Henri, derecho como una estaca, pero sin rigidez, no como éste... Y encima mal vestido, hecho un adán.

Vassiliev ya está al pie del porche. Se presenta y enseña la placa. Mathilde abre unos ojos como platos, impresionadísima.

—¡Dios mío! ¡La Policía Judicial!

—Oh, no es nada, señora...

—¿Nada? Pues si la Policía Judicial no es nada...

—No quería decir eso.

—Entonces, ¿qué quería decir?

Hete aquí a Vassiliev, que ha venido a hacer preguntas y que ahora se ve obligado a responder a las de la anciana. La observa. Ha sido guapa, es algo que salta a la vista incluso para un hombre como él, poco dado a admirar a las mujeres.

—De todas formas, suba...

«De todas formas»... Vassiliev no sabe cómo tomárselo.

Mathilde lleva una bata estampada de manga larga sobre una especie de blusón con un bolsillo ancho a la altura del estómago. Parece un delantal de jardinero. Vassiliev se acuerda del vecino. Se da la vuelta. Sin pararse a pensarlo, mira el seto del que le ha hablado Lepoitevin. Qué historia tan surrealista...

—Venía por...

—Siéntese.

Por su parte, ella se deja caer en la mecedora. Vassiliev toma asiento en la silla de hierro.

—¿Y bien?, ¿a qué debo su visita?

Vassiliev está decidido a superar los obstáculos del primer contacto, pero la seguridad de la mujer hace que se sienta incómodo. Ve la cesta cerca de la barandilla y la cabeza del cachorro, que apenas asoma por el borde.

—Tiene un nuevo perro...

Vassiliev se ha levantado y, en cuclillas, desliza un dedo tímido por el pelaje del cocker, que, con la cabeza entre las patas, se encoge lánguidamente.

—¿Por qué lo dice?

—Es un cocker. —Vassiliev se pone en pie.

—¡Sí, ya lo sé, gracias!

Está irritada, es comprensible. Él tiene una ventaja: su estatura. Ella, otra: piensa muy deprisa.

—¿Cómo sabe que tengo un perro *nuevo*? ¿Porque es un cachorro?

—No, porque me lo ha dicho su vecino. Antes tenía usted un dálmata, creo.

—Esta vez he elegido un cocker. No puedo vivir sin perro, ¿comprende? Una mujer sola, como yo...

—Bueno, los cockers, como guardianes...

—No, es sólo por la compañía. Bueno, ¿qué lo trae por aquí, comisario?

—Inspector.

—Supongo que eso no cambia el motivo de su visita.

—No, por supuesto.

Vassiliev se plantea cómo decirlo. Mathilde lo observa, esperando con una paciencia muy manifiesta.

—Es por el asunto de los asesinatos del aparcamiento, en París, en el distrito XV.

—¿Los asesinatos?

—Su coche estaba estacionado en el aparcamiento del centro comercial donde mataron a dos mujeres con un arma de gran calibre...

—¡Yo no fui!

Vassiliev no puede evitarlo, se echa a reír.

—Sí, lo suponía. Ésa no es la razón de mi visita. Estamos interrogando a los testigos.

—Yo no vi nada.

—¿Y tampoco oyó nada?

—¡Sí, claro, como todo el mundo! ¿Cree que porque soy vieja estoy sorda?

—De ningún modo, sólo le pregunto...

—Acérqueme al perro. —Vassiliev se vuelve y coge al cachorro. Sorprendido por el calor del animal, se lo tiende a Mathilde, que se lo pone sobre las rodillas, pegado a su voluminoso vientre—. Oí unas explosiones.

Un cuadro enternecedor. Vassiliev se pregunta si sigue en el mismo mundo de siempre. Tiene que investigar dos asesinatos, cometidos sin duda por profesionales, y allí está, frente a una mujer de más de sesenta años, madre de familia según sus datos, que vive prácticamente en el campo, tiene a su cachorro sobre el regazo y no parece impresionada en absoluto por sus preguntas.

—Eran detonaciones —precisa.

—No veo la diferencia.

—No importa. ¿Cuántas oyó?

—Tres.

—¿El nombre de Béatrice Lavergne le dice algo?

—No, ¿debería?

—¿Y el de Maurice Quentin?

—Tampoco.

—Es extraño.

—¿El qué?

—Es usted la única persona con la que he hablado que no sabe que Maurice Quentin, el gran empresario, fue asesinado en París el pasado mayo, toda la prensa ha hablado del asunto...

—¡Ah, ese Quentin! De ése claro que he oído hablar, pero hace tiempo, ¿por qué?

—Por nada.

—¿Cómo que por nada? ¿Pregunta usted por nada?

—No quería decir eso.

—Entonces, ¿qué quería decir?

—Dígame qué vio en el aparcamiento del centro comercial, por favor.

—No estaba en el aparcamiento, estaba en una tienda.

—¿Y oyó las detonaciones desde allí?

—No, eso fue desde el aparcamiento.

Vassiliev cierra entonces los ojos, no acaba de entenderlo.

—Acababa de salir de una tienda y estaba bajando para coger el coche, cuando oí unas explosiones, pero no vi nada, ¿comprende?

—Más o menos.

—Me alegro.

—¿En qué nivel había aparcado?

—En el segundo o en el tercero, ya no me acuerdo. Los subterráneos son todos iguales, nunca sabes en cuál estás...

Mathilde no parece muy convencida de que el inspector haya comprendido algo.

—¿Ha vuelto usted de viaje? —pregunta Vassiliev de repente.

—No, ¿por qué?

—Al bajar del coche se ha estirado, como si llevara tiempo conduciendo...

—¡Vaya, es usted todo un Sherlock Holmes! Cuando no vuelvo de un viaje, también me estiro, ¿sabe? Con la artrosis, te estiras siempre que has estado en la misma postura más de dos minutos, ya lo verá... Por muy alto que sea, tarde o temprano también le pasará, puede estar seguro.

—Ya...

—¿Algo más?

—No. Bueno, sólo me preguntaba por su perro...

Mathilde hace un gesto hacia el cachorro, que se ha dormido sobre sus muslos.

—¿Quiere saber si estaba conmigo, si oyó las explosiones y si fueron tres?

—No, sólo quería entender por qué la cabeza de su otro perro, el dálmata, estaba separada del cuerpo.

Mathilde lo mira con severidad.

—Me lo ha dicho su vecino —le explica Vassiliev—. Cuando usted enterró a su perro, le pareció que no tenía la cabeza.

Si estuviera sola, se levantaría, iría a la cocina, sacaría la Luger 9 mm del cajón e iría a pegarle tres tiros en los huevos al gilipollas de Lepoitevin.

¡De hecho, es lo que va a hacer en cuanto este grandísimo capullo de inspector se vaya con viento fresco!

Irritada por el contratiempo, Mathilde lo fulmina con la mirada, y Vassiliev imagina perfectamente qué clase de abuela debe de ser, aunque nada indica que tenga nietos. Y, de pronto, el rostro de la mujer se transforma, se diría que va a llorar. Se avergüenza de haber apenado a la pobre anciana.

—Me lo encontré así, pobre *Ludo* —dice con voz apenas audible—. Decapitado. Horrible. —Parece a punto de morderse el puño, pero se contiene—. ¿También investiga sobre perros?

—No, en realidad no, sólo me preguntaba...

—¿Qué es lo que se preguntaba?

—¿Dónde está el cadáver del animal?

Mathilde sigue acariciando la bola acurrucada entre sus rodillas. Cabizbaja, responde con una voz inexpresiva que roza el sollozo:

—Lo enterré, comisario. Es terrible, ¿verdad?

—No, hizo bien.

—Quería decir que lo que le ocurrió es terrible.

—Sí, eso también. Y cuando lo enterró, ¿dejó la cabeza en el jardín?

—Me encontraba en un estado espantoso, póngase en mi lugar. Era un perro muy bonito, ¿sabe?

Vassiliev asiente. Sí, sin duda, y también bastante grande, y pesado, tuvo que ser una tarea complicada.

—Pero... ¿quién pudo hacer algo así? ¿Tiene alguna idea?

—En el campo pasan esas cosas, ¿sabe?

—Yo vivo en Aubervilliers, donde también hay muchos perros, pero nunca he encontrado a ninguno decapitado en la puerta de mi casa.

—Digo en el campo, campo. Envidias y cosas así. No quise molestar a la policía por un perro.

—Comprendo. —Vassiliev hace una larga pausa y, como para sí mismo, añade—: Había oído hablar de perros o gatos envenenados, incluso de escopetas de caza, aunque nunca de decapitaciones, la verdad...

—Yo tampoco. Hasta lo de *Ludo*. Me las va a pagar, créame.

—¿Quién?

Mathilde hace un gesto hacia la casa de al lado y baja la voz:

—Estoy segura de que fue él. De hecho, voy a poner una denuncia. ¿Puede usted tomar nota de mi denuncia?

—No, aquí no... Para eso tendrá que ir a comisaría.

—¡Ah! ¿Hay que desplazarse? Pero bueno, no hemos parado de hablar, ¡y no le he ofrecido nada para beber!

Eso es lo que dice, pero no mueve ni un músculo, como si entre lo que acaba de decir y su intención real no hubiera ninguna relación. De hecho, no la hay, porque lo que le gustaría, antes de ir a charlar con Lepoitevin, sería deshacerse de ese inspector, que le está calentando la cabeza con rollos de perros en vez de perseguir a los ladrones y a los asesinos.

Vassiliev hace amago de levantarse.

—Se lo agradezco, pero tengo que marcharme.

—¿Ha terminado su investigación?

—La verdad es que no. Precisamente...

Vassiliev sigue allí, mirando el suelo con obstinación. De pronto levanta la cabeza.

—Me gustaría preguntarle... El pasado miércoles, día 11, la fecha en que ocurrió lo del aparcamiento, ¿qué hacía usted en el distrito XV? Está muy lejos de su casa...

—Fui a comprarme unos zapatos con cordones. Los que tenía acababan de romperse.

—¿No los venden en Seine-et-Marne?

—Quería unos iguales. —Echa un vistazo a los gastados zapatos de Vassiliev—. No estoy segura de que sepa usted lo que es buscar zapatos, pero créame, para encontrar otros idénticos, lo mejor es volver al mismo sitio donde compraste los anteriores.

Vassiliev asiente.

—¿Guardó usted el tíquet?

—Ya no hacen ese modelo. Volví con las manos vacías.

De acuerdo. Vassiliev se da una palmada en los muslos. Bueno, no la molesto más, pero cambia de opinión.

—¿Y dónde enterró a su perro?

Mathilde, con la mano, da a entender que por allí.

—Sin la cabeza... —insiste Vassiliev.

Ella asiente con una expresión de tristeza.

—La enterrará con el cuerpo, supongo...

—Creo que sí. Es mejor que esté todo junto, ¿no le parece?

—Sí, es lo más lógico. Y ahora... ¿dónde está la cabeza?

—Junto al seto, a la derecha. Al menos, ahí es donde el vecino dejó el cuerpo del pobre *Ludo*.

Inexplicablemente, Vassiliev tiene ganas de ver la dichosa cabeza de perro con sus propios ojos.

Se levanta y, sin decir palabra, se dirige hacia el lugar que le ha señalado Mathilde.

Ella lo observa mientras se aleja. El perrito gimotea, Mathilde no se ha dado cuenta de que lo estaba estrujando.

En efecto, Vassiliev distingue la forma del perro en la hierba, pero no ve ni rastro de la cabeza. Vuelve al porche y se detiene al pie de la escalera. Mathilde, que no ha movido un músculo, está acariciando al cachorro sobre sus muslos.

—No la he encontrado.

—¡Ésta sí que es buena!

Mathilde se levanta de un salto, parece indignada. Deja al cachorro en la mecedora y baja pesadamente los cuatro peldaños del porche.

Vassiliev la sigue, y juntos peinan el jardín y el seto, inclinados hacia el suelo, como si fueran un viejo matrimonio y uno de los dos hubiera perdido el reloj al volver de la playa. No tardan en rendirse a la evidencia: la cabeza del dálmata ha desaparecido.

El inspector, que está justo en la esquina de la casa, distingue un pequeño montículo de tierra removida.

—¿Es ahí donde lo enterró?

—Sí.

Mathilde se aproxima y se quedan allí plantados uno junto al otro, mirando la tumba del perro sin acercarse demasiado, como si fueran turistas contemplando el resultado de unas excavaciones arqueológicas. La temperatura sigue siendo agradable.

—Bueno, creo que voy a entrar en casa, me estoy quedando helada.

Vassiliev no se decide a irse. La observa mientras se aleja con paso lento, balanceando el grueso trasero...

Y de pronto, la ve.

Ahí está, a dos metros de él, tirada junto al muro de la casa, medio enterrada en un arriate de claveles de Indias. Se arrodilla.

Durante su vida profesional ha visto monstruosidades de todo tipo, pero lo que acaba de descubrir le produce un efecto muy sorprendente. Exótico, piensa, de lo más extraño, quiere decir... Las hormigas la han emprendido con la cabeza y los gusanos se han sumado al festín. Vassiliev ve lo que queda de los ojos, blancos y hundidos, la cervical, que todavía cuelga, la tráquea abierta, la sangre coagulada, la nube de moscas... Aún de rodillas, se vuelve y mira de nuevo la tumba. Luego, de mala gana, se levanta y regresa a la casa.

—La cabeza está allí...

Mathilde no está en el porche, ha entrado en la cocina, Vassiliev la encuentra con la espalda apoyada en la encimera y las dos manos metidas en el bolsillo central del delantal, con las que sujeta la Luger 9 mm que acaba de sacar del cajón.

—En la esquina de la casa —añade el inspector.

Ella asiente.

—¿Es todo? —se limita a preguntar.

—Sí. Debería enterrarla o deshacerse de ella, no es muy higiénico, atraerá toda clase de insectos a la casa.

—Gracias por el consejo.

Vassiliev se vuelve para irse.

—De todas formas, necesitaremos su declaración —dice antes de alejarse—. No por el perro, sino por lo del aparcamiento. De eso se encargarán mis compañeros de Melun.

Saca la arrugada citación que ha cogido del buzón al llegar, la alisa torpemente sobre su muslo y se la tiende.

—¿Siempre lleva las citaciones a domicilio?

—Bueno, me he dicho a mí mismo, ya que voy allí... ¿Comprende?

No, Mathilde no parece comprenderlo. Vassiliev alza la mano para despedirse y añade:

—Adiós. Y gracias por todo.

—De nada, ¿inspector...?

—Vassiliev, René.

—¿Vassifiev?

—No, Vassiliev, con ele.

Saca una tarjeta de visita y la deja en la mesa de formica. Luego vuelve a despedirse con la mano y empuja la puerta vidriera para salir al porche.

A medio camino de la verja, se vuelve hacia la casa y ve a Mathilde Perrin con las dos manos en el bolsillo del delantal, mirándolo.

Durante el viaje de regreso, Vassiliev intenta comprender por qué se ha centrado en el asunto del perro sin cabeza, que no tiene ninguna relación con su investigación. Seguramente porque no había mucho que aclarar sobre la presencia de aquella mujer en el aparcamiento.

Sí, habrá sido por eso, pero sigue inquieto por la visita. Esas rencillas entre vecinos son terribles. Sobre todo en el campo, como ha dicho ella. Sí, puede que tenga razón, él no lo sabe, siempre ha vivido en la ciudad.

Mathilde permanece inmóvil unos instantes. Está pensativa. Mira el sendero del jardín, ahora desierto.

A su lado, el cachorro gimotea débilmente. Está agitado y nervioso, quizá percibe que pasa algo, cierta electricidad, cierta densidad en el aire, una atmósfera peculiar.

Mathilde ni siquiera lo oye, está pensando en su antecesor y en su cabeza, que ese imbécil de inspector ha acabado encontrando cerca del seto. No entiende por qué le interesaba tanto. Es extraño, parecía que el asunto de la cabeza le importaba más que la masacre del aparcamiento.

Se ha prometido ir a decirle cuatro cosas a Lepoitevin, tener con él una charla de vecinos (de hecho, todavía con las manos en el bolsillo del delantal, acaricia la Luger Parabellum, que tiene previsto utilizar para zanjar la cuestión), pero la visita del policía le ha dejado una sensación penosa, y eso es lo que ahora mismo prevalece.

¿Ha acudido a su casa por la cabeza del perro o por la suya?

La miraba de una forma extraña... Y esa manía de volver una y otra vez sobre lo mismo... Empieza a pasearse por el porche bajo la mirada perpleja del cachorro, que se pone nervioso con sus idas y venidas. Mathilde intenta reconstruir el encuentro.

Ha venido porque ella estaba en el aparcamiento, pero primero ha ido a hablar con Lepoitevin, y luego sólo se ha interesado por la cabeza del pobre *Ludo*, que en paz descanse.

Pero ¿es que todos la toman por una vieja idiota?

¡Pues se van a enterar de cómo las gasto! ¿Debe empezar por Lepoitevin? No. El inspector es más peligroso. Lepoitevin no se moverá de aquí, mientras que el otro...

Avanza hacia el teléfono con paso decidido.

Por el camino se cruza con el cachorro, que se ha aventurado fuera de su cesta y acaba lanzado contra la puerta vidriera tras recibir una patada rabiosa. Al pasar junto a la mesa, Mathilde coge la tarjeta de visita.

Un Vassiliev, en Aubervilliers, no tiene que ser difícil de encontrar.

Ya veremos quién le corta la cabeza a quién.

14 de septiembre

El comandante nunca se retrasa. Excepto hoy. Se ha puesto el abrigo y ha salido corriendo hacia el coche. Y es que, aunque intenta sobreponerse, lo lleva fatal. Mathilde se ha convertido en un elemento descontrolado. Henri no ha querido hurgar en el asunto de «la chica de Messin». Mathilde va cuesta abajo y sin frenos. Es un peligro. Lo único que se puede hacer... Cuando llega a la cabina, el teléfono ya está sonando. Descuelga.

—Me he ocupado hoy mismo. El asunto está prácticamente solucionado.

Sólo permanece unos segundos al aparato. En realidad, aún no ha solucionado nada, es ahora cuando va a tener que encargarse del asunto.

Quedarse mucho rato en esa plaza de pueblo desierta no es una buena idea. Ni siquiera a primera hora de la mañana. Los vecinos ven sin ser vistos. Es el único entretenimiento del que disponen la mayoría de los lugareños, aparte de la tele, y sin duda les resulta bastante más instructivo. Si un coche se detiene, todo el mundo lo sabe en el acto. Es la última vez que utiliza esa cabina. Volverá a la que usaba hace cinco o seis años. Suele hacer una rotación con intervalos irregulares.

Henri circula por la campiña. El coche tiene radio, pero él nunca la pone. No consigue concentrarse en la conducción. Ante sus ojos, los fogonazos de realidad aparecen y vuelven a desaparecer enseguida, como las imágenes de un sueño. Eso lo calma, es un poco hipnótico. No quiere pensar en lo que está a punto de hacer.

Se detiene junto a una cabina y marca un número de memoria. Deja un breve mensaje, vuelve a salir, da unos cuantos pasos, duda si encender un cigarrillo... Pero ya están llamando. Una voz clara. Se llama señor Buisson. Cuando recurrió a él hace un año se llamaba Meyer. La conversación dura cuatro minutos.

El comandante vuelve a coger el coche, aunque esta vez circula durante más de treinta kilómetros hasta encontrar una cabina que no conoce, que nunca ha utilizado, muy aislada, en la esquina de la tapia de una fábrica. Ningún comercio, sólo algún transeúnte, un cruce anónimo. Marca un número y pide que lo llamen.

Tiene que esperar casi una hora, primero en el coche y, después, ya en la acera, se decide a encender un cigarrillo. Luego, mientras camina arriba y abajo, enciende otro. Por fin, cuando ya empieza a tener frío, suena el teléfono. Habla con su interlocutor en alemán. Esta conversación es más larga, la negociación es más difícil, las explicaciones que da también son más complejas. Al final decide aceptar condiciones que normalmente rechazaría, porque el tiempo apremia.

—¿Cuándo puede estar en Toulouse?

Su interlocutor se llama Dieter Frei. Vendrá desde Freudenstadt. Puede llegar en unas veinticuatro horas.

El comandante cuelga. Ha gastado más dinero en dos horas que en todo el año, y esta vez, de sus propios fondos, pero es lo que hay.

Lo que le molesta no es eso, sino la sensación de que una parte de su vida acaba de terminar.

Una inmensa tristeza se apodera de él.

Esa noche Mathilde se ha levantado dos veces, intranquila por el perrito, al que sigue llamando *Cookie*. No sabía por qué, pero necesitaba compañía. Ha acabado subiéndolo a la habitación y dejándolo dormir con ella. Y esta mañana se ha puesto a gemir, y a Mathilde apenas le ha dado tiempo de cogerlo y correr con él al lavabo. ¿Has visto, pequeñín? Menos mal que mamá aún tiene buenos reflejos, porque si no, adiós colcha, ¿eh?

Lo ha bajado a la cocina, le ha dado pienso, y luego se ha tomado el café en la mecedora del porche viéndolo explorar el jardín.

Ha pensado en Lepoitevin largo y tendido. Se ocupará de él durante el día. No es cuestión de que ahora la tome con *Cookie*, después de *Ludo*. Solucionará el problema. De todas formas, por qué esperar hasta la tarde pudiendo ir ahora y dejarlo zanjado.

Se levanta, deja la taza en el fregadero y se detiene delante de un platillo en el que hay un cigarrillo aplastado, a medio fumar. Suspira. ¡Qué desperdicio! Henri no debería fumar, pero, puesto a envenenarse, debería acabar los cigarrillos, mira qué cochinada... Tira la colilla a la basura y friega el platillo.

Le habría gustado que se quedara un poco más... ¡Habrían podido ir a un restaurante! Pero está contenta de que haya venido. Habría preferido que fuera por otro motivo; hacer ese largo viaje (¡desde Toulouse!) sólo para echarme cosas en cara... Pero en el fondo está contenta. Henri quería explicaciones y las ha obtenido. Y ha quedado satisfecho. Imprevistos, los hay en todos los trabajos. Henri lo ha comprendido perfectamente. Sólo necesitaba argumentos por si el director de recursos humanos le obligaba a rendir cuentas, pero es poco probable. Cuando se finaliza un encargo, se pasa página y a otra cosa.

Sin embargo, cuando va hacia la escalera para subir a lavarse, ve el bloc junto al teléfono y se detiene en seco. El bloc y la tarjeta de visita. ¡Se había olvidado de ese pedazo de idiota! Coge la tarjeta. Vassiliev. Tiene apuntada la calle, que consiguió llamando a información, avenida Jean-Jaurès, 21, Aubervilliers. ¿Lepoitevin? ¿Vassiliev? ¡Cuántas tareas pendientes!

Pensándolo bien, se dice mientras sube al dormitorio, más vale ocuparse primero del policía. Ese fulano, con sus preguntas y su insistencia, me da mala espina; con un tipo así, tan desagradable, te sientes incómoda enseguida. Lepoitevin puede esperar hasta esta tarde o hasta mañana, se pasa la vida en su huerto, no es difícil de encontrar.

El poli es harina de otro costal.

Sabía que sería complicado. El madero la conoce, conoce su coche, así que coge el metro, lo que no facilita las cosas. ¡Ponte a seguirlo en esas condiciones! Lo ha visto salir de las dependencias de la Policía Judicial, y su alta y desgarbada silueta la ha reafirmado en su decisión: no le gusta ese tipo de hombre. Intuye un carácter obstinado. Ha dejado que siguiera con lo suyo con paso cansino (¡Si yo fuera su jefe, le pegaría una patada en el culo!) y mientras tanto ha ido a su casa, a Aubervilliers...

Una vez, durante un trabajo en Ginebra, entró en la vivienda del objetivo. No fue nada difícil, lo había visto dejar la llave sobre el dintel de la puerta. Por la tarde, cuando el tipo volvió a casa, ella estaba sentada en un sillón, y, en cuanto él encendió la luz, le metió dos balas en el estómago. En los hogares se impone el silenciador.

Al llegar a la avenida Jean-Jaurès, se pregunta si tendrá la suerte de poder entrar en su casa y esperarlo allí, lo que, como era previsible, no podrá ser. El propio edificio es impracticable. Se accede a través de un gran pasaje, que en otro tiempo debía de estar provisto de una puerta de madera, desaparecida hace mucho, y que da a un patio alargado, con los edificios de viviendas a un lado y una hilera de garajes al otro. El espacio apenas es lo bastante ancho para entrar con un vehículo. Mathilde ha visto cómo se las arreglan los residentes. Tienen que rodar muy despacio, sacando la cabeza por la ventanilla para comprobar que no rayan la carrocería. Si el muy imbécil fuera en coche, sería perfecto. Lo esperas dentro, justo después del pasaje. El tipo entra con precaución y, cuando llega al patio, aprovechas que lleva la ventanilla bajada para pegarle un tiro en la cabeza, sales como si nada y ya estás en la avenida, sin que nadie te haya visto ni oído. Un caso de manual.

Sólo que el *tovarich* se desplaza en metro.

Como de todas formas es el sitio más adecuado, Mathilde decide adaptar su estrategia a una llegada a pie. Para acceder a la calzada, los conductores que salen del pasaje deben cruzar la acera, así que en el exterior se ha fijado un gran espejo retrovisor para que puedan ver acercarse a los peatones. Eso le será de ayuda. Ha aprovechado la calma de primera hora de la tarde para entrar en el patio. A la izquierda, un tejadillo protege la entrada a un taller, en el que ha visto a dos hombres con lupas de relojero inclinados sobre mecanismos de reloj. Por la noche, cuando el taller esté cerrado, la zona que queda bajo el tejadillo estará envuelta en la penumbra, y el reborde de cemento de la pequeña vidriera proporciona un asiento muy conveniente para esperar en la oscuridad. Desde allí, gracias al retrovisor, puede ver a los peatones que pasan por la avenida, y por tanto podrá ver la llegada del poli desgarbado. Si ella se levanta justo entonces y avanza dos metros, cuando él entre en el patio se dará de bruces con ella, sin tiempo para decir esta boca es mía. Único problema: no sabe sus horarios ni sus costumbres. ¿Vuelve a casa solo? No ha caído en eso. ¿Llevaba alianza? La intuición le dice que no es un hombre casado y con hijos. Más bien parece uno de esos tipos que aún son vírgenes en el umbral de la cuarentena. ¿Vuelve tarde? Dada su profesión, es bastante probable.

Por más que piensa en otras soluciones, ésa sigue pareciéndole la mejor, la más segura. Ha optado por un clásico, una Colt Browning 7,65 rescatada de una caja de zapatos, no recuerda en qué otra ocasión la utilizó, debe de hacer mucho tiempo.

El taller de relojería cierra a las seis en punto. Hacia las ocho, cuando ha anochecido y el pasaje está en penumbra, Mathilde sale del coche. Ha estado vigilando la entrada y sabe que el larguirucho no ha vuelto a casa.

Va a instalarse en el patio.

Y se prepara para darle la bienvenida.

Vassiliev ha vuelto a pasar por la brigada, ha redactado los informes del día y ha echado un vistazo a los partes de los compañeros que han ido a interrogar a los usuarios del aparcamiento subterráneo. Nadie ha descubierto nada especialmente útil. Le comentan que el comisario Occhipinti está muy nervioso, a Vassiliev no le cuesta nada creerlo. El asunto del parking, vinculado ahora con el de Quentin, va a ser una cruz terrible de llevar.

El día anterior no fue a Neuilly. Le pareció que, tras la conversación con Tevy y ante la perspectiva de volver a verla en un sitio distinto al piso del señor, regresar tan pronto habría sido de mal gusto, propio de un hombre con prisa por ver cumplida la promesa que le han hecho.

Ahora, cuando llega allí, se siente confuso. Ingenuamente, imaginaba que la promesa de Tevy iba a adivinarse en su expresión, aunque la chica tiene la misma sonrisa radiante de siempre y lo recibe con las mismas palabras, como si no hubiera pasado nada. René llega a dudar que ambos entendieran lo mismo.

Esa tarde, el señor está más despierto que los días anteriores.

—Buenas tardes, René, me alegro de verte —dice, pero no se interesa por él.

Se dirige enseguida a su habitación, donde empieza a hablar solo.

—¡Ya voy, señor, no se ponga nervioso! —dice Tevy.

René oye que lo instala en el sillón, frente a la tele.

—Le cuesta introducir las cintas en el vídeo —explica al volver al salón.

René aguza el oído. Reconoce la banda sonora.

—Es *El ejército de las sombras*, ¿no? —Tevy se limita a asentir—. ¿No la había visto ya?

—Esta semana, cuatro veces. Es un descubrimiento permanente.

Las ausencias del señor son esporádicas. E imprevisibles.

—Pierde la memoria durante una o dos horas, luego vuelve a la normalidad y puede estar lúcido el resto del día.

—Usted se dio cuenta de eso mucho antes de decírmelo, ¿verdad? —pregunta René. Tevy se sonroja—. ¡No es un reproche! —se apresura a decir él.

Le coge la mano y ahora que, sorprendido de sí mismo, se la tiene cogida, se produce un silencio con el que no saben qué hacer. Se quedan así durante unos largos minutos. Luego Tevy se levanta y se va a la habitación del señor, para ver si necesita algo.

—¿Puede ayudarme a meterlo en la cama, René? Se ha dormido...

Una vez acostado el señor, apagan la luz y vuelven al salón.

—Hay sopa y un poco de fruta —dice Tevy.

Es sorprendente que una mujer tan impetuosa como Mathilde sea capaz de tener tanta paciencia. Realmente está hecha para ese trabajo. Lleva más de tres horas sentada en el reborde de cemento y, aparte de un hormigueo en los pies, no siente la menor impaciencia, sólo un poco de frío. Se acurruca en el abrigo y vuelve a hundir la mano en el bolsillo para empuñar la pistola. Luego, alza otra vez la cabeza y sigue mirando fijamente el retrovisor, que muestra a los viandantes de la avenida Jean-Jaurès, bastante escasos a esas horas.

En el patio hay poco movimiento. Unos cuantos coches han entrado a paso de tortuga. Los propietarios han abierto las puertas de los garajes y han vuelto a cerrarlas. Hacia las diez ha empezado el trajín de la bajada de la basura, en el otro extremo del patio. Al amanecer, alguien debe de sacar los contenedores a la acera, antes de que lleguen los basureros.

Nadie viene a molestarla en ningún momento, sólo el frío, que ha ido en aumento y la obliga a dar unos pasos cautelosos y a frotarse las manos para que no se le entumezcan. No puede alejarse mucho rato del ángulo desde el que ve el retrovisor, sólo faltaría que justo entonces...

¡Ahí está!

No hay duda, su silueta, alta y delgada. Mathilde saca la pistola. Lo ha comprobado varias veces durante su vigilancia: desde que alguien aparece en el retrovisor hasta que llega a la puerta cochera, pasan nueve segundos.

El inspector sale del marco del espejo. Mathilde cuenta.

A los seis segundos, avanzará tres pasos.

A los nueve, el inspector cruzará el pasaje.

A los once, estará frente a ella.

A los doce, habrá muerto.

A los cinco, Mathilde oye dos voces a su izquierda. Retrocede ligeramente de nuevo hacia la penumbra y levanta el arma.

—¡Espabila! —dice una voz.

Joven. A tres o cuatro metros de ella.

Maquinalmente, Mathilde sigue contando. Cuando llega a ocho, un resplandor ilumina de pronto el pasaje. Una cerilla. Son dos chavales de doce o trece años, que empiezan a dar caladas ansiosas al cigarrillo que comparten.

—¡Cuidado!

Es Vassiliev, que pasa bajo el pasaje.

No es la primera vez que Vassiliev sorprende a esos dos, y siempre le hace gracia. Para no molestarlos, vuelve la cabeza hacia el otro lado.

—¡Espera, la última! —dice uno de los chicos.

—¡Date prisa, tengo que volver a subir! —lo urge el otro.

El cigarrillo cae al suelo y se apaga bajo un pie.

Los chicos corren hacia la puerta del edificio en el que ha entrado Vassiliev.

Mathilde está furiosa.

Si no se le presenta pronto otra oportunidad de ajustarle las cuentas a ese pedazo de idiota, va a lamentar no haberlos eliminado a todos esta noche, tanto a él como a los chicos.

15 de septiembre

Con las primeras luces del día, François Buisson abandona el extrarradio de Bruselas al volante de una furgoneta Mercedes modelo L309D. Debería estar en Melun hacia las nueve. El encargo ha llegado a última hora, y a él no le gusta ir con prisas. Su interlocutor ha tenido que mostrarse convincente, y, en este negocio, la única fuerza de convicción es el dinero. El encargo merece la pena, lo ha aceptado. Un sicario es como un vendedor, la urgencia ajena redunda en su provecho.

La furgoneta, rotulada en los costados con el nombre de una empresa de limpieza de Mons que nunca ha existido, está aparcada en un garaje cerrado de la periferia. La usa poco, pero todo está listo de forma permanente, basta con meter la llave en el contacto y el trabajo puede empezar.

Buisson nunca se ha enfrentado a dificultades insuperables, pero se mantiene alerta en cuanto coge el volante. El camino de ida rara vez plantea problemas, la vuelta requiere muchas más precauciones y atención.

A diferencia del comandante, al que por otra parte nunca ha visto, a Buisson le encanta oír la radio en el coche. La lleva puesta durante todo el viaje. Conduce con mucha prudencia y es muy respetuoso con las normas de tráfico. Buisson es irreprochable.

Tiene cincuenta y cuatro años. No busquemos matices para describirlo: es un retaco. Tiene grandes entradas en el pelo, los ojos castaños, la voz bastante grave y unas piernas cortas capaces de correr muy deprisa. Sería un grave error creer que este individuo algo metido en carnes tiene un talón de Aquiles. Pesa ochenta y cinco kilos. Fue policía durante diez años, excelente en su oficio. Aunque disparar no era su principal función, como siempre sacaba las notas máximas en los ejercicios de tiro, se le consideraba un tirador de élite.

El divorcio lo sumió en una profunda depresión. El alcohol se puso por medio, y nuestro hombre tuvo que dejar el cuerpo antes de que las cosas se envenenaran. Cortó el contacto con todos sus colegas y se encerró en casa. El suicidio le rondó la cabeza muchas veces. La profesión lo sacó del marasmo. Le encargaron un trabajo casi por casualidad, y volver a la actividad le sentó muy bien. Cumplió el encargo con tanta delicadeza y eficacia que le extrañó que no volvieran a llamarlo. Poco después, descubrió que lo seguían. Estaban considerando la posibilidad de reclutarlo y querían saber quién era exactamente. Esa noticia le devolvió las ganas de vivir. Se sometió a un régimen de vida muy estricto y demostró que era un hombre en quien se podía confiar.

Por fin volvieron a llamarlo. Primero para trabajos sencillos y luego cada vez más complicados. Hasta su hallazgo definitivo, consistente en proponer la venta y la posventa. Eso lo hizo rico. Ya no acepta más de tres encargos al año, y si son dos, mejor.

Sí, la profesión le salvó la vida, y hoy es un hombre equilibrado y feliz.

No usa gafas, tiene una vista excelente. Lleva un traje sobrio y poco llamativo, como corresponde a un técnico en limpieza industrial. Es la profesión que figura en todos sus documentos y en su declaración de la renta.

Viaja con una bolsa de tamaño mediano en la que lleva las mudas de ropa, el neceser y un maletín. Si todo va bien, el trabajo no le ocupa más de un día. En el peor de los casos, dos.

Buisson es bueno calculando, rara vez se equivoca.

Cuando ve el primer panel que indica Brie-Comte-Robert, apaga al fin la radio, pero, en lugar de continuar hacia Melun, coge una salida a la derecha y circula durante un buen rato por una carretera desierta sembrada de polvo blanco. Esos regueros de cemento hacen innecesario consultar el mapa, sabe que va bien encaminado.

Está en lo cierto. Ocho kilómetros más adelante, se detiene en el aparcamiento de una fábrica, en el que están estacionados los coches de los obreros y de los oficinistas, una treintena de vehículos. Observa la verja de hierro que da acceso a las instalaciones. Es un sistema simple de candados industriales que no le será difícil forzar y volver a cerrar limpiamente cuando acabe. A continuación, pasea la mirada por los enormes silos para el alquitrán y el hormigón. Habrá que cargar con el cuerpo para arrojarlo a una cubeta, pero eso no lo asusta, ya lo ha hecho otras veces. Localiza los focos, que durante la noche barren toda la zona. Tendrá que recorrer dos cortos tramos iluminados, pero, aparte de eso, no debería tener demasiadas dificultades, o al menos ninguna insuperable.

Por fin, vuelve a ponerse en camino hacia Melun.

A partir de ese momento, silencio. Está muy concentrado en la carretera y en su nueva misión.

Nada, no hay alternativa. Mathilde no ve más opción que la entrada de ese patio para interceptar al inspector. Así que al día siguiente, a las siete en punto de la tarde, aparca en las proximidades y espera a que el anochecer le facilite el acceso. Nerviosa, toquetea la Browning y, para matar el tiempo, intenta recordar para qué encargo se la proporcionó Suministros. No lo consigue. Es como en todos los trabajos, se dice: cuando llevas tanto tiempo haciéndolo, todo se mezcla un poco. Aún sigue dándole vueltas al asunto cuando aparece el inspector, avanzando por la acera con sus patosas zancadas. Al verlo llegar tan pronto, sus planes se frustran, y eso la enfurece de tal modo que tiene que contenerse para no salir del coche y meterle dos balas en el estómago ahí mismo. Lo odia. ¿Qué hace volviendo a casa a esas horas? Funcionario tenía que ser... ¡Esta vez, tampoco! Golpea el volante con el puño y respira hondo.

A lo mejor vuelve a salir, nunca se sabe...

Si sale y se mete en el metro, ella habrá ido allí para nada, aunque este trabajo es así. Pasas mucho tiempo esperando, como los actores de cine.

Sea como sea, decide quedarse un rato más. Se concede una hora, después volverá a casa. Ha dejado a *Cookie* en el porche, envuelto en mantas, no es cuestión de que se acostumbre a mear en las baldosas de la cocina. Eso le recuerda la visita de Henri. No tenía tantas cosas que verificar... ¿Estaba justificado el viaje desde Toulouse?

No, si pasó por su casa, fue sobre todo para verla.

Aun así, es curioso; en realidad no se contaron nada muy personal, nada íntimo. Hablaron del trabajo, y Henri se fue tranquilo, podría haberse interesado por su vida, haberle preguntado cómo le iba, pero no, enseguida cuestiones prácticas, petición de explicaciones, ¡qué pena! Vuelve a verlo fumando con elegancia... Cuántos buenos recuerdos tiene de él, cuántas imágenes bonitas conserva de la época en la que se veían casi a diario. Por supuesto, de eso hace mucho tiempo, pero fue el período más maravilloso de su vida. No sólo porque era joven, sino también porque se sentía útil... Y porque Henri estaba con ella. Hoy lamenta haberlo ahuyentado. Cada vez que intentaba un acercamiento más personal, ella lo rehuía. ¡Tampoco iba a arrojársele al cuello! De todas formas, ¿no dejé pasar mi oportunidad? Anteayer mismo... ¿No habría podido aprovechar que lo tenía delante para hablarle con franqueza? Henri, déjame preguntarte: tú y yo ¿somos demasiado viejos para plantearnos algo? ¿Tienes alguna amiga que sea mejor que yo? ¿Le habría respondido Henri que sí, que había una mujer en su vida? Mathilde sonríe. No. Las mujeres notan esas cosas. Henri está solo, muy solo, incluso desesperadamente solo, y por eso fue a verla poniendo como excusa cuestiones del trabajo, ¡ésa es la verdad! Y al final no se atrevió. Y ella tampoco. ¿Qué pasaría si fuera a verlo ella? A su casa. En treinta años sólo le ha hecho dos visitas; vuelve a ver la casa, baja y alargada, y el jardín inglés, tan de su estilo. Las ganas de ir allí, de hablar con él de una vez por todas, empiezan a torturarla...

¡Es él! ¡El inspector! ¡Acaba de salir del pasaje de su edificio! Se ha puesto un traje, parece que vaya a un entierro. Mathilde agarra el volante con todas sus fuerzas. El policía se dirige al metro, pero, antes de que a ella le haya dado tiempo a maldecir, ¡detiene un taxi que pasa por la avenida y monta en él! Mathilde arranca al instante, la esperanza renace.

Si se le presenta la ocasión, por minúscula que sea, se promete no dejarla pasar.

El Renault 25 se pega a la rueda del taxi.

Sólo de ver la nuca del inspector por la ventana trasera, Mathilde siente que su cólera regresa, intacta. Le parece estar oyendo su cansina voz: «¿Y dónde enterró a su perro?»

Algo vuelve a bullir en su interior, pero sólo es la empuñadura del arma, que se ha colocado sobre los muslos, bajo el impermeable.

Vassiliev teme esa tarde.

Porque nunca sabe cómo va a encontrar al señor De la Hosseray, pero también porque se reprocha no haberle mostrado a Tevy cuánto valora su trabajo, los esfuerzos que hace. Al menos no lo suficiente. Debe de haber momentos muy difíciles. Ella siempre está sonriendo, pero es pura fachada. Esta noche hablará con ella. ¡Ni que dar las gracias fuera tan difícil! También teme esa tarde porque Tevy y él están en una especie de compás de espera. Se han dicho las cosas, pero sin decírselas de verdad. Hablaron de volver a verse, pero ¿cuándo? Qué torpe soy, la verdad... Debería actuar de otro modo, ser más lanzado. ¿Lanzado, él? Madre de Dios...

Pese a los reproches que se hace, se comporta igual que siempre. Debería haber traído flores, se dice.

—Buenas tardes, René, qué temprano viene usted hoy...

Siempre sonriente... René farfulla las frases habituales, a las que ella dejó de prestar atención hace mucho tiempo, y la sigue por el pasillo hasta el salón. La habitación del señor está a oscuras.

—Lo he dejado dormir un poco más, hoy lo veía cansado.

Tevy se sienta ante la mesa. Es algo en lo que él repara por primera vez: Tevy nunca se acomoda en un sillón, como quien está en su casa. No, ella es la cuidadora del señor.

Vassiliev se instala frente a ella. Tevy lo mira tranquilamente.

¿Es el momento de hablar con ella?

—¿Cómo ha ido el día? —le pregunta René.

Ha caído la noche. Con las manos juntas bajo el impermeable, Mathilde espera. El inspector acaba de entrar en un edificio. De pie en la acera, Mathilde observa la fachada y vigila todas las ventanas. Hay varias iluminadas, cualquiera sabe. Se pregunta qué hace un inspector de tres al cuarto en un barrio así. ¿Una amante, quizá? Mathilde tiene que contener una carcajada. ¿Una amante, ese larguirucho? ¿En un barrio tan fino como éste? ¿Una invitación a cenar, tal vez? En ésas está, cuando se enciende una luz. Una ventana. En el segundo piso, a la izquierda. Por supuesto, siempre hay que contar con la casualidad, pero poco después se enciende otra luz en el mismo piso. Espera unos segundos, pero no pasa nada más, en toda la fachada del edificio no hay ningún cambio. Vuelve a cerrar el impermeable, con la mano derecha empuñando la pistola.

Entra en el vestíbulo. A la izquierda, el cubículo del portero, que debe de estar durmiendo a pierna suelta. Consulta el panel con la lista de los inquilinos. Segundo izquierda. De la Hosseray. Lo encuentra extraño, no encaja con la pinta de ese grandullón... Duda. Pasa revista a todo el listado. Ningún apellido le dice nada. Se fía de su intuición, no puede hacer otra cosa. El ascensor aún no ha llegado al primer piso, pero el apellido «De la Hosseray» le resulta familiar. Tiene que ser ahí. Abre muy despacio, se desliza fuera de la cabina y deja el bolso en el hueco de la puerta para bloquearla.

Avanza, respira hondo. Está muy motivada. Por su mente pasan la cabeza ensangrentada de *Ludo* junto al seto y la del inspector larguirucho. Tiene la sensación de estar llegando al final de una carrera.

¡Ahora dejarán de joderla! Poco a poco, su ritmo cardíaco vuelve a la normalidad y su respiración se ralentiza. Saca las dos manos del impermeable, mantiene la derecha extendida con firmeza hacia delante, con el cañón de la Browning apuntando al frente, y llama con la izquierda.

Dos timbrazos.

Tevy ladea la cabeza. ¿Quién llamará a estas horas? ¿Un vecino?

—Ahora vuelvo —dice.

Antes de que Vassiliev pueda reaccionar, se levanta y echa a andar por el pasillo.

Tevy nunca mira por la mirilla. Si llaman, abres, no juegas al escondite con el destino.

Ve a una mujer mayor enfundada en un impermeable, muy maquillada, bien peinada. Le da tiempo a advertir que cuida su aspecto, pero, en el instante en que abre la boca para preguntarle qué quiere, ve la pistola que la encañona.

Mathilde alza el brazo ante ella. No esperaba encontrarse con una criada. Y encima, amarilla. Le dispara de inmediato en mitad de la frente, la chica se desploma.

Tevy nunca sabrá que el tatuaje sagrado no protege de una bala de 7,65 mm.

Mathilde rodea el cuerpo de la chica y avanza por el pasillo.

René no da crédito a sus oídos.

Lo que ha sonado, ¿ha sido un disparo?

Se levanta y echa a correr, pero ¿por qué no va nunca armado?

Dobla la esquina del pasillo y, a unos dos metros delante de él, ve a la mujer a la que interrogó en su casa.

¿Por qué no hice caso a mi intuición?

No le da tiempo a seguir pensando. La primera bala lo alcanza en el pecho, a la altura del corazón. Mathilde se acerca, le dispara otra en la frente y vuelve sobre sus pasos.

Recoge su bolso, entra en la cabina del ascensor y pulsa el botón de la planta baja. Está tranquila porque se siente aliviada. ¡Por fin dejarán de joderla!

Los disparos aún resuenan en el edificio, pero pasarán unos minutos antes de que alguien se arriesgue a ir a ver qué pasa. De hecho, Mathilde abre la puerta del vestíbulo, cruza la calle desierta y llega al coche sin contratiempos.

Al sentarse al volante, echa un último vistazo a las ventanas del segundo piso.

En la que hace un rato estaba apagada, ve a un anciano muy delgado, con una bata de cuadros escoceses. Está mirando a la calle, despavorido, como si buscara a alguien. Tiene el rostro arrugado, cansado, y la mirada extraviada. Mathilde incluso diría que le tiemblan los labios, pero está un poco lejos para asegurarlo.

El anciano tiene una pinta lamentable. A ése debería haberle abreviado los sufrimientos, se dice Mathilde al arrancar. Pero no se puede estar en todo.

Dirección Melun.

Espero que *Cookie* no haya cogido frío en el porche...

¡No tengo ganas de pasarme todo el día en el veterinario!

Por teléfono, el señor De la Hosseray no ha sabido explicarse con claridad, pero se ha hecho entender lo suficiente como para que dos policías de uniforme lleguen más o menos al mismo tiempo que los vecinos, que gritan como condenados.

Luego han venido docenas de agentes, no había manera de moverse por el apartamento...

El hombre no quiere volver a ver los cuerpos tendidos en el pasillo, le dan muchísima pena. Se queda en su sillón, que los técnicos han trasladado a un rincón del salón porque les estorbaba. No llora, y es extraño padecer semejante dolor sin dejarlo traslucir. Alguien ha susurrado: «¿Tú crees que realmente se da cuenta...?» Una joven de uniforme bastante guapa le repite: «¿Tiene usted familia? ¿Alguien a quien podamos avisar...?» Él señala el pasillo con un gesto vago, toda su familia está ahí, tendida en el suelo, en medio de un charco de sangre.

Los técnicos, los agentes uniformados, los policías de paisano, los focos... Es todo muy penoso. Además, reina una tensión muy peculiar, porque esta vez la víctima es un policía. Toda la Policía Judicial está conmocionada por el asesinato.

La muerte de un oficial de su unidad es una mala noticia para el comisario Occhipinti, sobre todo porque, con el inspector Vassiliev, pierde a un cabeza de turco que le venía muy bien, pero también —lo reconoce— a un buen investigador.

En el lugar de los hechos encuentra el cuerpo de su subordinado tendido en el pasillo en medio de un charco de sangre, y le parece todavía más alto muerto que vivo. Siente pena por el chico, tan joven. Se queda con las manos en los bolsillos y, mientras los técnicos se agitan a su alrededor, niega con la cabeza. Qué desastre. Se acerca a ver el cadáver de la joven. Le resulta sorprendente que sea asiática.

—La hermana de los Tan —le dice un inspector.

Occhipinti se vuelve. Le tienden el carnet de identidad de la chica, hallado en su bolso. Todos los presentes saben que los hermanos Tan son delincuentes de poca monta extraordinariamente violentos que se dedican al tráfico callejero y a la prostitución de ínfima categoría.

—Era la interna, la cuidadora de...

Por encima del hombro, el inspector señala con el pulgar al anciano de mirada apagada derrumbado en un sillón. El comisario considera bastante probable que el asesino viniera por la joven camboyana, cuyos hermanos son malhechores conocidos, y que el inspector sea una víctima colateral. Está muy orgulloso de su intuición, que él prefiere denominar «mi olfato» porque es bastante payaso. De todos modos se investigará en ambas direcciones, pero sería la primera vez que los hermanos Tan están mezclados en un asunto sucio sin tener nada que ver con él.

Según la información recogida *in situ*, el viejo apático que forma un todo con su sillón es un antiguo prefecto. Ante lo que queda del alto funcionario, Occhipinti, desmoralizado, se echa al coleto un puñado de cacahuetes. Intenta interrogarlo. El anciano no parece comprender claramente lo que le preguntan. Occhipinti se vuelve hacia la joven agente. El señor De la Hosseray puede oír cómo le pregunta: «¿Comprende lo que digo?... ¿Seguro?...» El comisario vuelve junto a él:

—Entonces, no vio nada, sólo lo oyó, ¿es eso?

El señor mira al comisario fijamente sin pretenderlo y siente que debería comportarse de otro modo.

Mostrar emoción o cólera u otra cosa, pero no quedarse mirando a su interlocutor de esa manera. El grueso comisario, que apesta a cacahuetes, repite sus preguntas con insistencia, parece un disco rayado. Si no hace un buen papel, se dice el anciano, los Servicios Sociales no tardarán en aparecer. Así que saca fuerzas de flaqueza.

—Sí, así es. Lo he oído. No he visto nada.

Su actuación no ha debido de ser demasiado mala, porque el comisario se palmea las rodillas y se levanta.

También lo hace porque acaba de llegar el juez. Su señoría observa un buen rato la escena del crimen mientras escucha a Occhipinti, que le resume los hechos. Se muestra de acuerdo. Al instante, ordena buscar a los hermanos Tan. En paralelo, una parte del equipo estudiará los casos de los que se encargaba Vassiliev. Se remontarán en el tiempo bastante atrás, hasta la salida de prisión de los individuos que pudieran albergar un odio persistente y criminal hacia el hombre que los detuvo. Pero es una hipótesis poco verosímil, se dice Occhipinti. Vassiliev investigaba violaciones, crímenes sexuales... Los culpables no son gente que se vengue con calibres para la caza del jabalí...

También continúa pendiente el caso de Maurice Quentin, una pesadilla, y el caso de Béatrice Lavergne y de la muerte de la dependienta, pero cuesta creer que Vassiliev hubiera descubierto algo sin decirlo y que ése haya sido el motivo de su eliminación.

Por el momento, la pista más sólida es la de los hermanos Tan.

Occhipinti espera resolver el asunto rápidamente. Bastante tiene ya con Quentin y Lavergne, no le apetece arrastrar también la muerte no resuelta de un poli de su unidad. Esas cosas son un incordio si uno aspira a un ascenso.

Cuando el juez se marcha, llama a la joven agente y le susurra algo al oído mirando al señor, muy tieso en su sillón. La chica parece conforme con el comisario, que no tarda en abandonar el lugar a su vez. De hecho, poco a poco, todo el mundo se va. Sólo se quedan la guapa policía y dos compañeros suyos. Es ella quien toma la iniciativa. Busca por el piso, pregunta dónde podría encontrar una maleta o una bolsa de viaje...

—Usted no tiene derecho a sacarme de mi casa —dice el señor.

La chica ha conseguido una bolsa, pero entonces se da cuenta del trabajo que tiene por delante: reunir todo lo necesario para un hombre de esa edad y en ese estado... Sería mejor que se encargaran los de Servicios Sociales.

—Quiero quedarme en mi casa, usted no tiene derecho... —insiste él.

Los tres policías cuchichean. Preguntan a los vecinos, que ponen el grito en el cielo, ¡sólo faltaría que tuviéramos que ocuparnos de los viejos, aquí no habría quien viviera!

Se rinden. La chica deja una tarjeta de visita cerca del teléfono, ha trazado un círculo alrededor de un número, al que puede llamar si hay algún problema.

Tras la marcha de los últimos policías, el silencio vuelve a apoderarse del apartamento. El señor mira todo lo que ha dejado Tevy tras de sí: sus figurillas, sus dragones...

Sus amuletos.

16 de septiembre

El comandante siempre se despierta a la misma hora, las seis y veinte en punto. La hora en la que nació, supone. De modo que esa noche ha sido una verdadera excepción. Ha sido la primera vez en mucho tiempo, desde la guerra, que prácticamente no ha pegado ojo. Y el poco rato que ha dormido, ha sido bajo el asedio de pesadillas glaciales. Tiene la mente espesa y la boca pastosa. Rara vez recuerda lo que sueña, le gusta pensar que tiene un superyó de hormigón armado. No es así, claro. Esa noche ha desfilado por su cabeza un buen número de imágenes que creía olvidadas. Mathilde aparecía en casi todas, y la última que ha conservado ha sido la de una Mathilde sonriente, radiante, con un traje de novia blanco manchado de sangre, como el delantal de un carnicero.

Con las primeras luces del alba, Henri se pone a hacer limpieza. Saca lo que él mismo llama sus antigüedades. Henri es un hombre previsor, precavido, no guarda ningún documento que pueda comprometerle. Hace tres décadas puso a punto un complejo laberinto de pistas y falsas pistas, alias, direcciones de correo ficticias junto a otras reales, lugares trampantojo que convertirían cualquier investigación sobre sus actividades en una tarea larga y caótica, y que le proporcionarían el tiempo preciso para escabullirse y desaparecer. Tiene tres cuentas numeradas y, repartidos por distintos lugares a los que sólo él puede acceder, un conjunto de valiosos documentos que le permitirán negociar con el director de recursos humanos si hay necesidad.

Esa cuestión ha estado coleando toda la noche.

Dado que su vida ha entrado en una zona de turbulencias por culpa de los patinazos de Mathilde, ¿debería activar el plan B y negociar con el director de recursos humanos una paz honorable: su silencio a cambio de que lo dejen irse?

Ha llegado a la conclusión de que eso no serviría de nada.

Si hace tanto tiempo preparó un complejo plan de huida fue porque sabía que el director de recursos humanos fingiría estar de acuerdo, pero después le echaría a los perros. Tardaría unas semanas, quizá meses, pero antes o después un Buisson o un Dieter Frei aparecerían a su espalda y saldarían las cuentas. Y su carrera.

En casa únicamente guarda documentos oficiales sobre su vida oficial, y, con toda intención, un conjunto de viejos papeles, cartas, facturas antiguas, correspondencia diversa, fotografías, cosas de las que se habría deshecho de buena gana, pero que considera necesario conservar como decorado de un hombre de su edad que vive solo y aislado. Si llegaran a registrar su domicilio, algo poco probable si no fuera por las recientes hazañas de Mathilde, que ha roto las reglas del juego, sólo encontrarían el rastro de un individuo normal y sin historia. El año en que puso a punto su complejo dispositivo de protección, Mathilde aún no figuraba en su lista de colaboradores. Pero sí aparece en sus archivos personales como antigua camarada de la Resistencia, hoy digna viuda del doctor Perrin. Cuando Henri la introdujo en el circuito, consideró la posibilidad de deshacerse de esos recuerdos, pero, si se presentaba algún problema, su ausencia habría sido más sospechosa que su presencia, así que lo conservó todo.

Son las cinco de la mañana.

Hace veinticuatro horas que Buisson se puso en camino, pronto estará metido en faena, si es que no lo está ya. Henri se pregunta una vez más cómo se desarrollará la misión, pero su mente se resiste a pensar en el curso de los acontecimientos, algo en su interior se niega a imaginar la realidad en lo referente a Mathilde.

Vuelve a la cocina con una taza de té muy caliente, se sienta ante su secreter de persiana, saca una caja de cartón y extrae de ella todo lo relacionado con Mathilde. Hay algunas cartas de los años cincuenta y sesenta; reconoce su letra, pulcra y clara. Tanto las cartas como las postales comienzan invariablemente con un «Mi querido Henri». Una postal desde España, donde pasó un verano con su marido («a Raymond le encanta este calor, que a mí me agota»), otra desde Nueva York, con el membrete del Roosevelt Hotel («Si no fuera por las obligaciones profesionales de Raymond, me pasaría el día en la calle»)... No deja de quejarse de su marido, aunque parece que el pobre hombre hace lo que puede. También hay algunas felicitaciones de cumpleaños. No las conserva todas, pero Mathilde no falló ni un solo año. Cuando se dio cuenta, Henri se deshizo de muchas, el amontonamiento de cartas y postales le tocaba un poco la moral. «Seguro que te mantienes tan joven como siempre», le escribe después de mucho tiempo de no verlo. Más tarde: «Serás el centenario más guapo de la residencia.» Ve una carta de 1955, a la que Henri añadió una fotografía en blanco y negro con un clip. Él y Mathilde aparecen uno al lado del otro, muy tiesos. El rostro de ella está medio tapado por la nuca y el quepis de gala del general Foucault, que la abraza. Henri, concentrado y sonriente, luce en el pecho la medalla de la Resistencia, recibida unos segundos antes. La carta de Mathilde llegó algunos días después de la ceremonia. Él la atribuyó a un ataque de melancolía, habla de historias antiguas con una nostalgia un poco amarga: «¿Te das cuenta, Henri? ¡Después de tantos años, al fin tenemos el agradecimiento del pueblo francés! A veces entiendo muy bien a los soldados que volvieron a alistarse. Sí, echo de menos la guerra, porque éramos jóvenes, pero sobre todo porque había algo que hacer.» Mathilde había subrayado ese «algo».

Encuentra una fotografía desvaída, traspapelada: Mathilde con un vestido estampado. Le da la vuelta: 1943. Posa ante un Renault Traction Avant. Henri la observa con atención y siente más que nunca la atracción sexual que le provoca su belleza y la fascinación procedente de su característica crueldad. El hechizo que esa mujer siempre ha ejercido sobre él reside precisamente en esa paradoja.

Una tarjeta en brístol. 1960. El funeral de Raymond Perrin. «Gracias por venir, Henri, tu presencia (aunque breve) me alegró mucho. ¿Cuándo volverás? ¿Esperarás a que sea yo quien muera?»

Henri comprueba que no se ha dejado nada. Lo arroja todo a la chimenea, le prende fuego y se toma el té, que ya está frío. Mira las llamas, un poco hipnotizado. Después se aleja, contemplar el fuego te vuelve idiota.

Como toda una época de su vida está desapareciendo en la chimenea, Henri piensa en sí mismo.

Una vez más, llega a una conclusión que siempre le ha parecido obvia. En toda su vida, tan sólo ha tenido una pasión: desencadenar los acontecimientos. Su éxito o su autoridad no se deben a sus aptitudes para la organización o para el mando, sino a ese secreto frenesí, al vértigo que le produce ser el hombre que hace que las cosas ocurran. Un enviado del destino, si no el destino mismo. Piensa en todas las vidas a las que ha puesto fin y en las de todos los supervivientes, sobre las que no sabe nada, pero cuyo curso ha modificado. De pronto tiene la visión de una inmensa arborescencia en la que figurarían todos esos muertos y esos vivos, y la multitud de consecuencias que esas desapariciones han acarreado: matrimonios, nuevos matrimonios, herencias, nombramientos, suicidios, nacimientos, partidas, huidas, reencuentros... Una inmensa comedia humana cuya raíz fundamental sería él, porque él es el origen de todo eso, no sólo de las desapariciones, que se habrían producido en cualquier caso tarde o temprano, sino también de todo lo vivo, lo inesperado —lo inaudito incluso— que esas desapariciones hayan podido generar. Así que se levanta preguntándose cómo recibirá —porque ahora es su turno— el anuncio de que el encargo se ha cumplido, de que Mathilde ya no existe.

Físicamente, Dieter Frei es todo lo contrario que Buisson. Un individuo alto y fornido pero elegante, con el pelo liso y el vientre plano. Tardará algo menos de una hora en llegar de Freudenstadt a Estrasburgo. Hay un vuelo directo a Toulouse, pero antes tiene que pasar por París. Viaja con un nombre falso.

En París hace un alto muy breve, lo justo para que un contacto al que paga en metálico le entregue una maleta, antes de iniciar el interminable viaje en tren a Toulouse. El comandante le ha advertido de que la duración del trabajo no se podía prever con exactitud. De uno a cuatro días, según él. No más.

Dieter ha decidido que serían tres y ha metido en su bolsa de viaje las mudas correspondientes.

En Toulouse alquila un coche con su primer alias. En total, ha tardado veintidós horas justas. Le quedan dos para descansar. Su maleta contiene un rifle de precisión equipado con mira telescópica. Lo único que le falta es elegir su puesto de observación.

Mathilde ha remoloneado un poco y se ha hecho un café. Tiene el estómago revuelto y un sabor agrio en la boca. Desecha la idea de abrir el botiquín: cuando has estado casada con un médico, no quieres saber nada de los medicamentos. Dormita vagamente ante la taza, preocupada sin saber por qué.

El cocker espera su comida. Mathilde se levanta, le abre la puerta, le llena la escudilla de pienso y va a mirarse al espejo. ¡Qué cara, Dios mío, qué horror! Ve un rostro devastado, con los párpados hinchados. En realidad, tiene el mismo aspecto de todos los días, pero ha llegado a esa edad en la que, por la mañana, sientes que el espejo no te devuelve tu imagen real. Cada vez necesita más tiempo para arreglarse un poco. Cuando sale el sol, ya está en ello. Son las siete y media. Ahora sí soy yo, se dice mirando al espejo. Bueno, casi yo. En la medida de lo posible. Se queda quieta. Ha oído un ruido, un golpe seco contra el tabique.

—¡*Ludo*!

El perro no viene. ¿Ya lo ha dejado salir al jardín? Intrigado, el cocker la mira con la cabeza un poco inclinada.

—Calla —le susurra Mathilde, pese a que el animal no ha hecho el menor ruido.

No, no es el perro.

Se acerca al fregadero. En un gesto automático, coge el cuchillo de cocina, mira por la ventana, no ve nada. El ruido se repite. Esta vez, no hay duda, viene de fuera.

El cocker empieza a gemir. La tensión que reina en el ambiente también le afecta.

—¡Cállate!

El cachorro se sienta y apoya las patas delanteras en las piernas de Mathilde, que se agacha, lo levanta y lo deja en la encimera; cállate, *Ludo.* El perro intenta lamerle la cara, mientras ella aguza el oído en busca del ruido, ¿de dónde viene?

El perro insiste; estate quieto, *Ludo.* Lo estrecha contra sí, el animal se agita agobiado, gime... Cállate, ¿no ves que mamá está escuchando?

El perro se calma, pero sigue asustado.

Mathilde lo vuelve a dejar en el suelo y avanza en silencio hasta el reloj de pie, cuya portezuela abre con cuidado mientras mira alternativamente la puerta vidriera que da al jardín y las ventanas de la cocina. A tientas, saca el trapo grasiento en el que tiene envuelta la Smith & Wesson, siempre cargada y a punto para disparar. Toma de al lado un segundo cargador, se lo mete en el bolsillo y avanza con pasos sigilosos hacia la puerta. Puede oír las palpitaciones de su propio corazón. Se pega al tabique, coge el pomo y lo hace girar lentamente. Mathilde demuestra una lucidez impresionante, justo lo contrario de lo que el comandante llama sangre fría, que consiste en una especie de distanciamiento de la realidad. Esos instantes en los que todos los sentidos convergen en un detalle en apariencia insignificante son agotadores. Su cerebro ya no trabaja, se ha convertido en una mera punta afilada, clavada en algo invisible que Mathilde no sabe si es real o imaginario.

Ha abierto la puerta muy lentamente. Cuando avanza hacia el umbral, vuelve a oír el ruido.

Al alzar la cabeza, ve que la contraventana del dormitorio se mueve apenas.

En ese preciso instante —debido tal vez a la repentina distensión que le produce constatar que se trataba de la contraventana, de que el peligro en el que creía estar era imaginario—, vuelve a sentirse mal, las piernas le flaquean y su mano se afloja, arrastrada por el peso del arma que a punto está de soltar. Avanza a paso lento hasta una silla, en la que se derrumba. Intenta reponerse. El cachorro se acerca a ella. Mathilde lo coge y se lo pone sobre el regazo, y ambos se quedan así durante más de un cuarto de hora.

¿Qué me ocurre?

¿De qué tengo miedo?

Levantarse, actuar. Ya que te has arreglado, ve a comprar, haz algo útil. Se acerca al reloj, vuelve a envolver el arma en el trapo grasiento y coge las llaves. La inquietud que se ha apoderado de ella no se desvanece, es como un mal sabor de boca o el miedo a una caída en una acera resbaladiza. Una especie de angustia que se resiste a desaparecer.

¿Qué hago con *Cookie*? Si lo dejo fuera, Lepoitevin es capaz de matármelo, lo conozco muy bien. A no ser que vaya a verlo ahora y solucione el problema de una vez por todas. Pero no, no está en condiciones para eso, aún no se ha repuesto del susto. Se da cuenta de que su corazón no ha recuperado el ritmo normal, sigue latiendo a lo loco.

Coloca el cesto del perro con la manta en el porche y comprueba que el cuenco del agua y el del pienso están llenos. Luego se sube al coche, pero todavía le flaquean las piernas. Sólo falta que vuelva a sentirse mal mientras conduce...

Por supuesto, Buisson ha calculado bien el tiempo. Llega a la pequeña carretera que lleva a su destino unos minutos antes de las nueve. Las casas están bastante alejadas unas de otras y separadas por jardines perfectamente domesticados. Las casas tienen nombres ridículos. Busca la de su objetivo, La Coustelle, con un largo sendero de gravilla y una verja baja de hierro forjado. No circula demasiado deprisa y, de pronto, después de un viraje en ángulo recto, reconoce la casa y también a la propietaria, porque justo al pasar a su altura la mujer está saliendo al volante de su Renault 25.

No cabe duda, sesenta años, gruesa, bastante maquillada... Buisson desvía la mirada y sigue adelante en busca de un sitio en el que dar la vuelta sin llamar la atención. Lo encuentra cien metros más allá. Rehace el camino en sentido inverso, reduce la velocidad al llegar a la casa, comprueba el nombre y acelera. Al final del día tendrá tiempo de sobra para volver a reconocer el lugar, el jardín, el vecindario. Ahora es preferible no quedarse por allí para no correr el riesgo de que alguien se fije en él. Lo mejor es seguir al objetivo. Ver cómo se comporta, cómo camina, empaparse de su estilo. Y si la pierde, no importa: tarde o temprano volverá a casa, y él estará allí, esperándola.

Mathilde, por su parte, ya se encuentra mucho mejor.

En cuanto ha cruzado la verja y cogido la carretera a Melun, se ha sentido revitalizada. La angustia de hace un rato ha desaparecido, vuelve a respirar con normalidad. ¡Uf! Es como una pasada de limpiaparabrisas después de un breve chaparrón, el paisaje ha vuelto a serenarse y ella ha recuperado la alegría de vivir. Entonces, decidido: zapatos y salón de té. A lo grande.

Hay cuatro tiendas que visita regularmente. Algunas mujeres se pirran por la ropa; otras, por los utensilios de cocina; lo suyo son los zapatos, ¡a saber por qué! Mathilde ríe pensando en eso. Sí, hay modelos que ha comprado y nunca se ha puesto, es verdad, ¿y? Sólo se vive una vez. La mañana se le va en probaturas, compra dos pares, su ánimo no decae. A mediodía prefiere el salón de té al restaurante. Se da un atracón de tarta París-Brest que está espectacular; no debería, lo sé, ¡pero me trae al fresco!

Y hacia las siete está de vuelta en casa.

Cookie se ha portado muy bien y está contento de volver a verla. Mi chiquitín, dice Mathilde sosteniéndolo en vilo. Abre una botella de vino blanco y coge una caja de galletas de aperitivo. En realidad, las galletitas saladas no deberías ni probarlas...

Se lo lleva todo al porche, decidida a aprovechar el buen tiempo antes de que refresque.

Instalada en la mecedora, observa el seto del vecino.

Ir a ver a Lepoitevin esa tarde no es sensato. Mañana, si todo va bien. O cualquier otro día, hay tiempo. Lo de *Ludo* no va a quedar así, tiene que ir a hablar con él, pero lo hará en otro momento. Ahora, se dice, aprovecha el buen tiempo, Mathilde, acaricia al perro, bebe vino blanco, atibórrate de galletitas, ¡te lo has ganado!

Buisson no ha seguido a Mathilde durante mucho rato. Ya sabe perfectamente a quién se enfrenta. Zapaterías, paradas ante escaparates de peleterías, salón de té... Lo ha dejado correr. Y se alegra de no haber perdido más el tiempo, porque dar con el lugar adecuado en el bosque que rodea el barrio de chalets en el que está La Coustelle ha sido más difícil de lo que suponía. El mapa del ejército que ha estudiado con detalle le ha permitido ir directamente adonde quería, pero cuando la luz ha empezado a disminuir, se le ha pasado por la cabeza que tendría que encaramarse a un árbol. Por suerte, al final ha acabado encontrando lo que buscaba: una cabaña de caza. Lleva bastante tiempo en desuso, al subir ha roto dos travesaños y, una vez arriba, ha tenido que quedarse muy cerca de las paredes por miedo a que se hundiera el suelo. La cosa no ha terminado ahí, porque se ha visto obligado a subir al techo, cuyas carcomidas tablas amenazaban con partirse en cualquier momento, pero por fin ha logrado su objetivo. Desde lo alto de esa pequeña cabaña de caza, con los prismáticos de larga distancia, puede observar la casa del objetivo, aunque sólo ve la fachada sur, que, de todas formas, es la más interesante. Hacia las siete de la tarde, la luz del porche se ha apagado. Ha habido un largo baile de luces que se apagaban y encendían en la planta baja y en el primer piso, pero luego sólo ha quedado iluminado este último: dos habitaciones, el cuarto de baño y el dormitorio, ha supuesto. Después, sólo una luz, mucho rato. El dormitorio. Buisson ha hecho un plano mental de la casa, que no debería depararle muchas sorpresas.

A las diez menos cuarto, la última luz se apaga. Buisson espera media hora, y luego baja de la cabaña de caza con infinito cuidado, llega a la furgoneta, se pone en marcha, hace una llamada muy breve desde una cabina de un pueblo y regresa, pero se detiene en el bosque.

Va a la parte de atrás, se mete en un saco de montaña y se duerme.

Hacia las dos de la madrugada, fresco como una rosa, bloquea la campanilla de la puerta de entrada, levanta la verja para que no chirríe y, caminando por el césped para evitar el ruido de la gravilla, se acerca a la casa y la rodea. La puerta de la cocina es muy clásica, con una ventana de cristal esmerilado y una cerradura corriente, que abre enseguida con una ganzúa. Una vez dentro, espera unos instantes a que su vista se acostumbre a la penumbra.

Al pasar, acaricia con un dedo al cachorro que ronca en un cesto, se descalza y saca de la cazadora una Walther PPK provista de silenciador.

Tanteando cuidadosamente cada peldaño con la punta del pie, tarda casi seis minutos en llegar al piso de arriba.

En el pasillo que lleva al dormitorio, avanza con la misma lentitud y con las mismas precauciones.

La puerta está abierta de par en par: un obstáculo menos.

Distingue la abultada silueta del objetivo, que se dibuja bajo el edredón. Sigue avanzando con lentitud. En la entrada de la habitación, delante de sus pies, la moqueta hace una bolsa. Buisson se percata, hay una manta en el suelo con una alfombra encima. Desde el umbral, sin perder la concentración, extiende el brazo y dispara dos balas frente a él.

De hecho, no habrá dos detonaciones amortiguadas, sino cuatro.

Las dos primeras corresponden a los disparos que hace Buisson sobre la cama.

Las dos siguientes, a las balas del calibre 7,65 que va a recibir, la primera en la nuca y la segunda en la zona lumbar.

Esas detonaciones se parecen mucho al ruido que hace un tapón de botella de champán cuando intentas retenerlo al abrirla.

Mathilde enciende la luz.

Lleva puesto un abrigo, tenía miedo de coger frío esperando a ese desgraciado.

Ahora que le ha dado su merecido, va a prepararse un buen café. ¿Qué hora es? ¡Las tres de la madrugada!

Otra noche a la basura.

17 de septiembre

¡Ya te lo había dicho, Henri! La vieja Mathilde tiene recursos, ¿o qué te creías?

Está de pie en la cocina, con el abrigo aún puesto, como si allí dentro helara. Le da sorbos a la humeante taza de café.

Reconozco que he tenido suerte, Henri, pero ¿recuerdas lo que decía Napoleón? ¡No hay que olvidarlo nunca! ¿Le dijo eso a Henri cuando vino el otro día o sólo lo pensó? Ya no se acuerda.

Son las cuatro de la madrugada. Ahora ya casi ha terminado, pero ¡menudo trabajo! Y qué mal ha empezado.

—¡Será cerdo! —ha gritado cuando ha vuelto a subir al dormitorio.

Se supone que la alfombra vieja y la manta extendidas sobre la moqueta de la habitación tenían que absorber la sangre del fulano que le ha mandado Henri, pero resulta que las ha atravesado y ha manchado la moqueta. ¡Y no sólo un poco! ¡La ha empapado, hay una mancha enorme! Mathilde está furiosa. ¡A ver cómo la limpia ahora! La sangre y la tinta son lo peor que hay.

Bueno, se ha dicho, lo hecho, hecho está, no voy a perder el tiempo lamentándome.

Hará lo que tenía previsto: envolver el cuerpo en la alfombra y la manta, y hacerlo rodar escaleras abajo hasta la planta baja, confiando en que no se atasque a medio camino. El envoltorio será homogéneo, nada de brazos o piernas que sobresalgan, debería funcionar. Pero tiene que hacerlo rápidamente, antes del *rigor mortis*, porque si no habrá que esperar un rato, y Mathilde es muy impaciente. ¡Además, sangra como un descosido, el muy guarro! ¿Sabrá cómo quitar esto la mujer de la limpieza? Lo dudo, la señora de la agencia dijo que no tenía demasiada experiencia... Por cierto, no sé si apunté qué día tiene que venir. Tendré que comprobarlo.

Empieza por un registro a fondo.

El tipo no llevaba ningún papel encima. Normal.

Calzaba zapatos con suela de goma y trabajaba con una Walther PPK, que Mathilde ha dejado a un lado, junto a las llaves de la furgoneta. No puede negarse que tienes buen ojo, Henri. Y no lo digo por mí. Este tipo era un profesional. Sinceramente, no me habría gustado que me mandaras a un aficionado, me habría parecido insultante.

Ahora tendrá que buscar la furgoneta, pero antes debe empaquetar el cuerpo. ¡Qué cosas me obligas a hacer, Henri! ¿Crees que aún tengo edad para estas gilipolleces?

Había previsto usar un rollo de cinta adhesiva ancha, pero no esperaba que el tipo cayera medio de través sobre la alfombra, por eso ha llegado la sangre a la moqueta.

Tampoco creía que pesara tanto, demasiado para sus escasas fuerzas.

Por un instante se pregunta si no debería pedirle ayuda a Lepoitevin.

Pensar en el vecino vuelve a recordarle al pobre *Ludo*. «Ir a hablar con el imbécil de Lepoitevin», lo anota mentalmente y vuelve a la tarea.

Mover el cuerpo centímetro a centímetro. Mathilde se arrodilla, resopla como una condenada, vuelve a levantarse, se inclina, lo coge de los hombros, de la cazadora, de los pies, es un infierno. ¿Cuánto ha tardado en poner el cuerpo en la posición adecuada? Luego, envolverlo en la alfombra. No es tan difícil, pero está medio derrengada. Hay que rodear el paquete con cinta adhesiva. Y para eso, volver a hacerlo rodar hacia un lado, pasar el rollo de cinta al otro, hacerlo rodar en sentido contrario y repetir la operación un montón de veces. Y encima, esa cama ahí en medio; bueno, en un dormitorio lo lógico es que haya una cama, pero cuando quieres envolver a un asesino a sueldo en una alfombra, molesta bastante.

Le da la vuelta al despertador, colocado sobre la mesilla. ¡Dios mío, ha tardado una hora en empaquetarlo!

Ahora hay que hacerlo rodar escaleras abajo, y menudo faenón, otra vez: llevarlo hasta el rellano, ponerlo en posición para hacerlo bajar derecho...

Es el momento crucial, pero Mathilde está agotada. Si el rollo se atasca en algún sitio, harán falta fuerza y energía para soltarlo, y ahora mismo estoy molida, Henri, muerta.

Lo coloca de través en el rellano, justo encima del primer peldaño.

Lo hará cuando recupere las fuerzas. Se desliza entre el paquete y la barandilla, baja pesadamente los escalones y entra en la cocina. El cachorro va a restregarse contra sus pies, lo coge, se sienta y se lo pone en el regazo, apoya los brazos sobre la mesa, recuesta la cabeza y se duerme al instante.

Así que, cuando suena la campanilla, tarda mucho en despertarse y en comprender dónde está, desorientada, entumecida, atontada. El cachorro se ha meado en la cocina, es lo primero que ve al alzar la cabeza y monta en cólera...

—¡¿Qué has hecho?!

Está furiosa. El cachorro se acurruca en una esquina, Mathilde se levanta, avanza hacia él, ahora verás, cochino, pero la detiene la campanilla, que tintinea de nuevo.

Al volver la cabeza se despeja de golpe, porque en la verja de entrada hay dos hombres trajeados. Dos tipos que apestan a madero a una legua. Pueden verla a través de la puerta vidriera de la terraza.

¿A qué se debe esa visita?

El cadáver del asesino a sueldo está en el rellano, envuelto en la alfombra y listo para rodar escaleras abajo...

En el piso de arriba, en el dormitorio, hay una gran mancha de sangre en la moqueta...

Se pasa la mano por el pelo, entreabre la puerta vidriera y, sin salir al porche, exclama:

—¡Entren, caballeros, entren!

Regresa a la cocina, abre el cajón, coge la Luger 9 mm, la amartilla con un movimiento seco y la devuelve a su sitio con precaución. Deja el cajón medio abierto, será más rápido.

Luego se da la vuelta y los observa mientras se aproximan por el sendero rectilíneo.

El jefe es el de la derecha, el más bajo; camina medio paso por delante del otro, más joven, y van vestidos a cual peor. El jefe parece mascar algo, tal vez un chicle.

Mathilde se acerca al fregadero y escurre una bayeta en el momento en que los dos hombres llegan al porche y se detienen ante la puerta vidriera, que ha dejado entreabierta.

—¿La señora Perrin? —pregunta el más bajo.

—Sí, soy yo, no entren, mi cachorrito acaba de hacerse pis, resbalarán, voy enseguida.

Y los dos bajan la cabeza para ver a esa mujer mayor de rostro cansado agacharse con esfuerzo y, entre suspiros, secar con la bayeta el pis del cachorro, con el que va hablando sin parar:

—Tendrás que aprender, ¿eh, pequeñín? Mamá no puede hacer esto todas las mañanas... Siéntense, caballeros, enseguida estoy con ustedes...

El comisario había iniciado el gesto de sacar la placa para presentarse, pero no le ha dado tiempo. Se vuelve hacia su subordinado, perplejo. La mujer no ha dudado en hacerles pasar, no sabe quiénes son, los invita a sentarse, es bastante extraño, por no decir desconcertante.

Mathilde termina la tarea resoplando y se une a ellos.

—¿Les apetece un café?

—¡Cómo no! —responde el más joven.

No tendrá ni veinticinco años, parece recién salido de la facultad.

—Señora —empieza a decir el otro—, nosotros somos...

—¡Uy, ya imagino quiénes son! —lo interrumpe Mathilde—. No se ofendan, pero ya saben, todos los policías tienen la misma pinta. Entonces, ¿café para todo el mundo?

El más joven ríe. El comisario, molesto, se saca un puñado de frutos secos del bolsillo.

—¿Qué es? —le pregunta Mathilde—. ¿Qué es eso que come?

—Anacardos.

—Pues no llegará usted a viejo... Bueno, a ver, el café. —Mathilde está en la cocina, llenando el filtro—. ¿Ustedes también vienen por lo del aparcamiento? —les pregunta por encima del hombro.

—Bueno, principalmente... —empieza a decir el comisario.

Mathilde se gira con el rostro radiante, como si acabaran de darle una buena noticia.

—¿Hay alguna otra cosa?

Lo que predomina es la sensación de que la buena mujer se aburre y se alegra de tener visita. Si se relajan, estarán toda la mañana de cháchara y, a mediodía, pondrá la mesa para tres sin preguntarles.

La cafetera eléctrica ha empezado a borbotear, Mathilde vuelve con tazas, cucharillas y un azucarero.

—Creía que ya se lo había explicado todo a su compañero... ¿Cómo se llamaba? El alto, con apellido ruso...

—¿Vassiliev?

—¡Sí, eso es!

Mathilde vuelve a irse, regresa con el cachorro, que se ha acurrucado en sus brazos, y se deja caer en una silla con otro suspiro.

—Bueno, entonces, ¿tengo que empezar otra vez? Bien, verán, fue por unos zapatos... Lo sé, es bastante tonto, pero fue así, tenía un par de za...

—No, no hace falta que lo explique —dice el comisario—, está todo en el informe, no...

Mathilde hace una pequeña mueca, no entiende el motivo de su visita.

—Nuestro compañero falleció anteayer, señora, y...

—¡No! —Es un auténtico grito, Mathilde se lleva la mano a la boca—. ¿El chico alto que estuvo aquí? ¿Ha muerto?

—Sí, señora, anteayer.

—Parecía muy sano, menudo hombretón; llevaba los zapatos un poco sucios, pero me pareció muy simpático para ser policía... Bueno, quiero decir... ¿Y de qué murió?

—Lo mataron, señora... Quizá lo haya visto en las noticias...

—¡Uy!, yo apenas pongo la tele, ¿sabe? ¡Nunca me entero de nada! Pero ¿quién lo mató? ¿Por qué?

—Ésas son precisamente las preguntas para las que buscamos respuesta, señora.

Muy satisfecho de su frase, Occhipinti se zampa un puñado de anacardos. Aunque parece muy seguro de sí mismo, es un hombre que va un poco a la deriva. Sus agentes llevan veinticuatro horas trabajándose a los Tan sin conseguir nada. Él mismo ha pasado largas horas con los gemelos y, al final, agotado, se los ha encomendado a otro equipo. Va y viene constantemente entre la hipótesis Tan y la hipótesis Vassiliev, ya no sabe a qué santo encomendarse. Tiene la sensación de no haber tirado del hilo correcto, todo cojea, todo baila, y eso no le gusta. Como un grupo de agentes está volviendo a interrogar a los testigos del caso del aparcamiento con los que habló Vassiliev, el comisario ha dicho que él se encargaría de la vieja de Melun. Pero en cuanto ha llegado y ha visto a la buena mujer, se ha arrepentido de su iniciativa: ¿es que no hay nada más urgente que interrogar a una jubilada? Eso demuestra de una vez por todas que no lleva bien la investigación, que algo no marcha. Comenzando por él.

Mathilde se gira hacia el más joven, que apenas ha abierto la boca desde que han llegado.

—Hijo, ¿quieres ir a buscar el café? Esta mañana me cuesta andar...

El policía sonríe, Mathilde le recuerda a su abuela, que es igualita, no se anda con cumplidos.

—Entonces, ¿qué puedo hacer por usted, inspector?

—Comisario.

—Usted perdone.

Mathilde lo encuentra un poco susceptible.

—Quiero saber si pasó algo fuera de lo normal durante la visita del inspector. Estamos reconstruyendo sus movimientos de los últimos días.

Mathilde frunce el ceño, no se le ocurre nada.

—Estuvimos hablando del aparcamiento, ni siquiera quiso tomar café, no se quedó mucho rato. No, no se me ocurre nada.

El policía joven ha vuelto con la cafetera.

—Lo que tiene ahí arriba, ¿es una alfombra?

—¿Una alfombra? —pregunta el comisario—. ¿Qué alfombra? ¿Dónde?

—Arriba —responde el joven mientras sirve el café—. Enrollada en lo alto de la escalera.

—Es para el trapero —explica Mathilde—. Vendrá a recogerla a lo largo de la mañana.

—¿No quiere que se la baje?

Es un chico muy servicial, pero Mathilde se irrita un poco.

—No es necesario, gracias. El trapero se encargará, es su trabajo, bastante he hecho con enrollársela...

Entretanto, el comisario se ha limpiado la palma de la mano en la solapa de la chaqueta y ha sacado un papel bastante arrugado en el que se distinguen unas líneas garabateadas.

—Esto no figura en el informe del inspector Vassiliev, sino en sus notas... Veo que escribió «cabeza de perro», ¿eso le dice algo?

En la mente de Mathilde colisionan ahora dos ideas.

Cómo ganar tiempo.

Y cómo levantarse sin llamar la atención para acercarse al cajón de la cocina. Porque la cólera que sintió contra aquel policía idiota ha vuelto a hacer presa en ella, y sus dos compañeros están a punto de correr la misma suerte.

—Fue por él.

Mathilde hace un gesto hacia el pequeño cocker, que sigue acurrucado en sus brazos.

Es lo primero que se le ha ocurrido. Como cuando se lanza una moneda al aire: si cae del lado bueno, estupendo; si no, peor para ellos. Observan al cachorro con una especie de inquietud.

—Creo que de niño tuvo uno igual...

—Pero ¿por qué «cabeza» de perro? —pregunta el comisario—. No lo entiendo...

—El suyo la tenía así, me dijo. Yo creo que todos los cockers tienen la cabeza igual, ¿no? No quiero parecer desconsiderada, pero su compañero ¿no era un poco simple?

El comisario no reacciona.

De pronto, Mathilde encuentra el ambiente un tanto cargado, algo les preocupa, se les ve en la cara. El comisario mira el papel.

—Y escribió «el vecino» y, algo más adelante, «el seto»...

—Eso no me dice nada.

—Sin embargo, son notas que tomó después de hablar con usted...

—Sí, puede, pero quizá ya estaba pensando en otra cosa, no sé... —El argumento no parece tener mucho éxito entre los policías, que permanecen callados y dubitativos—. A no ser que fuera a hablar con el vecino —añade Mathilde—. Pero no sé por qué iba a hacer algo así.

—Es posible —afirma el comisario—. Es muy posible. —Vuelve a guardarse el papel en el bolsillo—. Entonces, iremos a ver al vecino.

Verdaderamente, empieza a oler a chamusquina. Y eso la saca de sus casillas. Mira al uno y después al otro. Les va a ahorrar la visita a Lepoitevin. Si estuvo dispuesta a ir a buscar al poli larguirucho a Aubervilliers, no va a dejar que estos dos payasos le toquen las narices a domicilio.

Se levanta.

—Tengo que tomarme las medicinas, si no...

—Si quiere puedo ir yo a por ellas —se apresura a decir el poli joven.

—No, no las encontraría.

Para volver a la cocina, Mathilde cruza la puerta vidriera y la abre del todo, necesita espacio para poder disparar. Ha hecho bien en cargar la Luger, basta con cogerla, girar... Mentalmente, vuelve a ver dónde están situados, el lugar exacto en el que está el viejo, la distancia que lo separa del joven… Lo hará en ese orden. Abre el cajón, coge la pistola…

Suena el teléfono.

Mathilde se queda quieta. ¿Quién puede ser?

Con cuidado, vuelve a dejar la Luger en el cajón, lo cierra de nuevo, se acerca al teléfono y descuelga. Después se vuelve hacia el comisario.

—Es para usted…

Occhipinti se levanta.

—He dado su número…

—Está usted en su casa —responde Mathilde.

El comisario ha ordenado que lo llamaran tras la primera sesión de interrogatorio de los hermanos Tan. En la Policía Judicial han hecho una pausa, lo llaman para tenerlo al corriente.

Se acerca y coge el auricular.

—¿Y bien?

Un antipático, este comisario.

Mathilde ha vuelto junto al cajón. Ahora la cosa se ha complicado… El primero se encuentra a su izquierda, que no es su lado favorito. El otro está a cuatro metros, a la derecha. Es el más joven, sin duda el más rápido, aunque el efecto sorpresa debería jugar a favor de Mathilde.

Pero la situación ya ha vuelto a cambiar.

El joven inspector se ha acercado a ella. Muy bajo, casi al oído, le pregunta:

—¿Quiere que aproveche para bajarle la alfombra?

Y sin esperar respuesta, se dirige hacia la escalera. Mathilde coge la Luger. En un segundo, advierte que el comisario y el inspector se han situado en la misma línea, pero eso no durará mucho, el joven va a subir por la escalera... En ese instante, el comisario se vuelve hacia ella.

—Vamos a tener que dejarla, señora Perrin —dice, apartándose del auricular—. El deber nos llama.

Lo que él llama el deber es el juez. Quiere verlo, cambiar impresiones. Occhipinti va a recibir una bronca porque la investigación no avanza. Su subordinado le comunica que los hermanos Tan intentan ganar tiempo. Callan, esperan el final de la detención preventiva.

—¡Me cago en la puta! —farfulla Occhipinti al colgar.

—¿Cómo? —pregunta Mathilde.

—Perdone...

—¡No es para menos! ¡Porque yo no pago impuestos para aguantar a funcionarios que maldicen como carreteros!

El poli joven se ha detenido en el segundo escalón y ha vuelto prudentemente sobre sus pasos. Mathilde los mira con severidad, primero a uno y luego al otro:

—Y entonces, ¿el vecino? ¿No van a ir a verlo?

—Creo que lo dejaremos para otro día... —responde el comisario y, antes de que Mathilde pueda decir nada, añade—: Venga, vamos, no podemos entretenernos...

—Gracias por el café —dice el joven al ver que el comisario se va sin despedirse.

—Ya... —masculla Mathilde.

• • •

—Con todo esto, me estoy retrasando un montón...

Mathilde friega las tazas, da de comer al cachorro y luego sube al primer piso y se da cuenta de que su plan de hacer rodar el cuerpo por la escalera no tiene ninguna posibilidad de funcionar: hay que colocarlo en el sentido de la bajada... y tirar de él.

Mientras arrastra la alfombra enrollada centímetro a centímetro, procurando dosificar sus fuerzas, le da vueltas a la visita de los policías. De buena se han librado, ¿eh, Henri? ¿A que creías que iba a...? Bueno, para serte sincera, yo también.

Lo que ahora le preocupa es el retraso que lleva, ya son las nueve y media. Si no se hubiera dormido tontamente, todo habría estado terminado antes de la llegada de los maderos, ¡menudo par de imbéciles!

A base de tirones, el cuerpo empaquetado llega al final de la escalera. Una vez allí, Mathilde lo hacer rodar trabajosamente hasta el porche y lo extiende a lo largo. A través de la alfombra, nota que el cadáver está tieso como un palo, ha hecho bien en anticiparse.

Llegada a este punto, se sienta y resopla.

Ahora el problema es Lepoitevin. Tiene que ir a buscar la furgoneta, que el tipo ha debido de dejar aparcada en los alrededores. Con la matrícula belga y los rótulos de la empresa de limpieza, sin duda llamará la atención del vecino, y después Lepoitevin la freirá a preguntas, vigilará todos sus movimientos y no habrá nada que hacer.

Pensando en Lepoitevin, Mathilde siente crecer en su interior una cólera sorda. En el fondo, él es el origen de todos sus problemas. ¡Incluso de la visita de Dupont y Dupond de esta mañana! Si no hubiera empezado a largar sobre la cabeza del perro... Por cierto, ¿dónde está la cabeza?, sólo faltaría que *Cookie* se envenenara con esa porquería... «Acordarme de enterrarla», se dice, pero se olvida enseguida, porque su idea fija es Lepoitevin. En realidad, lo mejor sería ocuparse de él ahora mismo. Tarde o temprano tendrá que hacerlo, más vale solucionarlo ya y eso que tendrá adelantado.

Abre el cajón de la cocina, coge la Luger, sale al porche y, con paso decidido, avanza hacia el seto. El muy imbécil estará cavando, quitando malas hierbas o algo por el estilo, lo llamaré, se acercará la mar de meloso, le meteré una bala entre ceja y ceja y a otra cosa, mariposa.

—¿Señor Lepoitevin? —Mathilde aparta las ramas de ciprés, pero el seto es bastante denso, tiene que usar las dos manos. Se mete la Luger en la cintura—. ¿Señor Lepoitevin? —Se hace un par de arañazos, pero acaba abriéndose paso, ya distingue la casa del vecino. Sujeta las últimas ramas con el brazo izquierdo y vuelve a coger la Luger con la mano derecha—. ¿Señor Lepoitevin?

En ese momento ve que la puerta del garaje se cierra y el coche del vecino se aleja. Ha instalado un sistema de apertura eléctrico, yo también debería hacerlo... Las luces traseras desaparecen cuando Lepoitevin sale a la calle.

Otra vez será, se dice Mathilde.

Acaba de conseguir un pequeño respiro (y el vecino también). Lo aprovechará para ir a buscar la dichosa furgoneta, y si entretanto a Lepoitevin se le ocurre volver, se encargará de él, dos pájaros de un tiro, y se acabó lo que se daba.

Mientras reúne lo que necesita, va hablando sola. El pienso para *Cookie*, te dejo comida para tres días, mamá volverá antes, ¡no te preocupes, tesoro mío! La bolsa de viaje, unas mudas, el neceser, volver a subir al dormitorio, bajar de nuevo, ¡acabará dándome un ataque! La Smith & Wesson del reloj de pie, la Luger, la Desert Eagle, suficiente munición para las tres...

Cuando lo tiene todo en el porche (apártate, *Cookie*, no, no lamas esa alfombra, te pondrás enfermo), encierra al cachorro en la cocina, mamá te abrirá al irse, cariño mío. Acto seguido se cambia de zapatos. Hace bastante fresco. Arreando. Avanza por el sendero de gravilla y sale de la propiedad.

Es curioso volver a pasar por allí a pie, porque fue exactamente ahí, al salir de casa, cuando el día anterior se cruzó con la furgoneta del tipo que circulaba despacio. Ella no se encontraba muy bien. ¡Qué susto le habían dado los golpes de la contraventana! En aquel momento aún no se había repuesto, seguía tensa, inquieta. Se cruzó con la furgoneta. No tuvo tiempo de ver la cara del conductor, pero sí el logo de una empresa de limpieza con sede en Bélgica en los costados... Al instante, en su cabeza saltó la alarma y de pronto se sintió mejor. Porque en ese instante supo con absoluta seguridad que aquel tipo estaba allí por ella. En un segundo ideó el plan. Él vendría por la noche, no cabía otra posibilidad. Se entretuvo haciendo recados, los escaparates, las zapaterías... No lo vio en ningún momento, pero percibió su presencia. Un profesional de primera. Ni un fallo. Mathilde comprendió que no podía cometer un solo error. Todo fue muy bien. El problema con estos muchachos, Henri, es que a veces subestiman al objetivo. Pensó que, para una vieja como yo, se bastaba y se sobraba. El típico error. Tenéis ideas muy curiosas sobre las mujeres. En especial, sobre las viejas. Ahora tu chico ya no podrá reflexionar al respecto, aunque tú, Henri, espero que aprendas la lección.

Pensando en esas cosas, Mathilde peina el barrio, ¿dónde habrá aparcado ese idiota? La furgoneta no debería estar muy lejos, porque él tampoco tenía mucho tiempo... Al cabo de un rato recorriendo las calles, monta en cólera.

Mira, Henri, ¿sabes qué te pasa? Que te gusta jugar a indios y vaqueros, pero lo que es eficacia, cero. Yo te quiero, Henri, sabes que te quiero, que puedes pedirme lo que sea. Entonces, ¿por qué me haces esto, mandarme a un esbirro y demás? ¿Es que no podemos arreglarlo entre tú y yo? ¿Solos tú y yo? ¡Como en los viejos tiempos! Ya sé que no te gusta hablar del pasado, pero todos envejecemos, Henri, todos. Tú el primero, sí, sí, tú el primero, Henri. Mira el número que me montaste por el asunto de la pistola. ¡Si no me hubiera quedado ninguna, todo se habría torcido! ¡Quien estaría envuelta en una alfombra sería yo! Y piensa un poco en ti, Henri, ¿cómo te sentirías ahora sabiendo que tu vieja amiga Mathilde está ahí, tendida en el suelo, muerta, eh? ¿Has pensado en eso? ¡Ay, Henri, Henri, nunca escuchas! Piensas que Mathilde es un vejestorio que ya no sirve para nada y que va a la suya. ¡Así que me envías a ese pedazo de animal, que ni siquiera fue capaz de dejar la furgoneta en un sitio decente!

Y de pronto, ¡allí está!

Estacionada en una callejuela en la que sólo hay chalets en construcción. La abre. Limpieza impecable. Henri, tu chico era un hombre organizado. Estaba lleno de ideas preconcebidas sobre las mujeres, pero, en cuanto a organización, era un as.

Aprovecha que el vehículo está aparcado en ese sitio tan discreto para registrarlo. Cuando llegue a casa no podrá entretenerse mucho. Bueno, si apareciera Lepoitevin, tampoco sería un drama (salvo para él), ¡pero bastante faena tiene ya!

Toda una pared del vehículo la ocupa un mueble de madera con todo tipo de cajones, compartimentos y casilleros, todo lo necesario para un trabajo limpio y sin fisuras: cuerdas, herramientas, productos químicos destinados seguramente a quemar las yemas de los dedos, quizá a desfigurar... La verdad es que siento envidia, Henri, si tuviera veinte años menos, yo haría lo mismo... La profesión evoluciona mucho, y me encantaría subirme al tren en marcha.

¡Ah, ahí está lo que andaba buscando! Las grandes bolsas para cadáveres. Hay una docena, el tipo debía de tener mucho trabajo o ser precavido hasta decir basta.

Por más vueltas que les da, no acaba de ver...

¿Qué es este chisme, Henri, me lo puedes explicar?

¡Ah, sí...! ¡Oh, Henri, qué descubrimiento! Mathilde empuja el mango de un bombín parecido a una bomba de bicicleta, pero que aspira el aire en lugar de expulsarlo. Es genial. Metes el cuerpo en la bolsa, la cierras, es estanca e impermeable, extraes el aire y haces el vacío. Quizá no perfectamente, pero ganas un tiempo precioso en el proceso de descomposición. ¡Bravo, Henri, tu chico era todo un campeón, me encanta este cacharro, no veo la hora de probarlo!

Al arrancar, Mathilde presta atención a las dimensiones de la furgoneta, a las que no está acostumbrada. Circula con mucha prudencia, baja para abrir la verja de entrada, vuelve a subir, avanza unos metros y baja de nuevo para cerrarla.

Por lo que sea, nunca ha querido instalar un sistema de apertura eléctrica. Sin embargo, lo que hace unos años era un agradable ritual se ha convertido en un latazo increíble que le provoca palpitaciones. Niega con la cabeza. Siempre estoy diciendo que voy a pedir que me lo pongan, pero nunca lo hago. Estaciona la furgoneta delante del porche. Ahora está realmente cansada.

De todas formas, todo esto es muy irritante. Y Henri sabe de sobra que lo último que me conviene es irritarme, que tengo el corazón delicado, así que,

¿por qué me fastidia de esta manera? ¿Acaso no he hecho siempre lo que me has dicho? Bueno, yo tengo mi forma de hacer las cosas, que no es la misma que la tuya, pero lo que importa es el resultado, ¿no? ¿Y no has quedado siempre satisfecho con el resultado? Y ahora me haces la vida imposible por tonterías; desde luego, Henri...

¡Bendita sorpresa, la furgoneta tiene una plataforma elevadora en la parte posterior! Mathilde tarda cinco minutos en encontrar el botón que la acciona, pero acaba localizándolo. Falta hacer rodar el cuerpo empaquetado hasta la plataforma, subirlo y arrastrarlo al interior, ¡maldita sea, Henri, no puedo más! Pero no puede parar ahora, sería muy peligroso. Tiene que sacar fuerzas de flaqueza, y por fin, un cuarto de hora después, el paquete está metido en la bolsa de plástico. Mathilde se acomoda en un asiento plegable fijado en la parte posterior del vehículo, empieza a bombear y la bolsa se contrae poco a poco hasta adaptarse a la forma de su contenido. ¡Está entusiasmada con ese sistema!

Luego lleva las cosas que había reunido sobre la mesa de la cocina a la furgoneta. Está cansada, sudorosa, le duelen las rodillas, los brazos...

¿Sabes, Henri? En realidad, no estoy enfadada contigo. Me he puesto furiosa, pero ya sabes que contigo no me dura mucho. Lo que pasa es me asustaste un poco, lo reconozco. Cuando vi pasar a ese tipo con su furgoneta de la muerte... Lo sé, ahora todo está olvidado y todo seguirá como antes, porque en el fondo tú quieres a tu Mathilde, viejo gruñón, sí, sí, adoras a tu Mathilde, ¡no me digas que no! De acuerdo, ahora ya no es lo mismo, pero en otros tiempos qué más habrías querido tú que tenerme, ¿o no? Bueno, pues te diré que a mí me pasaba lo mismo, Henri. ¡Qué estupidez, ¿eh?! Son las circunstancias, la vida y todas esas cosas, pero qué estupidez...

Saca a *Cookie* al porche, lo pone en su cesto, cierra la casa y deja la puerta vidriera entreabierta para que el animal pueda corretear un poco por el jardín. Luego arranca despacio, avanza por el sendero hasta la verja, vuelve a bajar, la abre, monta de nuevo, avanza un poco más, baja otra vez y cierra la verja, ¡oh, Dios mío, está decidido, en cuanto acabe con esto, pongo la puerta eléctrica, me da igual lo que cueste!

Mathilde adelanta el asiento y busca una postura cómoda para conducir.

Es verdad que éramos grandes amigos, tú y yo, que hicimos cosas tremendas, ¿te acuerdas? ¡Qué cosas! Fíjate, en esa época ya desconfiabas de mí. ¡Vamos, no lo niegues! Sin embargo, yo era como ahora, exactamente igual. Pero, ¡ay, qué lejos queda todo eso! Lo de anoche sólo fue para asustarme, lo sé perfectamente, pero no estuvo bien, Henri, los amigos no se hacen esas cosas.

—¡Míralo, ahí está!

Acaba de cruzarse con el coche de Lepoitevin, que vuelve de hacer recados.

Hasta pronto, le dice mentalmente.

Cuando toma la autopista, son las once de la mañana. ¡Bueno, vamos allá!

Porque, de todas formas, Henri, tú y yo tenemos que hablar.

A mediodía, el comandante ha comido como si tal cosa. En su caso, la soltería se remonta a la más tierna infancia, ha aprendido a organizarse. Y a reflexionar solo.

Ha calculado y vuelto a calcular, ha verificado sus hipótesis, y ahora está convencido de que el plan Buisson ha fracasado.

Buisson lo llamó una primera vez el día anterior, a las 12.34 h.

—He establecido contacto con el objetivo, todo va perfectamente.

—¿Cuándo espera encontrarse con ella?

—Se lo confirmaré esta noche, pero es más que probable que antes de mañana por la mañana.

Volvió a llamar a las 22.40 h.

—El blanco ha bajado el telón, todo va perfectamente.

—¿Y el contacto? —insistió él.

—Creo que se establecerá en tres horas. Cuatro, en el peor de los casos. —Y antes de que Henri se lo preguntara, añadió—: Le confirmaré el contacto mañana temprano. Seguramente, hacia la seis. Como muy tarde a las nueve.

Son las doce y media del mediodía. Buisson ya no llamará.

Así que Mathilde irá a hacerle una visita.

No cogerá el avión.

Podría estar en Toulouse mañana. Falta saber cuánto esperará antes de decidirse.

Henri ha fregado sus cuatro cacharros a conciencia, se ha bebido sus tres tazas de café bastante cargado y ha decidido fumarse un puro en el jardín. A sucesos excepcionales, placeres excepcionales. Contempla los arriates floridos, el garaje a un lado, el granero que mandó reforzar hace unos años. Y mientras lo hace, prosigue su reflexión, analiza las diferentes posibilidades.

Lo que va a pasar ahora es inevitable.

Que Buisson, que no era un cualquiera, se dejara atrapar lo incita a tomar no pocas precauciones. Pero no se precipita. La vida le ha enseñado que las cosas rara vez ocurren como uno las prevé. Protegerse totalmente aquí, en su casa, es una tarea muy difícil. Mientras se termina el cigarro, se dice de forma bastante filosófica que también habrá que contar con la suerte. Aun así, entra en el garaje y saca lo que necesita del banco de trabajo que utiliza para tareas de bricolaje.

Occhipinti está muy irritado. Ha vuelto del despacho del juez con los bolsillos llenos de bolsas de papel con toda clase de frutos secos ricos en lípidos y, dos horas después, ha renovado la mercancía, esto promete. Más hosco que de costumbre, preocupado y colérico, ha defendido ante el juez que el motivo de la muerte del inspector hay que buscarlo en la presencia de la cuidadora. La amarilla, la llama para sus adentros. Camboyanos, vietnamitas, laosianos, todos vienen a ser lo mismo: chinos. El problema es que, con los hermanos Tan, no se avanza un milímetro. El juez ha decidido que había que soltarlos, a menos que hubiera alguna prueba de su participación en el doble asesinato de Neuilly, prueba de la que no se dispone.

Los hermanos Tan son dos malhechores de poca monta bastante crueles, violentos y ambiciosos, a los que la muerte de su hermana ha enfurecido. La pena vendrá más tarde. No son muy inteligentes. Profesionalmente, lo que han conseguido es bastante modesto, y se debe más a su brutalidad y a su falta de escrúpulos que a su capacidad estratégica, porque no tienen ninguna. Occhipinti los observa. Están sentados uno al lado del otro. Según él, hay que buscar a los asesinos entre los competidores y los enemigos de los dos hermanos, y el móvil, en un conflicto territorial o en una entrega que se ha torcido. Sin duda debe de ser algo importante, ya que sus rivales decidieron liquidar a su hermana. No se lanza una advertencia de ese calibre sin motivos serios. Se ha recurrido a los confidentes, a los polis de barrio, a los «estupas» de Narcóticos, pero nadie sabe nada de una guerra por el territorio o de una acción reciente de los gemelos capaz de desencadenar la ira de rivales sanguinarios.

—Tendrá que soltarlos —ha dicho el juez.

A Occhipinti no le queda otra que obedecer.

Se le hace cuesta arriba porque esa detención preventiva tendrá consecuencias que el juez no ignora. Al haber puesto el foco en la intervención de una banda rival, han inoculado el virus de la venganza en el ánimo de los hermanos Tan. Si fueran menos cabezahuecas, no habría nada que temer, pero su mente funciona en modo binario. Se ha abierto la caja de Pandora y es probable que se hayan creado las condiciones para una guerra de bandas. Esos ajustes de cuentas entre maleantes, sobre todo entre los más despreciables, suelen acabar en una batalla campal. Hay tiroteos a mansalva durante semanas, un asesinato lleva a otro, y eso no se calma fácilmente.

—Venga —dice el comisario—, hay que soltarlos.

Cuando los gemelos salen de las dependencias de la Policía Judicial, parecen dos hurones al levantarse la veda.

Así las cosas, el comisario vuelve a la hipótesis Vassiliev y relee todas las notas del equipo encargado de examinar con lupa el trabajo del inspector. Ve desfilar, en el orden inverso al de su llegada, todos los sucios casos que le obligó a investigar: violaciones de jovencitas, mujeres, niños... Al revisarlos, comprende el motivo de su elección. Por supuesto, ahora que está muerto, el comisario piensa que el inspector era un buen chico, ya no recuerda que lo odiaba como odia a tanta gente, y encuentra racional haberle encargado tantos casos de sexualidad violenta o desviada a un hombre que nunca había tenido ninguna reacción sexista. Nadie había oído jamás a Vassiliev hacer una de esas bromas sexuales cuyos ridículos protagonistas son siempre las mujeres y los homosexuales y que, desde tiempos inmemoriales, alegran los cuarteles y las comisarías.

Visto en retrospectiva, el comisario siente admiración por la salud mental de su ex subordinado, porque esos casos lo deprimen, algunos incluso le impedirán dormir, se pasará la noche sentado en la cama al lado de su mujer, comiendo anacardos a puñados.

El viaje se le hace muy pesado. La furgoneta podrá ser muy moderna, pero resulta agotadora.

Podría haber cogido el avión, aunque eso deja más rastro que la carretera. Hay que enseñar la documentación al embarcar, pasar los controles de la policía del aeropuerto...

Mathilde tiene un pasaporte de recambio.

Mira, otra cosa que tendrá que decirle a Henri... Se lo proporcionó Suministros hace cuatro o cinco años para un trabajo en Malmö, una auténtica pesadilla. Con lo complicado que era, podrían haberle pagado más (eso también tiene que acordarse de hablarlo con Henri: llevan sin tocar las tarifas demasiado tiempo, no es que ella esté obsesionada con el dinero, pero aun así...). La cuestión es que tenía que deshacerse del pasaporte, como de las armas, pero lo conservó. Una precaución. No tiene ni idea de si podría abandonar el país con esa identidad, quizá esté neutralizada, pero intuye que no; nadie se habrá preocupado de cortar esa rama, todo el mundo la ha olvidado, está casi segura. ¿Qué nombre tuvo que usar para aquel asunto de Malmö? ¡Ah, sí! ¡Jacqueline Forestier! Odia ese nombre. Pasar cuatro días llamándose Jacqueline casi fue peor que el propio trabajo.

El caso es que ha decidido ir a Toulouse por carretera. Evitará incluso la autopista, no quiere arriesgarse a que se fijen en ella en el peaje por algún motivo. La furgoneta es bastante llamativa, alguien puede acordarse de haberla visto en alguna parte, por supuesto, aunque hay miles de furgonetas profesionales con miles de rótulos, ya ni las ves. Y el tipo que le envió Henri era un buen profesional, de los que toman precauciones, así que relacionar el vehículo con Mathilde Perrin será muy difícil, por no decir imposible. Salvo que ella cometa un error, claro. Se las arreglará, como siempre, porque a duras penas puede resultar sospechosa, pero tiene que permanecer atenta y ser prudente.

La radio la irrita, con ella nunca te enteras de nada, hace rato que la ha apagado. ¿Coger a un autoestopista? No es sensato, nunca sabes con quién vas a tropezar. Además, no es la conductora típica de ese tipo de vehículo, le interesa pasar desapercibida, así que no piensa arriesgarse a que la vean salvo en caso de necesidad.

De modo que se lo toma con paciencia y conduce, conduce, conduce. Y, con los kilómetros, van pasando los recuerdos. Quizá porque en esos momentos Henri está en el centro de sus preocupaciones, piensa en su marido, el doctor Perrin. Raymond. Finges no acordarte, Henri, pero estoy segura de que mientes. Sabes lo decepcionantes que fueron aquellos primeros meses después de la guerra. Que la vida de después ya nunca tuvo la tensión, la intensidad que habíamos conocido, que habíamos disfrutado. Y que, privada de su razón de ser, la atracción que nos arrastraba a estar juntos resultaba decepcionante. Cuando lo único decepcionante era la vida, que no estaba a la altura, que era incapaz de cubrir nuestras expectativas, nuestras necesidades. Adiós a la excitación y a la angustia, a la fiebre y al miedo... Al maravilloso, incomparable y sublime miedo a morir. Tú seguías siendo guapo, Henri, pero ya no eras más que eso. Todo nos empujaba a una vida convencional. Mi padre, médico, quería que me casara con un médico; a mi madre le encantaba la idea de que llevara la misma vida que ella, y yo no me opuse a nada porque para mí todo había perdido el sabor. ¡Ah, Henri, cuánto te echaba de menos! No al Henri que venía a visitarme con flores y bombones, no, sino al de la Resistencia, al guapo Henri, que organizaba, decidía, cortaba por lo sano, siempre tranquilo y firme...

Así que, el doctor Perrin, ¿qué quieres que te diga? Sabes que me esforcé por ser la esposa que todos esperaban que fuera, pero cómo me aburría...

El día del entierro de Raymond, comprendí por qué había muerto. Cuando te vi entre todas aquellas plañideras, ¿te acuerdas?

Es curioso, cuando pienso en ese instante, nos recuerdo caminando hacia el catafalco cogidos del brazo, como dos novios.

Mathilde conduce muy despacio porque las lágrimas le resbalan por las mejillas. Oye campanas. ¿Doblan por el doctor, o repican a boda? Son los coches, que tocan el claxon detrás de ella. Tiene que parar, hay una enorme área de descanso casi desierta, con sólo unos cuantos semirremolques extranjeros. Aparca, pero no consigue detener el torrente de lágrimas, que la ahogan. Se suena, trata de recuperar el aliento. Es el cansancio, que la puede. No sabe qué hora es, ni siquiera dónde está, aunque ya nada tiene mucha importancia. No quiere que nadie la vea, así que, sin salir del vehículo, se desplaza a la parte trasera haciendo penosas acrobacias. Cuando al fin lo consigue, se tumba en el suelo, al lado del fiambre envasado al vacío, el saco de montaña está cuidadosamente plegado en un rincón.

Se mete dentro del saco completamente vestida. No huele a nada, ni siquiera a hombre; no podría soportarlo, no pegaría ojo, pero bueno, no es el caso.

En cuanto cierra los ojos se hunde en un sueño profundo y sin imágenes.

Y hacia las cinco de la tarde, reanuda la marcha.

Es muy curioso: al cabo de un momento, Mathilde agacha la cabeza hacia el volante, como si pilotara una moto contra el viento.

Echa de menos a *Ludo*. Después de todo, un perro es un buen compañero, ni que decir tiene. Un compañero del que es difícil prescindir, sobre todo cuando vives completamente sola en el campo y tienes un jardín. A los perros les encantan los jardines, y el de La Coustelle es uno de los más bonitos de la zona. Piensa en el joven cocker y se pregunta si será más listo que *Ludo*. No le costará mucho: el dálmata era bueno, cariñoso, pero no era lo que se dice una lumbrera, no; para hacerle entender algo... Si *Cookie* no es más espabilado, Mathilde tendrá que admitir que ha tenido mala suerte dando con dos zoquetes seguidos...

Cada vez que va a casa de su hija, el tema del perro flota en el aire en todo momento. A ella no le gustan los perros, pero es que a ella no le gusta nada, y en el fondo a Mathilde tampoco le gusta demasiado su hija, que la ha decepcionado bastante. Viéndola, siempre le sorprende que sea hija suya. Es un accidente genético, o un accidente a secas. A Mathilde no le gustan mucho los niños, desde luego le gustan menos que los perros. No le gustaban ya de joven. Su marido le reprochaba que no quisiera tener hijos, decía que era bueno para las mujeres y que unía a las parejas. Raymond tenía ideas así, preconcebidas y pasadas de moda. A ella, la maternidad le ha dado pocas satisfacciones, se dice Mathilde cada vez que piensa en ello. Tiene la sensación de que, cuando celebraron el primer cumpleaños de su hija, ya estaba harta del asunto. Cumplió con su deber y punto. A Mathilde no le gusta tener cosas que reprocharse.

El crepúsculo llega poco a poco. La siesta de mediodía ya queda lejos, y Mathilde se dice que nada la apremia, Henri no sabe que va a verlo, no la espera, así que no tiene ningún motivo para preocuparse. Se alegra de poder darle una sorpresa. Pero mi visita no será como la tuya, viejo gruñón, que llegaste con el tiempo justo para hacerme reproches y volver a irte; no, conmigo será distinto, te lo prometo, tendremos una conversación de verdad, te tengo preparadas algunas sorpresas, ya verás. ¡No, no me preguntes, ya te he dicho que es una sorpresa!

Al llegar a un pueblo, Mathilde reduce la velocidad porque ve un letrero que anuncia un hostal, que en efecto encuentra unos kilómetros más adelante, en mitad de la campiña. Está bien, es tranquilo, limpio, justo lo que necesita.

Como no hay más que un viajante y una pareja de jubilados de vacaciones, el dueño, después de la cena, se muestra encantado de poder hablar con los clientes.

—Así que viene usted de Bélgica...

Mathilde frunce el ceño, pero luego se acuerda, la furgoneta.

—Sí, del tirón.

—He visto el rótulo, una empresa de limpieza, ¿no es eso?

—Eso es —dice Mathilde—, lo nuestro es limpiar.

Al hostelero no le parece muy comunicativa, así que ha ido a probar suerte con los jubilados.

La habitación es hermosa, la ventana da a la entrada, al aparcamiento de gravilla. Desde allí puede ver la furgoneta. Debe acordarse de la gasolina, no ha mirado el indicador, tiene que hacerlo. Un último vistazo al vehículo antes de tomarse un merecido descanso.

Y coger fuerzas para Toulouse, que no será coser y cantar.

18 de septiembre

Al día siguiente a media mañana, al mirar el indicador de la gasolina se da cuenta de que tendrá que parar. Incluso teme haber tardado demasiado en buscar una estación de servicio... Levanta el pie y agarra con fuerza el volante. Sólo le faltaría quedarse sin gasolina, no se ve andando por la carretera como colofón del día, ¿cuánto?, ¿cinco kilómetros?, ¿diez? Tendría que dejar el vehículo en medio del campo, caminar, encontrar una estación de tren... Cuando ya lo ve todo negro, llega a Peyrac, un pueblo-calle con una gasolinera milagrosa al final. Mathilde abrazaría de buena gana al gasolinero que tuvo la buena idea de instalarse allí.

Se detiene junto a un surtidor, apaga el motor, se quita los zapatos, estira los dedos de los pies, qué felicidad...

Cuando haya acabado con todo este follón, se dedicará a la buena vida. No como la de su hija y el imbécil de su marido, sino a la verdadera buena vida, a la orilla del mar, en algún sitio con sol. Quién sabe, a lo mejor a Henri le tienta la idea... Ya no tienen edad para tontear, como podrían haber hecho en su juventud si hubieran sido menos tímidos, él también empieza a hacerse viejo... ¡Hace tanto que tendrían que haber hablado de ello!

Ella sacará el tema.

Mientras el hombre de la gasolinera coge las llaves y llena el depósito, Mathilde vuelve a ponerse los zapatos, sale de la furgoneta y camina con paso tranquilo mientras imagina una casa de una sola planta con una chimenea para cuando llegue el invierno —que, de todas formas, será suave como una primavera de la juventud— y un pueblo con un restaurante muy fino, al que arrastrará a Henri de vez en cuando, por la noche, para romper con la rutina. También recordarán los viejos tiempos, pero no demasiado a menudo. Mathilde le explicará que, aunque él haya podido creer lo contrario, nunca se aburrió con el doctor Perrin (así era como lo llamaba ella, incluso en vida), pero no había forma de hacer nada con él, era como un peso muerto. Y sabrá sacarle la respuesta a la pregunta que siempre le quema en los labios: ¿por qué no te casaste nunca, Henri? Con un poco de suerte y mucha sinceridad, él responderá que la única mujer de su vida ha sido ella, y los días pasarán en medio de una tranquilidad deliciosa, entre las tardes de lectura en la terraza, las caricias al perro, porque tendrán perro, y, de vez en cuando, una excursión al casino para disfrutar del dinero que uno y otro han ganado merecidamente, y no robado, ¡eso nadie puede ponerlo en duda!

El hombre ha llenado el depósito y se pone con el parabrisas. Mathilde se acerca a la tienda. Tiene un poco de hambre. Se pasea entre las estanterías y coge dos paquetes de galletas, que le den al régimen, pero vuelve a dejarlos; no, hay que tener cuidado. Por supuesto, a Henri ya nunca volverá a seducirlo con su *sex appeal*, pero una Mathilde todavía elegante y presentable lo tentará más que una caja de puros. Ve su reflejo en el escaparate de la tienda, se arregla el pelo, que le cae en mechones sobre la frente, y le dedica una sonrisa a Henri, a la que, por su parte, el gasolinero responde con otra sonrisa. ¡Y nada de irnos a un país extranjero, ¿eh?! ¡No lucharon como jabatos durante toda la guerra para acabar en las Bahamas o en Cerdeña, de eso ni hablar! En cambio, y ahí Mathilde entorna los ojos con una sonrisa traviesa, un viajecito de vez en cuando es bueno para romper con la rutina. Un fin de semana en Florencia o en Viena. O un crucero. Eso es algo que nunca ha hecho, un crucero. Henri se resistirá un poco, pero ella sabrá convencerlo, siempre ha sabido. Sabe manejarlo.

—Un crucero por el Nilo.

—¿Perdone?

Mathilde mira al gasolinero.

—No, nada.

¿El misterioso Egipto? ¿Un poco tópico? Sí y no.

Cuando el empleado vuelve a hablarle, Mathilde tiene ante los ojos la silueta de Henri (qué elegancia la de este hombre, y nunca está enfermo, no como le pasaba a Raymond, que para colmo era médico; no, Henri tiene buena salud, gracias a Dios, Mathilde no tendrá que volver a pasar por el mal trago de las medicinas, los cuidados, las comidas a solas y las noches oyéndolo caminar en el piso de arriba, en su despacho, para calmar el dolor); sí, la silueta de Henri, siempre con su fular al cuello y su camisa impecable, ¡bueno, mira; hablando de tópicos, ahí tienes otro, Henri! Y el mar, el sol, la chimenea, las pirámides, el perro y un poco de música, en total serán doscientos treinta francos, señora.

Mathilde saca los billetes de la cartera, coge el cambio y sale.

Podría estar en Toulouse a primera hora de la mañana, pero no tiene nada que hacer allí, mejor descansar por el camino. Hacer unos cuantos kilómetros, buscar un sitio y echar un sueñecito. Por la noche tendrá que estar descansada para convencer a Henri, para encontrar las palabras adecuadas. Sube a la furgoneta levantándose la falda para no arrugarla más, deja el bolso en el asiento del acompañante y se reincorpora a la carretera.

Y le entra la duda.

Mientras sujeta el volante con una mano, coge el bolso, lo abre y busca en el bolsillo interior, donde guarda el dinero. Se lo pone en el regazo, entre los muslos, y con un ojo en la carretera y el otro en el dinero, empieza a contar. Faltan cincuenta francos. Debería haber un billete de cincuenta, pero no está. En otros tiempos, Mathilde se habría resignado, el dinero es lo de menos, pero ella tiene sus principios. Y además, tal vez debido al cansancio o a las circunstancias, que le crispan los nervios, el caso es que tiene un súbito ataque de ira. Sigue circulando, literalmente obsesionada con los cincuenta francos que el gasolinero ha olvidado devolverle o, peor todavía, que le ha robado sin más al verla un poco ensimismada.

Furiosa, busca un sitio en el que dar la vuelta: regresará a la gasolinera y le dirá a ese tipo lo que piensa de él. Y espera que no esté desierta como hace un rato, que haya clientela, así todo el mundo se enterará de que ese hombre es un ladrón, y nada de excusas, ella no se irá de allí sin su dinero, ¡maldita sea!

La carretera transcurre entre campos de cultivo, y el arcén es estrecho. Cada vez se aleja más, va a perder mucho tiempo, y Henri la espera, impaciente por verla. Que les den a los cincuenta francos, pero no descarta parar a la vuelta para cantarle las cuarenta a ese individuo. Además, aprovecharse de una mujer mayor es caer tan bajo...

En ésas anda, cuando ve un camino de tierra que discurre entre los campos. Es una señal del destino. Gira y retoma la carretera en sentido contrario. La cólera, ahora que ha dado la vuelta, se arremolina en su cansada mente. Conduce deprisa, llevada por el acaloramiento, que le enrojece las mejillas. Al llegar a la gasolinera, frena. Nadie. Da igual, le montará el pitote a él solo. Estaciona ante la tienda, baja de la furgoneta y cierra de un portazo.

No hay nadie, se repite a sí misma.

—¿Ha olvidado algo, señora?

Ahí está, en la zona del taller, tendido en esa especie de camilla con ruedas que permite trabajar debajo de un vehículo. Acaba de meter la cabeza bajo la parte delantera del coche que está reparando, es un chico joven, Mathilde apenas se había fijado en él. Por su cara, le parece la clase de individuo que cree que puede robarle un billete de cincuenta a cualquier viejecita. Avanza hacia él a paso rápido. El chico sonríe intrigado, dispuesto a ayudarla. Se agarra al guardabarros, que tiene justo encima, y se desliza con la camilla con ruedas de debajo del coche para ponerse en pie. No le da tiempo. Por el camino, Mathilde ha cogido una palanca de encima de un gran bidón de aceite y, mientras él está tendido boca arriba, con las manos apoyadas en el suelo para levantarse, le asesta un fuerte golpe en la entrepierna con la herramienta de hierro. El chico suelta un grito espantoso.

Mathilde vuelve a levantar la palanca y lo golpea en la cabeza. La barra metálica ha entrado en el cráneo al menos diez centímetros, se acabó. ¡Cerdo!

Creo que esta vez lo ha comprendido, se dice Mathilde. Rebusca en los bolsillos del gasolinero, saca un puñado de billetes, coge uno de cincuenta y devuelve el resto a su sitio. Ella es una mujer honrada.

Regresa a la furgoneta, se da la vuelta, los trozos de cerebro asoman fuera del cráneo, no es una imagen agradable. Por suerte, no se ha manchado, ¡sólo le faltaría eso!

Se pone de nuevo al volante y maniobra con prudencia marcha atrás, aún no se ha acostumbrado a las dimensiones del vehículo. Va a abrir la puerta trasera, baja tranquilamente la plataforma eléctrica, arrastra hasta ella la camilla con ruedas y lo sube todo. La camilla hace honor a su nombre, se dice. Cabe justo al lado de la alfombra enrollada. Así os haréis compañía.

Luego vuelve a bajar. Hay un charco de sangre y materia encefálica en mitad del paso y, por suerte, un bidón lleno de serrín. ¡Es un peligro, alguien podría resbalar y hacerse daño!, se dice Mathilde. Esparce unos puñados de serrín y, cuando termina, vuelve a ponerse al volante y arranca.

Regresa a la carretera y mira el reloj del salpicadero, estaría bien encontrar un sitio tranquilo para meter al gasolinero en una de esas bolsas de la morgue.

Veinte minutos después se detiene en un camino que bordea un bosque. Tarda menos de media hora en meter al chico en una bolsa estanca y hacer el vacío.

Arroja la camilla a la cuneta.

Las dos bolsas yacen en el suelo de la furgoneta, una al lado de otra.

Estos chismes son perfectos, tengo que contárselo a Henri.

• • •

Mathilde está en Toulouse, y resulta que llueve. Le hacía ilusión ir de tiendas, pero no para de jarrear, es un auténtico diluvio. Imposible salir a la calle sin ponerse como una sopa.

Ha dejado el vehículo en el aparcamiento del primer hotel aceptable que ha encontrado en el centro, en el que ha reservado para dos noches.

La lluvia le impide salir a dar una vuelta, y coger un taxi queda descartado. Para dejar un rastro a su paso, nada mejor que un taxi...

Se ha cambiado (no ha cogido gran cosa, más le vale no eternizarse allí).

Buena parte de la tarde se le va en recorrer los alrededores con la furgoneta. Sobre las seis ha localizado lo que buscaba, un sitio tranquilo. Lo piensa detenidamente y llega a la conclusión de que no dará con otro mejor. Cuando vuelve al hotel, sigue estudiando el mapa del ejército que ha comprado en una papelería.

La propiedad de Henri está a las afueras de un pueblo, aislada, muy propio de él. Nuestro Henri no se mezcla con el populacho... Mathilde sonríe, el bueno de Henri... Rodea con un círculo los lugares clave y comprueba su material, que es poca cosa: tan sólo el bolso con sus herramientas, que de todas maneras pesa lo suyo. Sonríe de nuevo, cualquiera diría que va a visitar el Salón del Armamento.

Como le da pereza volver a salir, cena en el restaurante del hotel, sube a la habitación, se da una ducha, prepara la ropa y se mete en la cama.

Pone el despertador a medianoche.

El timbre la arranca de un sueño pesado, confuso, lleno de perros... ¡Ah, sí, el vecino! Siempre pospone el momento de ir a charlar con él... Desde luego, el señor Lepoitevin no sabe la suerte que tiene, con tantos aplazamientos... Se queda pensando en esa disputa de vecindad, qué triste, con lo fácil que sería llevarse bien...

En la planta baja, en el vestíbulo, hay una máquina de bebidas calientes y de bollería, saca un café y se come unas magdalenas.

Fuera del aparcamiento del hotel, la noche es oscura, sólo hay un cuarto de luna que produce una luz lechosa, como una aurora boreal. Se siente completamente despejada, es el momento perfecto para ir a hacerle una visita a Henri.

El comandante ha apagado todas las luces a las nueve de la noche, como tenía previsto. Sólo ha dejado encendida la del pasillo que cruza el salón y lleva a un cuarto de baño de apenas cuatro metros cuadrados. En la pared del fondo hay una puerta, condenada en otros tiempos, que Henri hizo reabrir porque le gusta salir al jardín después de ducharse. La luz del pasillo ilumina tenuemente una parte del salón. El comandante se ha sentado en un sillón, en la penumbra, frente a la puerta que da a la terraza, con las piernas estiradas y las manos en los reposabrazos. Escucha el silencio lleno de ruidos, un crujido aquí, un susurro allí... Presta atención a cada sonido, analizando su procedencia, tratando de identificar su origen. Lo hace desde que ha anochecido, pero ya no tiene edad para las vigilias de antaño, en las que el cuerpo entero estaba dispuesto a resistirse al cansancio. Sin darse cuenta, su atención se ha relajado, y se sorprende al percibir de pronto un leve chirrido, un tintineo inesperado, como si se hubiera adormecido y su subconsciente lo llamara al orden y a la urgencia del instante. El comandante no duerme. Tan sólo está un poco cansado. Sentado en su sillón, frente a la puerta. Si la noche fuera más clara, desde allí podría ver cómo se estremecen los sauces, pero con la media luna al otro lado de la puerta vidriera no vislumbra más que formas borrosas, indistintas. El comandante no está impaciente. Sólo espera un ruido: el que le dirá que Mathilde está allí. Si es que llega hasta él. Es posible.

Poco probable, pero con ella...

La espera tranquilamente, y de vez en cuando aguarda su llegada casi con impaciencia.

Cuando Mathilde pasa ante la alta verja de hierro forjado que protege la propiedad, el reloj del salpicadero marca la una y cuarto. A derecha e izquierda se extiende el muro exterior, centenario, todo él de piedra seca. Mathilde lleva casi veinte años oyendo decir a Henri que habría que reconstruirlo, que se cae a pedazos. A mí me parece que, si de verdad se estuviera derrumbando, haría años que el bueno de

Henri lo habría reparado, no es de los que dejan las cosas para mañana...

Estaciona en un camino, a más de doscientos metros de la propiedad.

Antes de salir de la furgoneta, reflexiona un instante, pero no se le ocurre nada que la ayude a decidirse. ¿Qué coge?

Opta por la Desert Eagle, porque es el arma para la que tiene más munición. La experiencia le ha enseñado que nunca se necesitan muchas cosas. Cuando hace falta mucha munición, es porque la situación ha degenerado, y ella es demasiado vieja, demasiado pesada, demasiado lenta para enfrentarse a algo así. Si no logra su objetivo rápidamente, sus posibilidades se verán reducidas casi a cero.

Baja del vehículo, echa el seguro y empieza a recorrer el perímetro del muro, a pie.

Y estaba en lo cierto, Henri ha acabado solucionando el problema: en algunos sitios, las piedras han sido retiradas y sustituidas por un enrejado rígido, muy alto; una reja fuerte, no de esas que puedes doblar con las manos. Palpando el muro, tarda poco menos de una hora en rodear la propiedad, porque, aunque casi no hay nubes, apenas se ve. Pero bueno, ya está: ha encontrado una brecha, un desprendimiento a la altura de un zarzal. Sólo se han caído las piedras de arriba; un chaval subiría en un pispás, pero la gruesa Mathilde, flexible como un baobab, ni soñarlo.

Lo asombroso de Mathilde es que nunca duda. De hecho, ahí está, en plena noche, iniciando otra vuelta alrededor de la propiedad, caminando entre zarzas y arbustos, apartando las ramas con las dos manos, resoplando como una morsa, pero sin dejar de avanzar, palpando el muro, probando la firmeza de la reja... Esta mujer es una apisonadora. Se dice que, si no encuentra la forma de entrar, tendrá que cambiar de estrategia, volverá al día siguiente y probará de otra manera.

Pero Mathilde es la prueba fehaciente de que a veces la cabezonería tiene su recompensa, porque, en su segunda vuelta al perímetro (son casi las dos y media de la madrugada), pasa de nuevo ante uno de los sitios en los que se ha instalado un fuerte enrejado rígido, y se percata de que una higuera ha hundido una pequeña parte del muro. Empuja con las dos manos una piedra, que cae al otro lado sin hacer ruido, amortiguada por la hierba alta. Abrirse paso es un poco difícil, tiene que buscar una rama fuerte y hacer palanca bajo las piedras para empujarlas al interior del jardín, lo que la deja sin aliento, ¡sólo faltaría que la palmara aquí de un ataque al corazón, a dos pasos de Henri, maldita sea! Ese pensamiento la revitaliza.

Veinte minutos después, Mathilde ha hecho un agujero lo bastante grande como para intentar pasar a través de él. Está un poco alto, se ve obligada a trepar a una piedra, y luego a otra, y cuando pasa, tiene que sentarse, con las gruesas piernas colgando, y a continuación, porque no hay más remedio, lanzar el bolso al otro lado e intentar volverse, con las nalgas en el vacío. Cuando por fin lo consigue, tantea con la punta del pie buscando el suelo, la hierba, pero no le queda otra que soltarse. Cae de espaldas, lo que provoca un fuerte ruido, y encima se ha torcido el tobillo; normal, ya no tiene edad para estas tonterías...

Se levanta, no es grave; es la única ventaja de tener el culo gordo, se dice.

Se ha desgarrado el bajo del vestido, está un poco dolorida y cojea ligeramente, pero no se ha roto nada. Es libre de cruzar los jardines para ir a hacerle una visita al bueno de Henri.

Hundido en el sillón, el comandante repasa para sí el conjunto de las operaciones: lubricación del picaporte, fijación de la losa de cemento ligeramente despegada, barrido del umbral para que la gravilla no se deslice bajo la puerta al abrirla... Y por último, el hilo de nailon a apenas tres milímetros del suelo. En principio, todo debería funcionar. Si Mathilde pisa el hilo, él se entera; si lo arranca, también; si pasa por encima sin verlo, como hay otros seis repartidos por la terraza, es casi imposible que no pise ninguno. Podría ocurrir, se dice, aunque es poco probable. Y en ese caso, tiene su segunda cobertura. El comandante no está tranquilo (en este oficio, la tranquilidad es un billete para el cementerio), pero está tan sereno como puede estarlo tras haberse preparado para todas las eventualidades.

Mathilde rodeará la casa y entrará por la puerta trasera, está convencido. Si nada la detiene, claro.

Porque eso es lo que espera Henri, que no llegue hasta allí, que esos pequeños hilos de nailon perfectamente tensados no lleguen a anunciar su paso porque algo la haya retenido antes.

Y eso es justo lo que se dice Mathilde. Cruza los jardines muy despacio, primero porque está cansada, y luego porque cojea un poco de la pierna derecha y la noche es muy oscura, no se ve nada. Eso no me impide pensar, se dice Mathilde, al tiempo que se detiene. Está a treinta metros de la casa, distingue el garaje a la izquierda y el granero a la derecha. Y justo enfrente, aunque es difícil verla con nitidez, está la puerta vidriera doble que da entrada a la vivienda. Detrás del edificio hay una puerta que permite salir de la cocina al jardincito, que es por donde tiene intención de entrar.

Si es que llega hasta ella.

Porque yo, se dice, no dejaría a mi invitado llegar hasta allí, intentaría pararlo antes.

Se lleva el índice a los labios, veamos, veamos... Jugar así con Henri es muy divertido, somos como esos ajedrecistas que se comunican las jugadas por correo o por télex. ¿El garaje? ¿El granero? Es jugarse el todo por el todo, porque sin duda no habrá una segunda oportunidad. Optaremos por el granero, se dice Mathilde, ¡no vamos a quedarnos aquí toda la noche!

Lanza una larga mirada circular. Para asegurarse, avanza unos cuantos metros, pero procura darse prisa, no quiere permanecer al descubierto, así que mira con atención, toma nota de la topografía y retrocede. Ha visto lo que quería ver.

Dieter la ha tenido en el punto de mira durante dos o tres segundos, pero Mathilde ha desaparecido rápidamente. Sin duda no tardará en reaparecer. Por lo que ha podido ver, es una mujer bastante gruesa, entrada en años, y no parece sospechar nada. Ha avanzado sin miedo a ser vista. Dieter está tumbado en el suelo del piso superior del granero, ha montado su rifle con mira telescópica y observa con atención el puñado de metros por los que el objetivo volverá a pasar para llegar hasta la casa... Para más seguridad, barre una amplia zona, por si ella tomara un camino menos directo.

No espera unos segundos, sino un minuto, luego dos, luego cinco, hace un veloz barrido de toda la zona. ¿Habrá dado media vuelta?

Nada más retroceder, Mathilde se ha dirigido hacia la izquierda andando lo más deprisa posible. Su hipótesis es que, si Henri ha situado a alguien en el piso superior del granero con un fusil de precisión (como habría hecho ella en su lugar), el tipo esperará que ella tome el sendero central. Luego le entrarán dudas. Al no verla avanzar, pensará que quizá ha dado la vuelta. Y eso es justo lo que ocurre: cuando Dieter realiza un barrido por el lado derecho del granero, Mathilde acaba de pasar. La ha perdido.

Ahora está ante la pesada puerta de madera del granero.

Dos posibilidades.

O la puerta chirría, traquetea y hace ruido, señal de que no hay nadie y me he equivocado.

O se abre suave como la seda, lo que significa que han tenido la precaución de engrasar las guías porque dentro hay alguien para darme la bienvenida de parte de mi querido Henri.

La puerta se desliza a la perfección, apenas un suspiro.

Mathilde entreabre, se cuela en el interior, vuelve a cerrar con el mismo cuidado, extrae la Desert Eagle y espera a que sus ojos se acostumbren a la oscuridad. Allí reina un silencio vibrante. Empieza a distinguir un batiburrillo de muebles viejos y objetos desechados, aunque lo que observa con toda la atención de que es capaz es el techo, formado por tablas anchas que filtran finos rayos de luz blancuzca, en los que giran partículas de polvo. Mathilde no se mueve, sujeta el arma con las dos manos, con los codos contra el pecho y el cañón apuntando al cielo. Es uno de sus puntos fuertes: si consigue instalarse adecuadamente, es capaz de permanecer en la misma postura mucho rato; mucho más que la mayoría de la gente. Es una competición de paciencia entre ella y, si lo hay, el individuo que se encuentra en el piso de arriba, con toda seguridad tumbado en el suelo con un rifle colocado en un trípode. No ocurre nada. No se mueve nada. Mathilde cuenta para sí (sesenta, sesenta y uno, sesenta y dos...), tal vez se haya equivocado, pero lo único que puede hacer para comprobarlo es esperar. Está firmemente plantada sobre sus piernas, el tobillo no le duele, respira despacio, todo va bien. Si nada se mueve (ciento tres, ciento cuatro...), es porque el encargado de darle la bienvenida que permanece tendido en el piso de arriba piensa que ella ha entrado en el granero, pero, como no está seguro, espera él también sin mover una pestaña (ciento sesenta, ciento sesenta y uno...), hace lo mismo que ella. El primero que cometa un error habrá perdido. O casi. Porque en situaciones como ésa pueden ocurrir muchas cosas que uno no había previsto. Puede aparecer Henri o cualquier otro, a ella puede darle un mareo, el tipo de arriba puede estornudar, puede pasar cualquier cosa. Ya está. Mathilde sonríe. Ningún ruido, buen trabajo, pero algo delata la presencia del que está arriba: un pequeñísimo puñado de polvo caído del techo, cuyas partículas han brillado al atravesar un rayo de luz opaca. A dos metros de ella, a la derecha. Mira atentamente el suelo, no es el mejor momento para romperse la crisma, se dice Mathilde. ¿Ningún obstáculo? ¿Nada?

¡Adelante!

Avanza con decisión, da dos pasos, alza los brazos, apunta al techo y dispara cuatro veces, la madera estalla, las tablas carcomidas se parten, y Mathilde tiene el tiempo justo para apartarse, porque Dieter Frei cae al piso de abajo como un saco de patatas con un agujero en el pecho en el que Mathilde podría meter los dos puños. El rifle cae con él. Asunto concluido.

Mathilde se acerca con precaución encañonando al sicario, que ya ha recibido su merecido. Pero no puede evitarlo: le dispara una segunda bala en las pelotas.

Lo registra. Nada, por supuesto. Sonríe. Está contenta. Henri ha sido respetuoso, no le ha enviado a los primeros ineptos que ha encontrado.

Sin duda necesitará un rato para hablar con Henri y aclarar las cosas, y entretanto el tipo se habrá quedado rígido como una estaca. Si lo deja así, de cualquier manera, luego no habrá quien lo maneje. Echa un poco de paja donde la sangre mana a borbotones y, con la punta del pie, le junta las piernas y le coloca los brazos pegados al cuerpo, así podrá meterlo sin problemas en una de esas estupendas bolsas para cadáveres. En eso se le van otros diez minutos.

—¡Bueno, vamos allá!

Recarga el arma, no quiere llegar a casa de Henri con las manos vacías, eso no estaría bien.

Henri ha contado cuatro balas; luego, un poco después, una quinta.

Pasada su primera reacción de miedo, no puede evitar sentir admiración.

Cinco balas con un ruido parecido... No ha sido el tirador apostado en el granero, ha sido Mathilde. ¡Qué demonio de mujer! Y es muy propio de ella anunciarse así.

En el fondo, tampoco está mal. El verdadero encuentro es entre ellos dos. Llegará por detrás, y él saldrá por la puerta de entrada y la sorprenderá por la retaguardia.

Se quita los zapatos, coge la pistola que ha dejado en el suelo —una Beretta, Henri es un clásico— y, en la penumbra, avanza despacio hasta la puerta principal. No tarda en oírla caminar por la terraza como una india. A su edad... Cuando doble la esquina de la casa, él abrirá la puerta y seguirá el mismo camino que ella, pero estará a su espalda, una ventaja decisiva.

Sabe que tiene que disparar sin previo aviso.

En cuanto vea su espalda, tendrá que apuntar y vaciar el cargador, no dejar nada al azar.

Ese último instante con ella sin ni siquiera poder mirarla le partirá el corazón. En otras circunstancias le habría gustado hablar con ella, explicarse... En fin, disculparse. Va a matarla porque no puede hacer otra cosa; está seguro de que, si pudieran hablar, lo entendería. Pero no, la vida es así, va a tener que matarla metiéndole varias balas por la espalda.

Ahí está la señal, la cajita de cerillas colocada sobre el velador acaba de temblar, Mathilde ha llegado a la fachada lateral, es el momento de salir. Henri abre la puerta con mucha delicadeza, el aire fresco de la noche le acaricia el rostro, da un paso por la terraza y, de pronto, siente el cañón de un arma en la sien.

—Buenas noches, Henri —dice Mathilde con voz suave y tranquila.

Entre otras cualidades admirables, hay que reconocer que el comandante es capaz de encajar las derrotas con una innegable deportividad, porque se limita a responder:

—Buenas noches, Mathilde.

Henri ha vuelto a sentarse en su sillón igual como al comienzo de la noche, salvo que esta vez tiene el cañón de una Magnum 44 apuntándole al estómago y, delante, a una Mathilde pálida y tensa como un arco. Ella opta por instalarse frente a él. De modo que están sentados a ambos lados de la chimenea apagada, como dos viejos amigos que charlan tranquilamente, y, como suele ocurrir entre viejos amigos, los sobrentendidos vibran en el aire silencioso. Al dejarse caer en el otro sillón, Mathilde, que no se ha quitado el impermeable, ha soltado un suspiro de alivio.

No le ha pedido a Henri que encendiera otras luces, y ahora que los dos se han acostumbrado a la penumbra del salón, tanto al uno como al otro les costaría renunciar a la oscuridad. El ambiente es propicio para la conversación, las confidencias y la muerte. Más que verla, Henri la adivina al contraluz de la lechosa claridad que penetra por la ventana. Se le ha soltado el pelo, y los mechones revueltos parecen subrayar la edad de la figura un poco fantasmagórica que tiene ante él.

Mathilde no ha dejado a un lado ni desviado el arma, que sigue apuntando a Henri, pero, por lo demás, se comporta con naturalidad, como siempre.

—Si vieras lo que he tenido que hacer por tu culpa, viejo gruñón... Mira. —Le muestra el bajo desgarrado del vestido, pero Henri está demasiado lejos para ver a qué se refiere—. Y el tobillo... Está hinchado, ¿verdad? Me he caído. Al final te decidiste a reparar el muro.

—Sí, hace cuatro años. Hice poner rejas en algunos sitios. Es por donde has pasado, ¿no?

—He empujado las piedras, habrá que volver a fijarlas. Es donde me he pegado el trompazo.

—Lo siento mucho, Mathilde.

—Está hinchado, ¿no?

—Quizá un poco, desde aquí no se ve bien.

Ambos saben el peso y el valor que tienen las palabras en esos momentos. A Henri le interesa seguir hablando, que el tiempo pase y le permita entrever una posible salida. Por suerte, la propia Mathilde ha roto el hielo, aunque al comandante no acaba de gustarle su extraña voz, contenida y tensa, su exagerada vocalización. Y menos aún lo que le suelta ahora, como si hubiera vuelto en sí:

—Dime, Henri, ¿de verdad crees que soy imbécil?

Objetivamente, la conversación acaba de tomar un rumbo nada favorable para Henri, de forma que se arrellana en el sillón, cruza las manos sobre las rodillas y se comporta como si el cañón del 44 que lo está apuntando no atrajera su mirada como un imán.

—Sí, es verdad, Henri: tú crees que soy imbécil... —repite Mathilde como si hablara consigo misma y dirigiera ese reproche tanto a la fatalidad como a su viejo amigo.

Ahora que lo más difícil está hecho, que ha logrado llegar hasta él sin contratiempos, Mathilde siente una especie de vértigo. Las cosas, las palabras, las imágenes empiezan a bailar en su cabeza.

Todo lo que tenía ganas de decirle acude a su mente, pero de forma fragmentaria y un poco embarullada: los reproches, los cumplidos, las confesiones, los recuerdos, las confidencias... No consigue dejar atrás esa frase contundente, que ya lamenta, porque la atribuye a la cólera y a los nervios, al cansancio.

—Francamente, tu esbirro del granero era un completo inútil, perdona que te lo diga. —Henri esboza una mueca—. Y el hilo de nailon a través de la terraza... Está claro que me tomas por una inútil, Henri.

Lo nota cambiado, distinto al día de su último encuentro. Quien ha cambiado soy yo, se dice, y una especie de cansancio se apodera de ella. Ya no quiere nada o, mejor dicho, sí, querría que todo aquello no hubiera pasado nunca, que todo volviera a ser como antes, incluso como mucho antes, cuando sólo era una niña pequeña que jugaba a juegos de chicos.

Henri se parece vagamente a su padre, el doctor Gachet. A partir de determinada edad, todos los hombres de una cierta clase social tienen más o menos el mismo aspecto, y Mathilde casi olvida la pistola que tiene en la mano y pronuncia ese «Henri» con el corazón encogido y los labios temblorosos.

—Claro que no, Mathilde, te tengo en mucha estima, lo sabes muy bien...

Lo dice con el mayor cuidado, con la mayor calma posible. Hay que hablar, sí, pero no decir cualquier cosa. No está nada seguro de que Mathilde lo haya oído. Y tiene razón, porque Mathilde está lejos, pensando de nuevo en los rinconcitos de paraíso con los que ha soñado, en los que viviría con Henri. Él no se mueve, no dice nada, se limita a mirarla como si fuera una niña de la que se esperan disculpas o explicaciones. Cuanto más lo observa, más le recuerda a su padre. Un hombre autoritario y seguro de sí mismo. En el fondo, siempre ha sido así, dominante, inaguantable. Pobre Henri... Por asociación de ideas, la imagen del joven de la gasolinera vuelve a pasar ante sus ojos. Son iguales, intercambiables, son ladrones. El que tiene frente a ella, tieso como la justicia en su sillón Voltaire, también es un ladrón, un ladrón de vida, y ahí está ella, intentando defenderse en este mundo imbécil, en este reino de lo superfluo.

Henri espera con tranquila impaciencia que Mathilde diga algo más; algo que le permita tomar el control de la conversación, que quizá desencadene el delirio de palabras que tanto anhela, porque ahora su vida ya sólo depende de eso. Pero Mathilde lo mira sin decir nada. Aunque su rostro permanece en la oscuridad, Henri comprende que le pasan muchas cosas por la cabeza. Es cierto, las imágenes se atropellan en la mente de esa mujer robusta y amenazadora, que, sin poder evitarlo, piensa en ese tópico según el cual quienes se ahogan ven desfilar toda su vida en una fracción de segundo. Mathilde se siente perdida ante el caleidoscopio de la suya, y en esos instantes juraría que es Henri quien va a acabar con ella; que es él quien, una vez más, va a decidir por ella.

Él, por su parte, se dice que el silencio ha durado demasiado. Por un momento ha sido su aliado, pero, si sirve para que Mathilde se aleje de las orillas de la realidad, será contraproducente.

—Oye, Mathilde...

Ella lo mira como si fuera un punto oscuro, abstracto.

—Mathilde...

—¿Sí?

—Me he preguntado muchas veces... El doctor Perrin... ¿cómo murió exactamente?

A Mathilde le parece una pregunta improcedente.

—¿Qué importancia tiene eso ahora?

—Ninguna, pero siempre me he preguntado... ¿Qué enfermedad tenía?

—Nunca lo supimos con exactitud, Henri. Los médicos, ya sabes, siempre son los peor cuidados.

—¿Y el diagnóstico?

—Él sólo la llamaba «la enfermedad». Nunca quiso examinarse a fondo. El pobre Raymond era un fatalista. Yo, qué quieres que te diga, lo hice lo mejor que supe. Le preparaba caldos, infusiones de manzanilla, ponche de huevo... Pero no sirvió de nada. En realidad, se fue bastante deprisa: unas semanas y ¡zas!, el pobre Raymond estaba muerto. Pero ¿por qué me preguntas todo esto?

—Por nada. Simple curiosidad. Aún era joven...

—Eso no significa nada, Henri. Tu esbirro, ese que estaba en lo alto del granero, ¿qué tenía?, ¿cincuenta años? Bueno, pues no será él quien me lleve la contraria.

—Cierto.

A Henri le gustaría proseguir, pero Mathilde vuelve a tener la mirada perdida. La conversación la ha llevado de nuevo al doctor Perrin. Rebobina toda la película. Su marido aparece ante ella con el aspecto que tenía en la época de su noviazgo, luego surgen la casa, su hija, la guerra, Henri y su padre y, curiosamente, el día en que su madre la castigó por haber robado una moneda olvidada en el aparador, y la explosión del tren de municiones en la estación de Limoges, con el haz de llamas rojas y la negra humareda, y su ridícula postura el día en que Simon le hizo el amor de pie, en el bosque de Attainville, y el cuerpo decapitado de *Ludo*, que cayó como un peso muerto en su tumba. Mathilde se seca la cara con el antebrazo cubierto de sangre, el militar alemán está blanco como un espectro, sus testículos han ido a reunirse con los cinco primeros dedos en el cubo, ella se siente muy... tranquila. ¿Cómo decirlo? Plena, eso es... Es curioso que piense en eso ahora. Absorta en sus pensamientos, no se ha dado cuenta de que el arma pesa una tonelada en su mano y se inclina hacia abajo, algo que no le ha pasado inadvertido al comandante. Mathilde se recobra, pero no por eso sale del torbellino de pensamientos que se agolpan en su mente, esa memoria viva... Henri sigue inmóvil, y la noche podría pasar así, sin que se digan nada. Ahora Mathilde vuelve a ver la tumba de Raymond y a oler la colonia del joven y autoritario subprefecto que pronunció el panegírico, tan lamentablemente aburrido y convencional, y tiene otra vez la increíble sensación de alivio y libertad que experimentó en el mismo instante en que disparó sobre aquel tipo, su primer objetivo: un hombre con un sobretodo que parecía un notario de provincias y que pasaba información a los nazis, y el día que fue a Suiza para abrir una cuenta en la Centrale d'Escompte de Ginebra (¡eso es, Ginebra!), el gran salón con moqueta, y Henri sigue sin abrir la boca. Espera que ella diga algo de una vez, lo que sea, con tal de que se ponga a hablar. El silencio es tan opresivo, y las imágenes de la película de Mathilde se suceden a tal velocidad: la del pequeño gato atigrado de sus padres, que se cayó al pozo... Y eso es justo lo que está a punto de ocurrirle a ella: también va a caerse al pozo, se cae y ahí está Henri, frente a ella, y es el único, el último que aún puede hacer algo por ella, así que lo llama en su auxilio, «¡Henri!», necesita tanto su ayuda que le entran ganas de llorar, tiende el brazo hacia él en un gesto de absoluta desesperación, pero Henri no dice nada.

—¿Cómo puedes hacerme esto, Henri?

El comandante se siente aliviado, ahí está la primera frase...

La segunda llega en la forma de una bala del 44, que lo deja clavado a su sillón Voltaire y le abre un agujero del tamaño de una tulipa en el pecho.

La detonación es tan potente que Mathilde suelta el arma y se tapa los oídos con las manos. El Voltaire ha volcado con Henri, que ha salido proyectado hacia atrás como un pelele. Mathilde vuelve a abrir los ojos y, con las palmas de las manos todavía apretadas contra los oídos, contempla el cuadro surrealista de las patas del sillón, que parecen dos ojos clavados en ella, y las suelas de los zapatos de Henri, inclinadas hacia abajo, como si meditaran. Se agarra a los brazos de su asiento, se levanta y avanza dos pasos. Mira el agujero en el pecho de Henri, del que brota una sangre negra, y más abajo su cabeza, vuelta hacia la pared.

Mathilde cae de rodillas al suelo y se echa a llorar sujetando tontamente un zapato de Henri con las dos manos. Llora durante un buen rato, sumida en el caos de los sentimientos contradictorios que le suben a la cabeza al mismo tiempo que el olor acre de la sangre de Henri (del pobre Henri), que se extiende por el suelo, y decide hablarle de todas formas de ese rinconcito de paraíso, que, en el fondo, era la mejor solución para los dos. Llora, pero a la vez sonríe pensando en la tranquilidad que los espera, en la felicidad de una edad que ya no implica desafíos.

Permanece arrodillada sobre las frías baldosas un buen rato más. Cuando al fin se levanta, se siente cansada, qué día tan largo: la carretera, esta conversación interminable con Henri... Ya la continuarán mañana. Ella sabrá convencerlo, no le cabe duda, pero esta noche no, mañana. Ahora se va a dormir.

Pulsa el interruptor. La luz del salón la deslumbra. Parpadea. Henri también necesita dormir, descansar bien por la noche, si no, mañana la conversación será complicada. Vuelve junto a él, le baja los pies del sillón Voltaire, empuja los brazos y la cabeza, da al conjunto un aspecto bastante aceptable de estatua yacente. Mañana, Henri podrá dormir en una de esas bolsas mortuorias, en la furgoneta, hasta tendrá compañía, por si le apetece hablar un poco. Luego, pese a las pequeñas manchas redondas y blancas que bailan ante sus ojos, consiguc encontrar el camino hasta la habitación de los invitados. Henri siempre la tiene preparada, no se sabe para quién, estoy segura de que no hay nadie aparte de mí. En cuanto entra, se derrumba en la cama y se duerme al instante sin pensar en nada.

Estaba cantado. Vassiliev y la hermana de los Tan sólo llevan tres días muertos, y ya hay otros tres cadáveres.

Poco después de soltar a los dos hermanos, el cuerpo de un magrebí del barrio, lugarteniente de la banda de Moussaoui, apareció en el canal Saint-Martin. Como represalia, al día siguiente dos camboyanos recibieron sendas balas en la cabeza. El juez ha llamado varias veces, quiere que esto acabe, y rápido.

La jefatura toma el relevo, esto no puede seguir así.

La única manera de parar a tiempo esta matanza es encontrar al verdadero culpable.

Occhipinti se ha pasado dos horas buscando una frase de Talleyrand apropiada para la situación, pero no ha tenido éxito. Está visto que nada marcha como es debido.

Es en ese momento cuando se le ocurre una idea que él mismo califica de genial. Si ninguna de las dos hipótesis ha dado frutos, ¿no habrá una tercera?

—¿Cuál? —pregunta el juez.

Occhipinti frunce los labios.

—No lo sé, sólo es una idea...

Cuando regresa a la sede de la Policía Judicial pone a todo el mundo de vuelta y media, monta un escándalo de aquí te espero. Eso lo calma un poco. Vuelve a sumergirse en los informes sobre las actividades de Vassiliev, ¡tiene que estar ahí, maldita sea!

19 de septiembre

Hace frío en toda la casa, pero más aún en el cuartito de invitados, que da al norte. Un escalofrío la sacude de arriba abajo. Abre los ojos, pero no comprende dónde se encuentra hasta el segundo intento. Cuando lo recuerda, se despereza como una gruesa gata vieja, con los puños cerrados, el pecho adelantado y las lumbares arqueadas, y vuelve a caer a plomo sobre el almohadón.

La cama apenas está deshecha, tiene la boca pastosa, se ha despertado en la misma postura exacta que la víspera, cuando, muerta de cansancio, se derrumbó sobre la colcha. Por la ventana, cuyas cortinas han permanecido descorridas, Mathilde ve los árboles y un trozo de jardín, trazado con tiralíneas. Se despereza de nuevo y se levanta con esfuerzo. Café, necesita un café. Tira de la colcha y se arrebuja en ella. Va a la cocina y busca las tazas, los filtros, los biscotes, la mantequilla, la mermelada; se nota que es la casa de un soltero, nada está donde cabría esperar. Por fin, apoyada en la mesa de la cocina con los brazos cruzados, espera a que se haga el café. Luego busca la bandeja, pero no la encuentra, así que hace varios viajes.

En el salón, lo primero que ve es el sillón Voltaire volcado y, detrás, la forma indistinta de un cuerpo. Pese al frío, va a abrir la puerta para que entre un poco de aire. ¡Allí apesta! Hace dos viajes a la cocina, mancha el suelo de café porque se enreda los pies en la colcha, y por fin se sienta a la mesa del salón, frente a la chimenea vacía. Tiene hambre. Espero que el calentador funcione, porque, si hay algo que me horroriza, es tener que ducharme con agua fría.

El calentador funciona.

En el cuarto de baño, bastante austero, no falta nada esencial, pero se nota que, para Henri, los detalles en el aseo resultan superfluos. Espartano, así era él en el fondo. El tipo de hombre que nunca holgazanea, que ni siquiera busca la felicidad. Mathilde se lamenta de no haber llevado lo que necesita, ni siquiera tiene todo lo que le haría falta para maquillarse. Aun así, encuentra un cepillo de dientes nuevo y un secador de pelo. Henri no ha debido de traer a muchas mujeres a la casa. Bajo la ducha, al ver bambolearse sus generosos pechos, piensa en la vida sexual del comandante. No era de los que van detrás de las pelanduscas, ni siquiera de los que frecuentan los burdeles, a saber si hay alguno en este estúpido pueblo perdido, en el que te hielas en cuanto empieza el día. La vida sexual de Henri también debía de ser espartana. Mínima. Incluso puede que autosuficiente. ¡Qué memo! Bueno, en el sitio en el que debe de estar ahora, no echará de menos el sexo. De todas formas, pobre Henri.

Se seca y se viste. Antes de irse, recoge la pistola y se queda quieta unos instantes preguntándose si no olvida nada. Mira a Henri, su querido Henri, pero se niega a ceder al sentimentalismo. Sería indigno de nosotros, ¿no?

No sabe si Henri tiene mujer de la limpieza o jardinero, si aparecerá algún vecino como el imbécil de Lepoitevin, pero, ahora que está descansada, lo mejor es acabar de una vez y volver a casa. Busca las llaves de la verja (Henri es un hombre ordenado, todo está etiquetado junto a la puerta de entrada), atraviesa los jardines, va a por la furgoneta y la estaciona delante del granero. Una vez dentro hace rodar el cadáver del francotirador hasta una bolsa de plástico, que coloca en la plataforma. Y tras reunir el cuerpo con los dos precedentes, lleva la furgoneta hasta la casa.

A continuación, repite la operación con Henri.

No tarda en sentirse dolorida. No ha pasado una buena noche, esa cama no es nada cómoda. En serio, Henri, podrías haber preparado algo un poco mejor. Aun así, no te lo tendré en cuenta, ¿eh? Los hombres que viven solos nunca piensan en esas cosas. De todas formas, estoy muy decepcionada. Estaba convencida de que la idea de marcharnos los dos juntos a algún sitio era una buena solución, pero qué le vamos a hacer.

Cierra la bolsa sobre el cadáver de Henri, enrosca la boquilla y empieza a bombear. ¡Siempre haces tu santa voluntad, eres un viejo egoísta, ojalá revientes! ¡Lo que oyes, Henri, ojalá revientes, nunca volveré a proponerte nada parecido! Eras libre de tomarlo o dejarlo. Has decidido dejarlo, estabas en tu derecho, pero de todos modos voy a decirte lo que pienso de ti: eres un completo imbécil, eso es lo que eres. ¡Ni más ni menos! Tienes todo lo que te hace falta, ya no necesitas trabajar, pero te aferras al curro, sabe Dios por qué. Mírame a mí, ¿me aferro yo al curro? ¡No! Al contrario, lo dejo, y lo dejo ahora mismo. Y no me llames pidiendo socorro para que te ayude en algo, porque se acabó, ¿me oyes?, se acabó. Yo ya estoy cansada de todo esto, a ver si lo entiendes de una vez, ¡me vuelvo a casa, lo vendo todo y me voy! ¿Adónde? ¡No me lo preguntes, ya encontraré un sitio, no te preocupes!

A base de tirar y empujar, la bolsa está al fin en la plataforma. En esta furgoneta empieza a haber un montón de gente. Y además... huele un poco. Mathilde aspira una bocanada de aire fresco y luego olfatea el interior. No es exagerado, pero, desde luego, no hay duda de que estas bolsas no son tan estancas como dicen.

Va a deshacerse de todo, lo arrojará al río, tanto la furgoneta como la carga, y santas pascuas. Y lo hará en cuanto pueda, porque el olor va a ir a peor. En unas horas no habrá quien conduzca.

No ve el momento de coger un tren a París, de volver a la civilización. No podrá hacerlo antes de mañana por la mañana, pero esta noche ya debería tener hecho lo más duro.

Todo esto no le resulta nada sencillo, pero haber vuelto a ver a Henri, haber hablado con él, le ha levantado el ánimo, se siente joven y revitalizada.

2633 HH 77.

Hace un momento, el señor De la Hosseray estaba seguro, pero ahora...

Todo está tan embarullado en su cabeza que nunca sabe con certeza si se encuentra en la realidad o en medio de un delirio. Su cerebro va a su aire, como un electrón libre, las ideas y los recuerdos se atropellan, desfilan, chocan entre sí y, de pronto, se detienen y todo se congela; puede estar mucho rato así, estupefacto, en suspenso. Lo sabe porque la otra noche (¿o fue durante el día?) vio el principio del telediario, luego su cerebro se encasquilló, por decirlo así, y cuando volvió a funcionar, ya se veían los créditos finales. Ni idea de lo que pasó entre una cosa y otra.

Cuando está más o menos seguro de encontrarse consciente, toma notas. Pero como la mano le tiembla bastante, a veces no entiende lo que ha escrito y acaba tirando el papel.

Es lo que le ha pasado con ese número, sin duda alguna. De hecho, el sobre en el que lo ha apuntado está ahí, delante de él, pero ahora ya no le dice nada, tiene la sensación de que lo escribió otra persona, quizá Tevy o René.

Cuando piensa en ellos, se dice que pronto vendrán a buscarlo. Enviarán a los de Servicios Sociales, se lo llevarán y lo meterán en uno de esos morideros. Aunque en realidad eso no le importa. Lo que lo entristece no es que se lo lleven, eso podrá soportarlo, por supuesto. No, lo que lo atormenta es ese número que ha regresado a la superficie de su memoria como una burbuja de aire: no sabe de dónde ha salido, pero puede que sea importante. Entre las cosas que ya no funcionan como Dios manda están las ideas fijas.

Como ese número.

Sólo tiene que llamar a la policía, ellos lo comprobarán y listo. Si es un número imaginario o caprichoso, tampoco perderán tanto tiempo, lo superarán.

Aun así, a pesar de que telefonear a la policía es algo relativamente fácil, el señor De la Hosseray se resiste a hacerlo. Es casi una cuestión de higiene. Debe comprobarlo él mismo, no llamar excepto si merece la pena; es como una disciplina que se impone: no hay que molestar a la administración francesa salvo que sea necesario.

La joven agente de policía ha llamado hace un rato. Supone que era ella, pero no está seguro. Quería saber de él, ¿no necesita nada, está usted bien?, y ese tipo de cosas.

El señor ha intentado responder y, luego, sin transición, ha preguntado:

—¿Han cogido a quien lo hizo?

La chica parecía apurada. Se notaba que le habría gustado dar noticias tranquilizadoras, pero «la policía investiga», «tenemos pistas bastante sólidas» y ese tipo de cosas no es más que lo que se dice cuando uno se siente impotente. Él mismo fue prefecto, algo sabe de eso.

El gran problema reside en que él no puede prever nada.

En un minuto, su cerebro puede dar una vuelta de campana, le costará recordarlo todo, el tiempo pasará sin que logre acordarse de lo que ha hecho y se despertará en el salón. O peor aún, en la calle, eso es algo a lo que está expuesto continuamente.

También están René y Tevy. Muertos. Sigue sintiendo una pena inmensa, indescriptible.

Es como si quisiera hacer algo por ellos, lo que es ridículo, sin duda. El mejor favor que puede hacerles, ahora que están muertos, es llamar a la policía y dar ese número, aunque no, el señor prefiere arreglárselas por sus propios medios. Se pone las gafas, hojea el listín telefónico, encuentra el número de la subprefectura de Indre-et-Loire, lo marca y pide hablar con el señor prefecto.

—¿Para qué es?

Voz hosca, tono de prefectura.

—Soy el señor De la Hosseray. —Se da cuenta de que le tiembla la voz—. Fui...

—¡Señor De la Hosseray! ¡Soy Janine Marival! ¡Pero bueno!

Él no recuerda ese nombre, y aun así contesta:

—¿Cómo está usted? Me alegro mucho de oírla...

Deja que la mujer diga unas cuantas banalidades: trabajó a sus órdenes, la degradaron a la centralita, susurra maldades acerca de la jefatura, pero la centralita debe de estar saturada, tiene que interrumpir la conversación.

—¡Qué alegría, Dios mío!

Y sin más, lo pone con la línea personal del señor prefecto.

—¡Señor De la Hosseray! ¿A qué debo el placer?

Él tiene que empezar otra vez a interpretar el papel, a decir cosas muy generales que no comprometen a nada; el apellido de ese prefecto tampoco le suena, es terrible.

—Esto le va a parecer un poco tonto, pero, en fin, es por un problema con el seguro del coche.

Durante un par de minutos, consigue volver a adoptar un tono oficial, las palabras adecuadas, las frases típicas: alguien le ha abollado el coche, tiene la matrícula, pero no la identidad del conductor, así que, si el señor prefecto fuera tan amable, ya que tiene acceso al fichero central...

¿Cuándo tuvo lugar esa conversación?

Ayer, anteayer.

El caso es que lo ha olvidado.

Y hete aquí que suena el teléfono, y es alguien que llama de parte del señor prefecto «para comunicarle los datos de una persona...».

Sí, le suena de algo, en efecto.

—¿Tiene con qué apuntar?

—¡Espere! —El señor lo revuelve todo para encontrar un trozo de papel y un lápiz—. ¡Adelante!

Apenas entiende lo que ha escrito, así que se sienta ante la mesa de la cocina y lo vuelve a anotar con letra grande:

Renault 25: 2633 HH 77.

Mathilde Perrin, 226, carretera de Melun, Trévières, Seine-et-Marne.

Es ella quien vino la otra noche.

Es ella quien mató a Tevy y a René.

Tengo que llamar a la policía para decírselo.

Apenas un cuarto de hora después, el señor vuelve a ver el papel, pero ya no sabe qué es.

Lo tira a la basura.

Debido al olor, Mathilde se ha visto obligada a dejar la furgoneta en mitad de la campiña. Qué largo se le ha hecho ese día. Ha tenido que esperar a que oscureciera, no podía hacer otra cosa, pero qué aburrimiento; ha recorrido los bares del pueblo, ha alargado la sobremesa más allá de lo razonable, la tarde se ha estirado como una goma elástica.

Ahora, por fin, ha llegado el momento.

El lugar propicio se encuentra a unos veinte kilómetros del pueblo, a la orilla del río, como debe ser, a la salida de Chayssac, una localidad mediana sin ningún encanto cuya calle principal está cubierta de regueros blancos de cemento. Allí hay tres cementeras de diferente tamaño. La que le interesa a Mathilde es la segunda, porque puede proporcionarle todo lo que necesita. Cuando aparca ante la reja de hierro y baja de la furgoneta, son poco más de las nueve de la noche. El pastor alemán se abalanza hacia ella ladrando y enseñando los afilados colmillos, y, erguido sobre las patas traseras, trata de morderla a través de la reja.

Mathilde se acerca y le sonríe, lo que multiplica la furia del animal, que, de todas formas, no durará mucho. Mathilde se aleja, saca la bola de carne picada del papel de aluminio y la lanza por encima de la reja.

Ese asunto la tenía preocupada. A los perros no les gusta el olor del matarratas, pero se le ha ocurrido echar un vistazo en la furgoneta de su colega belga, y una vez más ha confirmado que ese tipo era un hacha. Aparte del habitual surtido de cloroformo, medicinas de urgencia, vendas, calmantes y antibióticos, ha localizado cuatro cápsulas: estricnina y curare.

No hay ninguna empresa de seguridad a cargo de la vigilancia del lugar, no vale la pena. Sólo está el perro del propietario, al que hacen pasar un poco de hambre para que se vuelva agresivo. Es un perro bastante estúpido. Se lanza sobre la carne roja y la engulle como un tragaldabas, pero no tiene tiempo de saborearla, porque acto seguido pega un respingo que lo levanta del suelo y cae redondo, con el hocico espumeante.

Mathilde ha encontrado en la furgoneta una cizalla de mango largo que hace las veces de palanca. La cadena con candado cede enseguida, pero, para su sorpresa, la reja también tiene una cerradura. Así que se ve obligada a volver al vehículo y a circular un buen trecho marcha atrás. Luego acelera a fondo, coge velocidad y embiste la reja, que cede y restalla a ambos lados. Al pasar, atropella el cadáver del perro (nada grave), y ya está a pie de obra.

Dentro hay cuatro vehículos aparcados, aunque Mathilde, que no entiende de maquinaria pesada, sabe que no sería capaz de manejarlos. También hay un camión volquete, que probablemente se conduce como un coche. Intenta abrir la portezuela. Cerrada. Así que Mathilde se dirige a la oficina, una especie de contenedor provisto de ventanucos. Se aleja un poco, calcula el ángulo de la bala y dispara a la puerta, que se abre de inmediato. Se toma un tiempo para valorar el trabajo que tiene por delante. Cuatro mesas, papeleras llenas y, bajo toneladas de papeles, pedidos, albaranes manchados de grasa, bolis publicitarios y calendarios con chicas en poses sugerentes, encuentra dos ordenadores Bull y dos máquinas de escribir modernas de la marca Olivetti. En la pared hay un tablero con las llaves de todos los vehículos, numeradas. Mira por uno de los ventanucos. El camión lleva el número 16. Coge la llave y vuelve al aparcamiento. El volante está pegajoso, el conductor de ese vehículo es un guarro de narices, se dice Mathilde. El motor arranca. Lo apaga de inmediato. Todo va bien, basta con no entretenerse y ya está. Quién te iba a decir que un día me verías conduciendo un camión, ¿eh, Henri? ¡Pues lo vas a ver, no lo dudes!

Ahora la furgoneta está aparcada delante de la pequeña oficina. Mathilde coge las máquinas de escribir, los teclados de los ordenadores, las torres y las impresoras, y lo lanza todo sin contemplaciones al interior de la furgoneta. Sí, chicos, lo siento, pero no tengo tiempo para colocarlo bien, les dice a los cuatro cadáveres envasados al vacío. En la oficina encuentra también dos cajitas de metal cerradas con candado, debe de ser la caja diaria, o el dinero de la cooperativa para la cantina, las arroja dentro de la furgoneta y cierra la puerta trasera. Saca su bolsa de viaje y la deja cerca de la puerta de la oficina.

Luego tiene que maniobrar un par de veces para situar la furgoneta sobre el pontón. Allí vienen las gabarras a cargar y descargar la arena y el cemento, frente al río que fluye en la oscuridad. Por esa zona ha debido de llover bastante, el Garona baja muy crecido, furioso y agitado. Deja el vehículo a unos quince metros del borde, con todas las ventanillas abiertas y el freno de mano quitado. Ha arrojado una piedra al agua para intentar comprobar la profundidad, pero no le ha servido de nada.

Es jugarse el todo por el todo.

Ahora, Henri, necesito que me ayudes: tenemos que pensar en positivo, porque, como esto no funcione, no hay plan B.

Mathilde se pone al volante del camión, arranca, pega el morro a la parte posterior de la furgoneta y empieza a empujar. El motor ruge. Cuando los dos vehículos comienzan a moverse, no las tiene todas consigo. La furgoneta llega al final del pontón, y Mathilde frena en seco. Delante de ella, el vehículo se inclina hacia delante y cae al agua. Y una vez allí, se queda inmóvil.

Aterrada, baja del camión y se acerca al extremo del pontón con cautela, como si fuera a surgir un animal del fondo del río. La furgoneta está sumergida parcialmente, en posición casi vertical. Debe de haber caído sobre un banco de arena. Es lo peor que podía pasar. El culo del vehículo asoma cerca de metro y medio fuera del agua. Mathilde busca a su alrededor cualquier cosa que le sirva para empujar, pero sabe que, aunque lo encuentre, no tiene suficiente fuerza para hacer que semejante armatoste acabe de caer al río.

Al ver la furgoneta erguida en el agua le entran ganas de llorar.

Camina de los nervios a lo largo del pontón. Mira su reloj, le queda muy poco tiempo, cuarenta y cinco minutos. La furgoneta produce una especie de sordos gorgoteos, es el agua, que debe de seguir penetrando en el habitáculo. Y de pronto, el vehículo deja escapar un largo suspiro, suelta una enorme burbuja de aire y se hunde en el agua, se hunde, Mathilde no da crédito a sus ojos. Durante unos segundos el furgón vuelve a inmovilizarse, aún asoman cuarenta centímetros de carrocería, ¡vamos, vamos!, lo anima Mathilde. Los dioses han debido de oírla porque, como si acabara de recibir una fuerte patada, el vehículo se sumerge y desaparece.

¡Oh, gracias, Henri, gracias! ¡Qué buen equipo hacemos tú y yo, ¿eh?! Tras devolver el camión a su lugar original, cerrar la puerta con la llave, colgarla en el tablero de la oficina y coger el bolso, Mathilde, camino de la salida, pasa junto al cadáver del perro, que yace en medio de un charco de sangre. ¡Adiós, *Ludo*! ¡Que duermas bien!

Tarda más de media hora en llegar a Chayssac, al centro del pueblo, donde el taxi que ha pedido ya la está esperando.

—Pero bueno, ¿de dónde sale usted, señora?

Al taxista le extraña recoger a una clienta a semejante hora delante del ayuntamiento de un pueblo dormido.

Mathilde se derrumba en el asiento trasero y le confirma la dirección del hotel. Todo ha ido bien.

Mañana por la mañana, o esta misma noche, descubrirán que han entrado en la cementera, matado al perro y robado todo lo que tenía algún valor. Los gendarmes querrán darse aires y redactarán el atestado, que acabará junto a otras denuncias de robos de coches, y de radiocasetes, y de mujeres maltratadas, respecto a las que nunca se hace nada, salvo estadísticas.

—He venido a ocuparme de las cosas de un amigo que murió hace poco. He hecho algo de limpieza, pero ya está, se acabó, me siento muy aliviada.

—¡Sí, la entiendo perfectamente! —le dice el taxista mientras arranca—. Cuando uno ha hecho su trabajo, siente que ya puede dormir tranquilo.

—¡Y que lo diga!

20 de septiembre

No lo entiendo... ¿Por qué tarda tanto el tren en llegar a París?

A Mathilde le encantaría preguntárselo al revisor, pero sabe que debe ser discreta, no hacerse notar. La charla de anoche con el taxista fue sólo una excepción. Había tenido la precaución de registrarse en el hotel como Jacqueline Forestier, pero no hay que tentar a la suerte.

Es el nombre que figura en el pasaporte que conservó, pero lo que le da que pensar es el propio pasaporte. Lo busca en el bolso. La foto es antigua, aunque el documento aún está en vigor. ¿Lo habrán neutralizado? Si se decidiera a usarlo, ¿la detendrían al intentar pasar por la aduana?

Hasta ahora ha tenido la suerte de su parte, no hay motivos para creer que las cosas se vayan a torcer.

Y es que, de hecho, sigue dándole vueltas a la idea de marcharse. Sí, sí, es cierto, Henri no picó el anzuelo, pero quién sabe, si le escribe desde un sitio donde dé gusto vivir, es posible que cambie de opinión...

Mathilde se deja arrullar por esa idea, que se le acaba de ocurrir. No sabe adónde irá, pero pondrá en venta La Coustelle, sacará el dinero que tiene en Suiza y ¡hala!, a darse la gran vida, o una vida tranquila, que viene a ser lo mismo.

Se instalará en algún sitio agradable y buscará una casa en venta para convertirla en su hogar. En las Marquesas. Le entra la risa, ni siquiera sabe dónde están. No, en las Marquesas no. ¿En Italia? ¿En España?

Mathilde da una palmada en el brazo del asiento: ¡en Portugal!

En una ocasión visitó el país, por trabajo. El objetivo estuvo de viaje más tiempo del previsto, de manera que ella tuvo que esperar en Lisboa, tras lo cual lo siguió hasta el Algarve y, por fin, pudo darle alcance en un pueblecito —Lagos, Lagoa o algo parecido— y la zona le encantó.

Eso es lo que necesita. No lucharon como jabatos durante la guerra e incluso después para nada. Tenemos derecho al sol y a la tranquilidad, ¡qué demonios!

Nada, decidido, cerrará La Coustelle, dejará las llaves en casa de Lepoitevin y contactará con las agencias inmobiliarias de la zona.

Además, con sus medios puede permitirse algo bastante decente. Incluso se pregunta si llevarse consigo a la boba de su hija, ya se verá. De pronto se siente feliz. Tiene un proyecto. Comprará un perro.

Está tan entusiasmada que el viaje de vuelta se convierte en un sueño.

Debe darse prisa. No porque tema nada, nadie puede sospechar de ella, sino por sí misma, porque tiene ganas de dejarlo todo y poder descansar de una vez.

Mathilde se duerme y ronca apaciblemente.

Su vecina, una chica joven muy aseadita, sonríe.

Mathilde se parece tanto a su abuela...

Cuando el taxi deja a Mathilde delante de casa al final del día, la excitación que se ha apoderado de ella durante el viaje no ha disminuido un ápice.

Mientras avanza por el sendero de gravilla que lleva al porche, incluso experimenta una especie de euforia añadida ante la idea de irse de esa casa. Una casa que nunca ha sentido como suya.

—Pero ¡cuánto has crecido! —Coge a *Cookie* y lo estrecha contra su pecho—. ¿Qué, cariño mío, el malvado vecino no se ha metido contigo?

No. Esa casa y esa vida nunca han sido realmente suyas. Y su hija tampoco. Al final, los perros han sido los únicos. Va a sentirse tan aliviada cuando lo deje todo atrás...

Vuelve a poner al cachorro en el suelo y clava los ojos en el seto, muy dividida respecto al destino de Lepoitevin. Le cuesta renunciar a tener una charla con él. La idea de que un tipo capaz de hacerle algo así a un perrito como *Ludo* se salga con la suya va contra su sentido de la justicia. Pero, por otra parte, cree recordar que no debe hacerlo, aunque ya no se acuerda del motivo.

Mañana se acordará.

Deja en el suelo la bolsa de viaje, sube al primer piso para ducharse y, al entrar en el dormitorio, ve la mancha de la moqueta, que se ha vuelto negra.

Me importa un rábano; voy a vender esta chabola, el que la quiera que la compre.

Ya limpiará él.

21 de septiembre

¡No hay manera de encontrar el maldito papel! El señor De la Hosseray está seguro de haberlo dejado ahí, encima del aparador, pero ha desaparecido.

Sin Tevy, la vida se ha vuelto muy complicada. Sería más fácil rendirse, se dice.

Cuando se le acabó la comida, estuvo un día sin probar bocado. Luego llegó el hambre. Era una sensación extraña, necesitaba comer, aunque no tenía ganas. Quizá quiero morirme, se decía a sí mismo, si bien sabía que eso no era cierto. Al día siguiente apareció la mujer de la limpieza. Fue ella quien le propuso limpiar dos veces por semana en lugar de una. Es una señora bastante mayor, amable y cariñosa, el señor no sabe si vive en el barrio. Cuando le insiste para que ingrese en una residencia, él finge no darse por enterado. El caso es que, como tenía hambre, le pidió que fuera a comprarle algo. Le dio la tarjeta, cuyo pin está escrito en números grandes sobre el frigorífico.

La mujer regresó con una buena cantidad de comida. Le duraría hasta su próxima visita. Le dio el tíquet de la tienda, volvió a dejar la tarjeta en su sitio y cogió otra vez la aspiradora. Le había comprado cosas sencillas, comidas preparadas, no muy sanas quizá, pero no quiere que el señor tenga que calentar agua o incluso encender el gas. Tal como están las cosas, todo puede convertirse en un peligro.

—Estaría usted mejor en una residencia, señor, créame...

Él hace como que no la ha oído, pero la mujer procura demostrarle que a ella no la engaña.

A veces el señor advierte que ya luce el sol o, al revés, que ha oscurecido, y es incapaz de recordar qué ha hecho durante las últimas horas. El piso se transforma, los objetos cambian de sitio, la mujer de la limpieza, cuyo nombre no recuerda, no dice nada y vuelve a poner las cosas donde estaban. Le dijo algo sobre el entierro de René, y también sobre el de Tevy. El señor no entiende por qué hay dos entierros. Si murieron juntos, deberían estar juntos en el cementerio. Ella mencionó la fecha, pero nadie ha venido a buscarlo, o quizá sí. Si hubiera ido al cementerio se acordaría, ¿no?

Tendrá que irse, dejar el piso, siente que el cerco se estrecha a su alrededor; lo decidirán otros, sería más fácil aceptarlo ya, pero, por lo que a él respecta, sigue siendo no, decididamente no. De vez en cuando recuerda por qué motivo decidió resistirse, pero es una idea fugaz, que se va tan pronto como viene.

De repente consigue recordarlo: no se irá tranquilo hasta que no haya encontrado el papel. Ése es el motivo. Con ese papel, la policía podrá localizar a la mujer que vino aquí a matar a Tevy y a René. Él la vio por la ventana, apuntó la matrícula, llamó a la prefectura, le dieron su nombre, su dirección, pero lo ha perdido todo.

El nombre y la dirección.

Se ha pasado toda la tarde buscándolo. Le ha preguntado a la mujer de la limpieza si sabe dónde está.

—Ya se lo he dicho antes, señor De la Hosseray —ha respondido ella—: No, lo siento, no he visto ese papel.

Entonces, decide llamar igualmente.

Pero todo es muy difícil. La joven policía no está, lo ponen con otra.

—Soy el señor De la Hosseray. Llamo por el caso de Neuilly.

—¿Es por algo relacionado con el inspector Vassiliev? —Al oír el apellido, el señor se echa a llorar sin hacer ruido—. ¿Hola? ¿Sigue usted ahí?

—¡Sí, sí!

—¿Qué quería?

Parece irritada, impaciente.

—Decirles que la mujer que los mató vino en coche. Tenía el papel, pero lo he perdido.

Se hace un profundo silencio.

—¿Me puede dar su número de teléfono, caballero?

Se lo sabía, pero ahora mismo no lo recuerda.

—Espere, voy a buscarlo.

Deja el auricular en la mesa.

Busca en el listín, pero en la letra hache no encuentra su apellido. ¡Ah, míralo! Estaba en la primera página.

—¿Hola?

Oye a la mujer hablando en voz baja con otra persona, de él...

—Sí, caballero...

—Tengo el número, el mío, pero no encuentro el de la señora, quiero decir el de la matrícula, no el del teléfono.

Comprende que está siendo un poco confuso, pero es incapaz de hacerlo mejor.

—Escuche, caballero, voy a pedirle a mi compañera que lo llame, confírmeme su apellido, por favor...

A continuación, el señor se sienta junto al teléfono y se pone a esperar. No quiere alejarse del aparato, se arriesgaría a no oír la llamada. Cuando se ha visto obligado a ir al baño, ha extendido el cable del teléfono todo lo posible y se ha dado prisa. De vez en cuando descuelga para comprobar que el teléfono funciona perfectamente.

Y por fin, la chica lo llama. Ya ha anochecido.

—¿Cómo está usted, señor De la Hosseray?

Debería haber respondido con calma, haber tenido una auténtica conversación con ella, pero, durante todo ese rato de espera, se ha estado repitiendo lo que tenía que decir, de forma que ha abierto las compuertas y lo ha soltado:

—Es por la mujer que vino en coche y los mató. He perdido el papel, pero la vi por la ventana, es una mujer mayor, bastante gruesa, en un coche de color claro, pero he perdido el papel, ¿comprende?, lo he buscado por todas partes, y no sé dónde ha ido a parar, supongo que fue la mujer de la limpieza...

—¿La que es mayor?

—Sí, es mayor.

—Y fue a su casa...

—Viene a menudo, no todos los días, pero sí a menudo.

—¿Y fue ella la que mató al inspector Vassiliev?

—¡No, no! —Al señor le entran dudas—. No, no creo que fuera ella, la habría reconocido. Era más gruesa, creo...

—Comprendo. Dígame, ¿hay alguien con usted, señor De la Hosseray?

Está tenso, le entran ganas de colgar; no ha funcionado, lo sabe, pero si cuelga vendrán a buscarlo. Le pondrán una camisa de fuerza, como a los locos.

—Sí...

—¿Quién está con usted?

—Un primo.

—Ya... ¿Puedo hablar con él?

—Pues... ahora mismo ha ido a comprar, pero no tardará, puede llamarla él...

—Sí, estaría bien que lo hiciera, ¿es posible?

—Sí, de acuerdo.

El señor está consternado ante su propia torpeza. Sabe de sobra lo que tiene que decir, pero no le viene a la cabeza en el orden debido, las ideas acuden a su antojo. Qué fracaso...

Se levanta penosamente. Estar sentado tanto rato en esa silla recta le ha destrozado la espalda.

Se derrumba en el sillón y, de pronto, lo ve, doblado en la papelera. Se inclina. Lee:

Renault 25: *2633 HH 77*
Mathilde Perrin, carretera de Melun, 226,
Trévières, Seine-et-Marne

Tiene que volver a llamar a la chica. Pero no se mueve.

No le harán caso, lo toman por loco. Mañana por la mañana, los Servicios Sociales vendrán a buscarlo. Llamar a la policía ya no servirá de nada, nadie lo comprende, nadie lo cree.

El señor estruja el papel en el interior del puño y se seca las lágrimas, que brotan en abundancia, silenciosas, pesadas.

Nunca se ha sentido tan profundamente desgraciado como en ese instante.

Al día siguiente, en cuanto amanece, Mathilde ya está en pie tomándose el café en el porche. La ha despertado una idea repentina: lo que estaría bien sería irse... hoy mismo.

Es un plan bastante disparatado, pero le resulta de lo más estimulante. Se ríe sola. Ha cogido un papel y un bolígrafo, y apunta lo que debería hacer para irse de Melun esa misma noche. Nada le parece insuperable. Se arregla, coge la Luger, el pasaporte y dinero en efectivo, y, cuando la agencia de viajes abre sus puertas, es la primera en entrar.

La mujer que la recibe le recuerda vagamente a otra empleada, la señora Philippon, la de la agencia de trabajo temporal. La misma que le prometió enviarle a una chica para limpiar y que, por supuesto, nunca lo hizo. Así que el parecido la hace desconfiar de esa mujer, que, con una gran sonrisa, exclama:

—¡Portugal! ¡Qué buena idea!

—¿Por qué?

—¿Perdone?

—Dice usted que es una buena idea, ¿por qué es mejor que irse a Ginebra, a Milán o a Vladivostok?

La mujer está un poco desconcertada, pero tiene experiencia y ha tratado con más de un cliente lunático, mantiene la calma.

—Bueno... —dice mientras enseña unos catálogos—, veamos Portugal, entonces... ¿A qué parte del país quiere ir, tiene alguna idea?

—Abajo —responde Mathilde, que no recuerda el nombre exacto de la región—. Abajo del todo —añade.

Pero admitir ese pequeño despiste hace que se sienta humillada, tiene la sensación de que la mujer sonríe con condescendencia, es muy irritante.

Mete la mano en el bolso.

—¿El Algarve?

Ya ha empuñado la Luger, pero el nombre da en el blanco, y Mathilde se sorprende.

—¡Eso es! Y quisiera irme hoy.

—¡Ah! ¿Hoy mismo?

—¿Hay algún problema?

—Bueno, es un poco repentino...

—¿Y qué problema hay?

—La disponibilidad, señora. Encontrar un vuelo... Supongo que también quiere un hotel...

—Supone bien.

Esa clienta que le responde secamente con la mano metida en el bolso, como si fuera a sacar una bomba de gas lacrimógeno, acaba haciéndola sentir incómoda. Busca en el catálogo.

—Me parece que tengo una buena noticia, señora...

—Menos mal.

—Con su permiso.

La mujer descuelga el teléfono, llama a un contacto y, mientras comprueba la información, no le quita ojo a la clienta y, sobre todo, a esa mano que permanece obstinadamente invisible.

Y se produce el milagro. Un vuelo, a las nueve en punto de esa misma noche, con salida desde Orly. Un coche para ir a buscarla y:

—Fíjese en esto. —La mujer le enseña las fotos de un hotel lujoso, con sus piscinas, sus naranjos, sus terrazas...—. Y a precio de temporada baja.

Mathilde saca el pasaporte.

—Viajo con un perro. Y pago en efectivo.

—Es que... es una cantidad importante.

—La tengo —responde Mathilde mientras hurga en el bolso.

Saca un buen fajo de billetes. La empleada siente el alivio. ¡Así que la mano en el bolso era por eso...! Vuelve a mostrarse animada y cordial.

—También quiero alquilar un coche —dice Mathilde.

—¡Faltaría más!

Mathilde pasa el resto de la mañana haciendo compras, un cesto cerrado para *Cookie*, gafas de sol, zapatos de verano, un sombrero, porque recuerda que allí el sol calienta de lo lindo...

Ha pagado una estancia de dos semanas. Explorará los alrededores del hotel en busca de una casa para alquilar o comprar y, cuando dé con ella, le enviará fotos a Henri; con que vaya a verla sólo unos días, seguro que lo convence para que se quede un poco más, y cuando quiera darse cuenta...

De vuelta en casa coge ropa, que amontona en la maleta grande, y los documentos necesarios para transferir dinero desde la cuenta de Ginebra. O de Lausana, en fin, qué más da. Pide un taxi para las siete de la tarde; a las ocho estará en Orly, el vuelo sale a las nueve, todo va a pedir de boca.

Mathilde se ríe sola. Vuelve a pensar en los cuatro cadáveres tendidos en la furgoneta que yace en el Garona. ¿Cuatro? A ver, ¿quiénes eran? El tipo que le mandó Henri, ¡no, los dos tipos que le mandó Henri! El propio Henri... Pero no cae en quién era el cuarto, bueno, ya caerá.

La cuestión es que la policía no lo tiene fácil para relacionarlos con ella y, si lo consigue, creo que tardará lo suyo. Para entonces, ella ya llevará mucho tiempo tumbada al sol en la terraza del hotel, e incluso puede que en su propia casa, si encuentra una que le guste.

En tres décadas ha salido bien parada de todo, lo más lógico es que, al coger el merecido retiro, desaparezca de los radares, como siempre ha hecho.

—¿Todavía nada? —pregunta Occhipinti.

Están a la espera de la orden del juez.

La chica niega con la cabeza. Cualquier otro pegaría un puñetazo en la mesa, pero el comisario se zampa un puñado de pistachos.

Sobre su escritorio, la ficha descriptiva de Mathilde Perrin: sesenta y tres años, madre de familia, viuda de un médico, condecorada, una heroína de la Resistencia... No es en absoluto el perfil que esperaba, pero es todo lo que tiene.

La llamada del viejo, el antiguo prefecto, ha sido tan inesperada como extraña.

—¿Incoherente...? —se ha sorprendido Occhipinti.

Sí, incoherente como mínimo. Imposible saber de quién hablaba realmente. Parecía confundir a la mujer de la limpieza con la persona a la que creía haber visto.

—¿Una mujer gruesa que fue allí para matar al inspector Vassiliev? Ese viejo está un poco chocho, ¿verdad?

La agente encontró el comentario un tanto irrespetuoso, pero en el fondo el comisario tenía razón.

El problema es que no hay nada a lo que hincarle el diente, por más que los equipos examinan una y otra vez las investigaciones de Vassiliev. Y mientras tanto, los hermanos Tan y la banda de Moussaoui siguen matándose unos a otros.

La joven agente fue a visitar al señor De la Hosseray, pero ya no era él. No recordaba haber llamado a la policía, ni siquiera le resultaba familiar el nombre de René Vassiliev, fingía acordarse, pero estaba claro que no era así.

Esta vez, la joven agente no le pidió su opinión. En cuanto se marchó, llamó a los Servicios Sociales, deberían ir a buscarlo esa misma noche. A la mañana siguiente como muy tarde.

Lo que inquietaba a la joven agente era que el anciano había llamado en un momento en que aún parecía estar lúcido. Al menos en parte. Parecía seguro de sí mismo.

—Es típico de la demencia senil —comentó el comisario—. Están tan seguros de lo que dicen que su convicción te hace dudar. Lo sé, mi suegra estaba senil. Todas las noches creía ver a su hermana, que llevaba treinta años muerta, y a mí me confundía con el farmacéutico con el que había engañado a su marido durante dos décadas.

El caso es que la descripción que el anciano había dado se correspondía con la de la mujer a la que el comisario había interrogado en su casa, cerca de Melun.

—Las calles están repletas de ancianas gruesas —dijo la joven agente.

—Espere, espere...

Ancianas gruesas con un coche de color claro, en todo este asunto sólo hay una que se ajuste a la descripción. Es cierto, no tiene el perfil de una asesina, pero aun así resulta inquietante.

—A veces mi suegra decía cosas muy sensatas, pero como la mayor parte del tiempo chocheaba que era un gusto, no le hacíamos caso.

Así que el comisario llamó al juez de instrucción y le pidió un exhorto.

—Una orden de registro también iría bien —añadió.

Si había que trasladarse al lugar, mejor tener las herramientas necesarias para trabajar.

El juez no estaba disponible, le habían dejado un mensaje.

Por fin, hacia las seis y media, el juez llama: de acuerdo, una orden, se la haré llegar enseguida.

Y a las siete menos cuarto, ahí la tienen, un motorista acaba de traerla. Ya pueden ir a Melun. Occhipinti decide llevarse a dos agentes.

—Estaremos allí antes de las ocho, perfecto.

Justo antes de que se fueran, la joven agente ha llamado al señor De la Hosseray con la esperanza de que hubiera recobrado la memoria y pudiera decir algo más sobre esa extraña visita de la «anciana señora», pero nadie ha contestado al teléfono.

Acto seguido ha llamado a los Servicios Sociales.

—Sí —le han dicho—, hemos ido a buscarlo.

• • •

El comisario no podrá darse el gusto de detener a la señora Perrin.

Es demasiado tarde.

Cuando descubra su arsenal durante el registro, su oportunidad habrá volado...

Porque, justo en el momento en que el equipo del comisario sale de la sede de la Policía Judicial, un taxi se detiene delante de La Coustelle.

—¡La señora Perrin, ¿es aquí?! —grita el taxista desde la calle.

Mathilde lleva puesto el abrigo y tiene al lado una gran maleta y el cesto de mimbre, en cuyo interior ha metido al cachorro, que ha empezado a gemir y luego ha parado. Mira al taxista, que agita los brazos como un poseso.

¿A ti qué te parece, pedazo de animal? Me ves con una maleta más grande que un armario ¿y me preguntas si es aquí? Mathilde se agacha hacia el cesto. *Cookie*, me parece que hemos dado con el taxista más idiota de todo el departamento... Vuelve a erguirse y hace un gesto cansado con la mano, anda, entra, calamidad...

El taxista está contento, sonríe de oreja a oreja, abre la verja de par en par, vuelve a subirse al taxi y avanza lentamente por el sendero de grava. Delante de la escalera, traza un amplio giro, se detiene y baja.

—¡No estaba seguro de si era aquí!

Es un hombre nervioso, un parlanchín.

—¿Y ahora está seguro?

Mira a la clienta, con la maleta y el cesto del perro en el suelo junto a ella.

—¡Ja, ja, ja! ¡Sí, diría que sí! ¡Ja, ja, ja! —Se acerca al pie de la escalera—. ¡Llego con un cuarto de hora de antelación!

Está orgulloso. Sube los peldaños, coge la maleta y, mientras va hacia el coche, añade:

—¿A qué hora sale su avión?

—A las nueve.

—¡Uy, estará allí de sobra! ¡A esta hora, a Orly se llega en un santiamén!

Ese comentario hace que Mathilde se decida. Ha estado toda la tarde dándole vueltas a la idea de que no ha ido a hablar con Lepoitevin. Cada vez que se acordaba, tenía otra cosa que hacer. Luego se le olvidaba. En realidad, como van con un cuarto de hora de adelanto, le sobra tiempo para zanjar la cuestión.

—Espéreme —dice mientras el taxista coge el cesto de *Cookie* para ponerlo en el asiento trasero.

—¿De qué raza es?

—¡Un dálmata! —grita Mathilde desde la cocina, al tiempo que guarda la Smith & Wesson en el bolso.

El taxista se inclina hacia el cesto y mira a *Cookie* a través de la ventanilla trasera.

—Nunca lo habría dicho...

Mientras el hombre cierra la puerta del vehículo, Mathilde aparece en la terraza con el bolso en bandolera y cierra a su vez la puerta vidriera con una vuelta de llave.

—Voy a llevarle las llaves al vecino —dice al bajar la escalera—, enseguida vuelvo.

—¿Quiere que la acerque?

—No merece la pena.

De repente, Mathilde está muy animada. Hace tantísimo tiempo que tiene atragantado al vecino que la perspectiva de ir a ponerlo en su sitio le produce un gran alivio. Le dirá: «Vengo de parte de *Ludo*, ¿se acuerda de él?» y le meterá una bala entre ceja y ceja. Le ha puesto un silenciador a la pistola, el taxista no oirá nada. Luego arrojará el arma al seto. En cualquier caso, se la trae al pairo. Ella es ilocalizable.

Cuando al fin se decidan a buscar a Mathilde Perrin, necesitarán un milagro para poder encontrar a Jacqueline Forestier.

De aquí a entonces, tengo tiempo de morirme diez veces..., se dice con satisfacción mientras avanza a paso rápido hacia la verja.

—¡De todas formas, no se entretenga, ¿eh?! —le grita el taxista.

De pronto, cuando está a medio camino, un Ami 6 lleno de abolladuras enfila el sendero.

El motor ruge, y el coche, que rueda en segunda, roza la verja con la aleta trasera, pero, tras un brusco bandazo, se estabiliza en medio del camino. Y acelera. Incluso ha metido la tercera.

El señor De la Hosseray ha tardado más de dos horas en llegar allí. No ha sabido meter todas las marchas, en especial la cuarta. A la salida de París, al dar un viraje brusco para evitar la autopista, ha perdido la aleta delantera derecha. Quería ir por la carretera, es lo que se repetía sin tregua: coger la carretera. Ir hasta allí. Porque la policía no me cree.

Encontrar Trévières no ha sido fácil. No quería preguntarle a nadie. De hecho, convencido de que le impedirían seguir su camino, no se ha detenido en ningún momento. Ni siquiera en los semáforos en rojo. Ni en las señales de stop. Se las ha saltado todas. ¡La de insultos y bocinazos que habrá oído! Inclinado sobre el volante, a cuarenta centímetros del parabrisas, el señor sólo pensaba en una cosa: llegar a la carretera de Melun.

Cuando ha visto el número 226, ha frenado en seco, y ahora está en el sendero cubierto de gravilla.

Y tiene frente a él a esa mujer, petrificada por la aparición del rugiente coche.

La ha reconocido al instante. Es ella, sin la menor duda, la mujer a la que vio subirse al coche, la que vino a matar a Tevy y a René.

En otras circunstancias, Mathilde quizá habría podido dar los tres pasos que le habrían permitido esquivar el Ami 6, que avanza hacia ella a toda velocidad, más aún teniendo en cuenta que su conductor carece de los reflejos necesarios para perseguirla.

Lo que se lo impide es la cara del señor.

Reconoce en el acto el rostro alucinado del viejo al que vio fugazmente en la ventana. Ese instante de estupor es suficiente y fatal.

El Ami 6 la golpea de frente, de lleno, a cincuenta kilómetros por hora.

En vez de salir despedido, el cuerpo de Mathilde se derrumba sobre el capó, y el coche lo empuja hasta el porche, contra el que choca en un fuerte impacto.

Mathilde sale proyectada hacia la puerta vidriera, que sin embargo no cede. Ya tiene las dos piernas rotas y buena parte del pecho hundida, y ahora su cráneo golpea el cristal con una violencia inaudita y su cuerpo se desploma sobre las baldosas del suelo.

Cuando ve al señor abrir la puerta del coche, levantarse muy despacio y, con el rostro ensangrentado, avanzar tambaleante por el sendero, el taxista, petrificado, quiere decir algo, pero ya no sabe qué hacer: si acudir en auxilio de su clienta, bañada en su propia sangre al pie de la puerta vidriera; si intentar detener a ese viejo flaco a más no poder, que se aleja y parece a punto de perder el equilibrio a cada paso; o si llamar a la policía. No hace ninguna de las tres cosas. Conmocionado por la violenta y vertiginosa escena, se sienta ante el volante de su coche y, sorprendentemente, se lleva las manos a la cabeza y se echa a llorar.

En efecto, los Servicios Sociales habían ido a buscar al señor, pero no lo encontraron: ya había partido hacia su destino, haciendo rugir el motor.

Lo hallaron cubierto de sangre y con la cara tumefacta, deambulando por las calles de Trévières.

La instrucción de su expediente fue un tanto larga, y pasaron más de tres meses antes de que le encontraran un lugar definitivo donde alojarlo.

Hoy vive en una residencia medicalizada, cerca de Chantilly.

Si pasan por delante —sea a la hora que sea, menos por la noche—, distinguirán su silueta en la ventana de su habitación. Se pasa el día mirando los árboles del parque.

Una sonrisa muy tenue suaviza su rostro, hoy sosegado, y le da el aspecto sereno de un hombre que no teme a la muerte.

Agradecimientos

Mi agradecimiento a François Daoust, que me prestó una ayuda inestimable.